磨铁经典第二辑 · 金色的青春

所有的失去都是应该失去，

唯有知识和希望属于青春，不应失去。

牛虻

［爱尔兰］艾捷尔·丽莲·伏尼契
Ethel Lilian Voynich
_著

明安_译

The Gadfly

浙江人民出版社

目 录

第一部

第一章

亚瑟坐在比萨神学院的图书馆里，在一堆写着布道词的手稿里埋头翻找着。六月的傍晚，天气还很炎热，为了凉爽些，大开的窗户前的百叶窗都半关着。神学院的院长蒙塔内利神父停下笔来，带着慈爱的目光，注视着那埋在手稿中的满头黑发。

“亲爱的孩子，你是不是找不到？我重写一遍好了。之前的手稿很可能已经被我撕掉了，害你白忙活这么久。”

蒙塔内利说话的声音不大，却丰盈低沉，再加上像白银一样纯净的音色，让他的话语有了一种独特的魅力。这是天生的演说家才会有的嗓音，抑扬顿挫中包含了每一种感情。但他跟亚瑟说话时，语调里却只剩下了关爱。

“不，神父，我一定要找到它。我确定你把它放在这里了。再写一遍的话肯定没法和之前的一样了。”

蒙塔内利继续伏案工作。一只昏昏欲睡的金龟子在窗外懒洋洋地鸣叫着。“草莓！草莓！”水果小贩的呼喊声从街上传来，声音悠长又哀伤。

“找到了！就在《论治麻风》上面。”亚瑟脚步轻盈地从房间那头走来——这种步态总是能让他那些自恃有教养的家人感到反感。亚瑟长得又瘦又小，与其说是个十九世纪三十年代的英国中产阶级青年，倒更像是一位从十六世纪的肖像画里走出来的意大利人。从长长的眉毛、敏感的嘴唇，到纤细的手脚，他身上的一切都像是被雕琢出来的一样，看起来精美又易碎。他坐着不动时就像是一位穿着男装的美丽少女，动起来时又像是一头温顺的豹子，轻盈又敏捷。

“真的找到了吗？亚瑟，我总是丢三落四的，要是没有你可真不知道该怎么办才好。算了，我今天就写到这里。我们到花园去吧，该我来帮你做作业了，你哪一段读不懂呀？”

他们走进静谧的修道院花园里，阴影从回廊上打下来。神学院的所在地曾是一所道明会的修道院，两百年前，这座院落曾被他们打理得整洁而庄严，那时候，方正的树篱之间还生长着修剪齐整的迷迭香和薰衣草。而现在，那些照料过这座院落的白袍修士都已逝去或被人遗忘。尽管无人采摘，那些散发着香气的草木也依然在温和的仲夏夜里绽放着。石板路之间的缝隙长满了野生的欧芹和耧斗，庭院中间的水井也被蕨草和交错的景天遮蔽了起来。玫瑰肆意生长，杂乱的根茎漫过了小径。硕大的红罂粟花点缀在树篱的边缘，盘结的杂草上高高的毛地黄垂着头，无人照料的葡萄藤挂在被人遗忘的枸杞树上，长满叶子的藤条缓慢地晃动着，坚定而悲伤。

花园的角落里有一棵开着夏花的玉兰树，看起来像是一座用深色的树叶堆成的高塔，上面泼洒着乳白色的花朵。紧靠着树干的是一张粗糙的木制长凳，蒙塔内利就坐在上面。亚瑟在大学里主修哲学，每当在书里遇到了读不懂的章节时，他就会来找神父解答疑惑。虽然他不是神学院的学生，但神父却一直是他的百科全书。

“要是你没有别的事情需要我帮忙的话，”神父讲解完后，亚瑟说，“我这就走啦。”

“我今天也不想再工作了，但如果你有时间的话，我希望你能再多待一会儿。”

“好啊！”亚瑟往后一倾，靠在了树干上。他的眼神穿过影影绰绰的树枝，停在了刚刚出现的星星上，它们在寂静的天空里闪着微光。在亚瑟黑色的睫毛下，长着一双像梦境一样神秘的深蓝色眼睛，它们遗传自他的妈妈。蒙塔内利转过头，让那双眼睛离开了自己的视线。

“孩子，你看起来很累。”蒙塔内利说。

“没办法。”亚瑟说道。神父立刻就听出了他声音里的倦意。

“你不该那么早就去学校的，你之前熬夜帮忙照顾病人，已经快累垮了。在你还没离开里窝那的时候，我就应该坚持让你先好好休息一段时间再走。”

“那又有什么用呢，神父？母亲死后，那间该死的房子我一刻也待不下去了。即使我留下来，朱莉亚也会把我逼疯的。”

亚瑟有一位跟他同父异母的长兄，朱莉亚是他长兄的妻子，也是一根扎在他身上的毒刺。

“我倒不是让你和家人住在一起，”蒙塔内利温柔地说道，“我知道那对你来说会是最糟糕的事情。我希望你当初可以接受你那位英国朋友的邀请，就是做医生的那个，如果那时你能先在他家休息一个月再去上学就好了。”

“不，神父，那样也不会好的！沃伦一家都是好人，但是他们不懂——他们都觉得我可怜，我能从他们的脸上看出来，他们会试图安慰我，还一定会和我谈起母亲的事的。当然，除了琴玛，她总是知道什么话不该说，在我们还都是小孩的时候她就知道这些了，但是其他人跟她不一样。而且，不只是这些，还有——”

“还有什么，我的孩子？”

亚瑟从一株低垂的毛地黄上扯下了几朵花，在手里紧张地揉碎它们。

“我在镇子里待不下去。”亚瑟停顿了片刻，说道，“镇上有母亲常去的商店，我小的时候她曾在那里给我买过玩具。还有我们一起散过步的河滩，我们总是去那里——直到她病得走不动为止。在镇上，不管走到哪里我都会想起她。每次卖花的姑娘捧着花向我走来的时候，我就会想起她——就好像我还需要那些花似的。还有教堂——我只能避开，光是看到那个地方就悲伤得不能自已……”

亚瑟住了嘴，没再继续往下说，他坐在那里把毛地黄花撕成了碎片。接下来是长久的沉默，亚瑟抬起头，纳闷为什么神父没有说话。玉兰树下，黑下来的天色让一切看起来既暗淡又遥远。在仅剩的微光里，亚瑟看到了蒙塔内利苍白的面色，他低着头，右手紧紧地抓着长凳的边缘。亚瑟怀着惊奇又敬畏的心情转过了头，就好像在无意之间踏入了圣地一样。

“上帝啊！”他想，“跟他比起来，我是多么自私又渺小啊！

即使我的不幸都发生在他身上，他也不会比现在更悲伤了。”

过了一会儿，蒙塔内利抬起头看了看四周。

“我不会强迫你现在回去的，不管怎么说。”他的语气里充满了关爱，“但你必须答应我，今年暑假的时候一定要彻底休息一下。在远离里窝那的地方好好休个假，我可不想你被累出病来。”

“神学院放假的时候你会去哪里呢，神父？”

“跟以前一样，我会带着学生们去山里安顿一段时间。等八月中旬，副院长休完假回来，我想去阿尔卑斯山走走，换换环境。你想跟我一起去吗？我可以带你在山间远足，我猜你会喜欢研究山上的那些苔藓和地衣。只是身边只有我一个旅伴，你可能会觉得无聊吧？”

“神父！”亚瑟急切地拍起手来，朱莉亚管他这个动作叫“外国佬行为”，“我愿意放弃一切跟你去旅行。只是，我不知道——”亚瑟又打住了话头。

“你不知道伯顿先生会不会同意？”

“他当然不会乐意我去了，但他也无权再干涉我了。我现在已经十八岁了，可以为自己做决定。毕竟他只是我的异母兄长，我不觉得我应该听他的话，而且他对我母亲一直都不好。”

“但如果他强烈反对你去，我觉得你最好还是听他的，不然你在家里的日子会更难过。”

“已经不可能更难了！”亚瑟愤怒地打断了蒙塔内利的话，“他们从前就讨厌我，今后也会继续讨厌我，不管我做什么都一样。而且，我是跟听我告解的神父一起出行，詹姆斯又凭什么反对？”

“可你别忘了，他是个新教徒。你还是写封信给他比较好，征求一下他的意见。千万不要急躁，我的孩子，不管他们是爱你还是恨你，你都要为你自己的行为负责。”

神父的责备如此委婉，亚瑟甚至脸色都没怎么变。

“是，我知道。”他叹了口气，说道，“可是那也太难——”

“周二晚上你没来我感觉很可惜。”蒙塔内利突然换了个话题，说道，“阿雷佐的主教来了，真希望那时你能见见他。”

“周二那天我跟一个同学说好了，要去他的住处参加集会，有很多人在等我。”

“什么集会？”

听到这个问题，亚瑟窘迫了起来。“它、它不、不是什么常、常规的集会。”亚瑟结结巴巴地说道，“有个从热那亚来的学生，他给我们做了一次——算是演讲吧。”

“他讲了什么呢？”

亚瑟有些犹豫：“神父，请不要问我他的名字好吗？因为我保证过——”

“我不会问的，既然你已经答应了别人要保密，当然不该告诉我。但我觉得，我们认识这么久了，到现在你应该可以信任我了。”

“神父，我当然信任你了。他讲了——我们，和我们对人民的责任——和对——对自己的责任，他还讲了——我们可以做些什么去帮助——”

“帮助谁？”

“农民们——和——”

“和谁？”

“意大利。”

接下来又是长久的沉默。

“告诉我，亚瑟，”蒙塔内利转向他，严肃地问道，“这件事情你考虑多久了？”

“从——去年冬天开始。”

“在你妈妈去世之前？那她知道这件事吗？”

“不、不知道。那时候我还不是很关心这件事。”

“那现在呢，你又开始关心了？”

亚瑟又从毛地黄上扯了一把花下来。

“是这样的，神父，”亚瑟说话的时候眼睛一直盯着地面，“去年秋天，我准备入学考试的时候，认识了很多同学。你还记得吧？呃，在那些人中，有一些人开始跟我讲——讲那些事情，还借书给我看。但我当时并不是很关心它，我一心只想着快点回家见到母亲。你知道，她过得非常孤单，跟他们住在一起，那个房子对她来说就像是地牢一样，单是朱莉亚那张会杀人的嘴巴就够她受的了。后来，到了冬天，她病得更重了，我就把那些同学和那些书全都抛在了脑后。然后，你知道，我根本就没心思来比萨了。如果我想起了这件事，我一定会跟她说的，可当时这事根本就不在我脑子里。再后来，我发现她快要不行了——你知道的，直到她去世，我一直都陪在她身边。我常常会坐在一旁整夜地看护她，琴玛·沃伦会在白天的时候过来，让我去休息。呃，就是在那些漫长的夜晚，我开始去想那些书，去想那些同学说过的话——我会想——他们说的是不是对的，还有——对这些事情——我们的主，他会怎么说。”

“那你向主询问了吗？”蒙塔内利的声音有些颤抖。

“经常问，神父。有时我会向他祈祷，祈祷他能告诉我该做什么，或者干脆让我随母亲而去。但我没有得到任何回答。”

“即使这样，你也从没对我说过一个字。亚瑟，我真希望你能信任我。”

“神父，你知道我一直都信任你的，但有些事情是不能跟任何人说的。我——那时候我觉得没有人能帮我——即使是你和母亲也不能。我必须直接从上帝那里得到回答。你知道，这事关我全部的人生和灵魂。”

蒙塔内利转过头来，把视线放在了幽暗的玉兰树枝上。暮色四合，渐暗的天光让他的身影模糊了起来，像一个幽暗的鬼魂，潜伏在更幽暗的树影中。

“后来呢？”他缓缓地问道。

“后来——她去世了。你知道，最后的三天里，我每晚都陪着她——”

说到这里，亚瑟哽咽着停顿了片刻，但蒙塔内利只是沉默着，没有回应。

“在母亲下葬前的两天里，”亚瑟继续说道，声音比之前更低了，“我脑子里一片空白。后来，你也知道，葬礼结束之后我就病倒了，都没有办法去做忏悔。”

“是的，我记得。”

“呃，有天晚上，我醒来，走进了母亲的房间。但是那里已经空了，只剩下壁龛里那个巨大的十字架。然后我想，也许上帝会帮助我。我跪在十字架前面，开始等待——等了一整夜。天亮的时候，我回过神来——神父，这很难解释，我不知道该怎么说才好，我没法告诉你我看到了什么——我也不知道自己看到了什么。但我知道上帝给了我回答，而我不能违背他的旨意。”

他们在黑暗中沉默了一会儿。然后，蒙塔内利转过身来，把手放在了亚瑟的肩膀上。

“我的孩子，”他说道，“我不敢说上帝没有直接跟你对话。但别忘了那件事发生的时候你自身的状况，千万别把因悲伤和疾病产生的幻觉当作上帝的召唤。如果，上帝的确是透过死亡的阴影给了你回答，你也千万别曲解了他的意思。你心里想做的，究竟是什么事？”

亚瑟站了起来，像在背诵教义一样，缓慢地回答道：

“把生命献给意大利，把她从奴役和苦难中解救出来，驱逐奥地利侵略者，让她成为一个自由的共和国，不再有基督之外的王。”

“亚瑟，你在说什么胡话！你想想看，你甚至都不是意大利人！”

“是不是都无所谓，我是我自己。既然上帝给了我指示，我就要为意大利战斗。”

沉默再次包围了他们。

“你刚才提到基督的话语——”最终，蒙塔内利打破沉默，缓缓地开口道。

但亚瑟打断了他的话：“基督说：‘为我舍弃生命的，定能获得新生。’[1]”

蒙塔内利把胳膊靠在一根树枝上，一只手捂住了自己的眼睛。

隔了一会儿，他终于开口说道：“坐一会儿吧，我的孩子。”

亚瑟坐了下来，然后神父紧紧地攥住了他的双手。

“我今晚不能跟你争论，”蒙塔内利说，“这件事太突然了——我之前从没想过——我需要时间仔细思考一下。之后我们再仔细地谈。但是现在，我需要你知道一件事，如果你因为这件事陷入麻烦，如果你——死了，我的心会碎的。”

“神父——”

“你先让我把话说完。我曾经告诉过你，你是我在这个世界上唯一的亲人。我觉得你没有完全理解我的意思。你还年轻，理解这些对你来说一定很难。我像你这么大的时候也搞不懂这些。亚瑟，对我来说，你就像——就像——儿子一样。你明白吗？你是我眼中的光明，也是我心中的渴望。只要不让你的一生被错误的道路毁掉，我甚至愿意献出我的生命。但这件事让我无能为力。我不要你对我保证什么，我只希望你能记住这句话，谨慎行事。在做出不可挽回的事情前仔细想想，为了我，也为了你在天堂的母亲。”

“我会考虑的——还有——神父，请为我祈祷，也为意大利祈祷。”

亚瑟默默地跪了下来，沉默中，蒙塔内利把手放在了他垂下的头上。片刻后，亚瑟站了起来，亲吻了蒙塔内利的手，然后踩

1　引自《圣经》中的《马太福音》。

着沾满露珠的草地，轻轻地离开了。只剩蒙塔内利独自坐在玉兰树下，他的眼睛直视着前方的黑暗。

“这是上帝对我降下的惩罚。”他想，“就像他惩罚大卫一样。我已经玷污了他的圣所，用肮脏的手接触了他的圣体——他对我一直都很有耐心，如今也终于降下惩罚了。‘你在暗中行这事，我却要在以色列众人面前，在日光之下报应你。故此，你所得的孩子必定要死。’[1]”

---

1 引自《圣经》中的《撒母耳记》。

第二章

同父异母的弟弟提出要和蒙塔内利一起去“漫游瑞士”，詹姆斯·伯顿一点也不乐意。但要是武断地拒绝，亚瑟一定会觉得他是一个独断专行的人，因为亚瑟并不知道他不乐意的原因，只觉得这是一场跟年长的神学教授一起增长见识的无害旅行。要是不让亚瑟去，亚瑟一定会把被拒绝归咎到詹姆斯的宗教偏见或种族歧视上去，可伯顿家族向来是以开明和包容自恃的。从一个多世纪以前伦敦和里窝那的“伯顿父子”船舶公司成立开始，整个家族就都是坚定不移的新教徒和保守党人了，但身为英国绅士，即使是在和天主教徒打交道时，他们也还是秉持着开明有礼的态度。也因此，当伯顿家老主人厌倦了自己的鳏夫生活，迎娶了教导自己年幼孩子的家庭女教师——一位美丽的天主教徒时，家里年长的两位儿子——詹姆斯和托马斯，虽然反感这个比自己大不了多少的继母，但也还是不情不愿地接受了现实。父亲死后，长子的婚姻使原本就复杂的局面变得更加复杂了。在继母格拉迪丝还活着时，两兄弟都尽力保护着她，让她免遭朱莉亚那张无情的嘴的伤害，同时，也以他们自己的方式对亚瑟尽着监护人的职责。他们甚至都懒得假装喜欢亚瑟，只是慷慨地给他提供大笔的零花钱，其他一切都放任不理。

所以，兄长们在给亚瑟回信时，除了冷淡地告诉亚瑟这个假期他爱干什么就干什么，还塞了一张支票进去，供亚瑟花销。他把一半的钱用来购买植物学的书籍和标本夹，然后便与神父一起踏上了自己的首次阿尔卑斯山之旅。

蒙塔内利心情轻松愉快，亚瑟好久没见到他这样了。之前在花园和亚瑟的谈话让他震惊不已，但现在他已经渐渐平复了心态，可以冷静地重新审视这个状况了。亚瑟还年轻，涉世未深，事情也还没发展到无可挽回的地步。现在还不算晚，只要好好规劝，他觉得一定可以让亚瑟离开那条歧路。

他们原本计划在日内瓦先待上几天，可一看到白得刺眼的大街和尘土飞扬、游人如织的街道，亚瑟的眉头就皱了起来。蒙塔内利饶有兴趣地盯着他。

"亲爱的孩子，你不喜欢这里吗？"

"我也不知道。这里跟我想象的太不一样了。不错，湖泊很美，那些山脉的轮廓也很好看。"他们站在卢梭岛上，亚瑟指着萨沃伊那边连绵起伏、陡峭险峻的山脉，说道，"可是这个小镇太整齐了，看起来既生硬又拘谨，有一种——新教徒的感觉。这里有一种自鸣得意的氛围。我不喜欢这里，它让我想起朱莉亚。"

蒙塔内利笑了起来："可怜的孩子，那可真是不幸。算了，我们来这里是为了散心的，如果不喜欢，就没必要停留了。不如我们今天就在湖中划划船，明天一早就出发进山，你看怎样？"

"可是，神父，你不是想要在这里待几天吗？"

“我亲爱的孩子，这些地方我都来过十几次了。这次我只想让你玩得开心。你想要去哪里呢？”

“如果可以的话，我想沿着河流走到它的源头。”

“罗纳河？”

“不，是阿尔沃河。你看，它的水流得好快啊。”

“那我们就去沙莫尼吧。”

他们在一艘小帆船上随波荡漾了一整个下午。湖泊虽美，但亚瑟还是被灰暗又浑浊的阿尔沃河吸引住了。他是在地中海旁边长大的，已经见惯了蓝色的微波，只有湍急的水流才能激起他的热情，那些疾驰的冰河总能让他欣喜万分。“多么热切的奔流啊。”他感慨道。

第二天一早，他们就朝着沙莫尼出发了。车子驶过山谷间的沃野时，亚瑟兴致还很高，可当他们进入克鲁西盘旋的山路，周围都是嵯峨的群山时，他便开始一言不发，变得严肃起来。他们从圣马丁开始徒步，沿着山谷缓缓地向上走去，累了就睡在路边的小木屋里，或是投宿于山中的村庄，然后继续信步前行。亚瑟对自然景观的感知很是敏锐，他们遇到第一个瀑布时，亚瑟便陷入了狂喜，那副样子也点亮了蒙塔内利的心情。当他们逐渐靠近雪山时，亚瑟的狂热则开始消散，取而代之的是一种蒙塔内利从没见过的朦胧的神情，就像沉醉在景色中一般。亚瑟和群山之间仿佛有一种神秘的联系，他会一动不动地躺在幽深神秘的松林间，任凭松风回荡。亚瑟一躺就是好几个小时，目光越过挺拔的树干，观察着林子之外、阳光之下那闪光的山峰和荒芜的悬崖。蒙塔内利则在一旁观望着他，目光里有一股夹杂着伤感的嫉妒之情。

“亲爱的孩子，真希望你能让我也看看你眼中的世界。”他从书中抬起头来说道。亚瑟还保持着跟一个小时前一样的姿势，躺在苔藓上舒展着身体，他大睁着眼睛，出神地望着无垠的蓝天和其下闪闪发光的雪山。他们已经离开了大路，借宿在迪奥萨兹瀑布旁一个僻静的村庄中。等太阳低悬在无云的天空中时，他们爬上了一处被松林覆盖的巨岩，不一会儿，落日的余晖照耀在勃朗峰连绵的山脉上。亚瑟抬起头，眼睛里充满了惊奇。

“神父，你问我看到了什么，我看到蓝色的虚空中有一个绵延不绝、无始无终的白色存在。我看到它在等待，等了一个时代又一个时代，等待着上帝之灵到来。我透过渐暗的天色看清了它。”

蒙塔内利叹了口气。

“我曾经也看到过这些。”

“那你现在看不到它们了吗？”

“看不到了，以后也不会再看到了。我知道它们就在那里，但我已经失去了能看到它们的眼睛。现在，我的眼睛看到的是别的东西。”

“你看到了什么？”

“我吗？亲爱的孩子，我看到的只是蓝色的天空和白色的雪山——我抬头仰望时只能看到这些。但是在它们之下，有不一样的东西。”

蒙塔内利指了指他们身下的山谷。亚瑟跪了下来，从陡峭的悬崖边俯身向下望去。夜幕开始降临，巨大的松树躲进了阴影中，它们像哨兵一样，耸立在狭窄的河岸上。夕阳红得像正在燃烧的煤炭，渐渐地隐在了参差的山峰背后，待阳光消失后，所有生命的痕迹也跟着一起陷入了寂静。紧接着，一些幽深、可怖的东西开始在山谷中显现——沉闷，骇人，暗藏杀机。西边矗立着荒芜的群山，仿佛是潜伏在暗处的怪物，林间的风声是它的呜咽，悬崖峭壁是它的牙齿，随时准备把人拖进它深谷一样的大嘴里。松树则变成了一排排刀刃，低语着："跳下来吧！"在逐渐凝聚的黑暗中，只剩激流还依旧发狂般地奔腾咆哮着，一遍又一遍绝望地击打着困住它的岩石监狱。

"神父！"亚瑟颤抖着站了起来，从悬崖边退了回来，"这就像地狱一样。"

"不，我的孩子。"蒙塔内利轻声地说道，"它像的只是人的灵魂。"

"那些盘踞在黑暗和死亡阴影中的人的灵魂？"

"是那些每天在街上与你擦肩而过的人的灵魂。"

亚瑟打了个寒战，又低头望向悬崖下的黑暗。一团朦胧的白雾在松林中盘旋着，无力地依附在汹涌的激流上，像一个无法安息的幽灵。

"看！"亚瑟突然说，"在黑暗中行走的百姓看见了大光明。[1]"

东面的雪峰被落日的余晖点亮了，仿佛是在燃烧一般。当这最后一束光亮从峰顶退去后，蒙塔内利转过身来，拍了拍亚瑟的肩膀。

---

1 引自《圣经》中的《弥赛亚》。

“走吧，亲爱的孩子。天已经黑了，如果我们再待下去，会在黑暗中迷失方向的。”

“那里看起来就像是一具死尸。”亚瑟转身，视线离开了雪峰，它反射着微弱的暮光，看起来就像是一张幽灵的脸。

他们小心翼翼地穿过黑暗的树林，来到了投宿的木屋。

蒙塔内利进入餐厅时，亚瑟已经在餐桌前等着他了，这时的亚瑟已经摆脱了那些黑暗中的幻影，看起来像完全变了一个人。

“啊，神父，你看这只狗多好玩，它还会用后腿跳舞呢。”

他享受着狗的陪伴，沉浸在和它的玩耍中，就像他沉浸在落日的余晖中一样。木屋的女主人围着白色的围裙，脸红扑扑的，粗壮的手臂叉在腰间，微笑地看着逗狗的亚瑟。“能这样逗狗玩，这人心里肯定没什么可忧虑的。”她用方言对她的女儿说道，“这可真是个英俊的小伙子啊！”

亚瑟的脸像个小女生一样羞红了起来，女主人看到他的反应，知道他听懂了刚才自己说的方言，她看着窘迫的亚瑟，哈哈笑着离开了房间。晚饭时，亚瑟滔滔不绝地讲着他远足、登山和采集植物的计划。显然，刚才那些鬼魅般的幻影既没有影响他的兴致，也没有影响他的胃口。

第二天一早，蒙塔内利醒来的时候，亚瑟已经不见了。他在天亮前就出发去了山上的牧场，“帮嘉斯帕德放羊去了”。

早饭刚摆上餐桌不久，亚瑟就冲进了房间，他没戴帽子，肩上扛着一个三岁大的女孩，手里还拿着一大束野花。

蒙塔内利抬头看着亚瑟，脸上挂满了笑意。亚瑟在比萨和里窝那时从来都不苟言笑，现在简直是判若两人。

“你这家伙，到哪里去了？漫山遍野地跑，连早饭都不吃了？”

“啊，神父，真的太有意思了！日出时候的山峰看起来特别壮丽，露水也特别重！你看！”

亚瑟说着，举起了他湿漉漉的靴子，上面沾满了泥巴。

“我们出发的时候带了一些面包和奶酪，还在牧场喝了一些羊奶，那味道特别奇怪！但我现在又饿了，而且我想让这个小家伙也吃点东西。安妮特，你要不要来点蜂蜜？”

亚瑟坐下来，把孩子放在膝上，开始帮她整理手中的野花。

“先别收拾花了！”蒙塔内利插话道，“我可不能让你着凉。快去把你的湿衣服换了。到我这儿来，安妮特。你是从哪儿把她给抱回来的？”

“就在村头。她是村里鞋匠的女儿——就是我们昨天见过的那个。你看她的眼睛，是不是很可爱？她口袋里还有一只乌龟，她管它叫‘卡罗琳’。”

当亚瑟换掉湿袜子，下楼来吃早餐时，安妮特正坐在神父的膝上，滔滔不绝地介绍着她的乌龟，她用一只胖乎乎的手倒提着卡罗琳，让“先生”欣赏它蹬来蹬去的四肢。

“你看，先生！”她用让人半懂不懂的方言严肃地说道，“你看卡罗琳的靴子！”

蒙塔内利坐在那里陪着小孩子玩耍，他抚摸着她的头发，赞赏着她的乌龟，还给她讲奇妙的故事。他穿着庄重的教士服装，却任由安妮特胡乱翻弄着他的口袋。进来收拾桌子的女主人看着这一幕，眼中充满了惊奇。“小孩子们天生就能分辨出谁是好人，这是上帝赋予他们的能力。”她说道，“安妮特一向害怕陌生人，可您看，她跟这位大人在一起可一点也不害羞。真是不可思议！安妮特，快跪下来，让这位先生在离开前为你祈个福。”

“神父，我今天才知道原来你这么擅长和小孩子相处。”一小时后，他们已经离开了住处，正行走在阳光明媚的牧场中，亚瑟说道，“那孩子的目光一刻都没有离开过你。你知道吗，我觉得——”

“什么？”

“我只是想说——我觉得，教会禁止神父结婚这事，未免让人遗憾。我不明白为什么要这样。你看，养育孩子是一件很严肃的事情，如果从出生开始就能受到良好的熏陶，他们的成长也一定会顺利不少，所以我才觉得，一个人的职业越高尚，生活越纯洁，他就越适合做父亲。神父，我敢肯定，如果你没有发誓终身不娶——如果你结了婚——你的孩子一定会非常——”

“嘘！”

蒙塔内利突然的嘘声打断了亚瑟的话，也让随之而来的沉默显得凝重了起来。

“神父，”亚瑟看到对方忧郁的神情，不禁苦恼了起来，便又开口说道，“我是不是说错话了？也许我说得不对，但这是我心里自然而然的想法，我不能不想。”

“或许，”蒙塔内利温和地说道，“你现在还意识不到你刚才说的话到底意味着什么。再过几年你的看法就会不同了。不说这个了，我们还是聊聊别的事情吧。”

这本是一段宁静和谐的旅途，而这场对话，在他们之间划下了第一道裂痕。

他们离开沙莫尼继续前行，由于天气闷热，顺着泰特恩瓦河，他们到达马尔蒂尼[1]并住了下来。晚饭后，他们坐在酒店的露台上纳凉，这里不仅可以避开阳光，还能饱览山间的美景。亚瑟拿出他的标本盒，用意大利语和蒙塔内利认真地讨论起了植物学。

露台的一旁坐着两位英国画家，一位正在写生，另一位则懒洋洋地跟写生的人聊着天——他似乎没有意识到一旁的亚瑟和蒙塔内利也听得懂英语。

"不要再对着风景瞎涂乱抹了，威利。"他说道，"画画那个美好的意大利男孩，就是着迷于那几片蕨草的那个男孩。你看他的眉毛的轮廓！你只需要把他手里的放大镜换成十字架，再把他的外套和短裤换成罗马的长袍，就是一幅早期基督徒的画像了，连神情都是现成的！"

"去你的早期基督徒！吃晚餐时我就坐在那个年轻人身边，他对那只烤鸡和对那些野草一样着迷。他长得的确很漂亮，皮肤的颜色就像橄榄一样，但他远比不上他的父亲。"

"他的——什么？"

"他的父亲，就是坐在你正前方的那个。难道你没注意到？那可是一张值得入画的脸。"

"你真是个死脑筋的卫理公会教徒！你难道看不出来他是个天主教的神父吗？"

"一个神父？天啊，还真的是！我都快忘了，他们有发誓终

1　马尔蒂尼，瑞士瓦莱州的一个市镇。

身不娶之类的乱七八糟的规矩。好吧，那我们就厚道一点，把这孩子当成他的侄子吧。”

“两个白痴！”亚瑟低身说道，他抬起头，用两只闪烁的眼睛看着蒙塔内利，“不过，他们觉得我们长得像还是让我有点高兴的，我要真是你的侄子就好了——神父，你怎么了？你的脸色怎么这么苍白？”

蒙塔内利一只手扶着额头，站了起来。“我有点头晕。”他用一种奇怪的语调说道，声音微弱又沉闷，“也许我今天早上在太阳底下晒得太久了。我得去躺一会儿，亲爱的孩子，你不用担心，只是天气太热了而已。”

在卢塞恩湖边住了两星期后，亚瑟和蒙塔内利经由圣哥达山口方向返回意大利。幸运的是，天气一直很好，他们进行了几次非常愉快的远足。但旅途开始时那种单纯的快乐已经从他们的心里消失了。蒙塔内利心中总是忐忑不安，他一直想要跟亚瑟来一场“更深入的谈话”，这次旅行本就是个机会。在阿尔沃河谷时，他刻意避开了他们曾在玉兰树下谈过的话题，他知道亚瑟是个敏感的人，这场谈话必然会让他感到痛苦，他想让亚瑟全心全意地感受阿尔卑斯山的美景。自从到达马尔蒂尼以后，他每天早上都会对自己说“我今天一定要找他谈话”，到了晚上又会告诉自己“明天一定谈”，而现在，整个假期都快要结束了，他还在不停地对自己重复“明天吧，明天一定”。他心中总有一种说不清的寒意，觉得此时非彼时，他和亚瑟之间隔了一层无形的纱，让他一直保持着沉默。直到假期的最后一晚，蒙塔内利才突然意识到，他如果想跟亚瑟谈话的话，现在是最后的机会了。那晚他们留宿在卢加诺[1]，准备第二天一早就返回比萨。意大利的政治旋涡就像致命的流沙一样，最起码，他要弄清楚他喜欢的孩子到底陷得多深。

“雨停了，亲爱的孩子。”日落后，蒙塔内利说道，“这是我们赏湖的唯一机会了。出去走走吧，我有话想跟你说。”

他们沿着水边走到了一处安静的地方，在一面低矮的石墙上坐了下来。石墙的旁边是一片玫瑰花丛，上面挂满了猩红的果实，一两簇晚开的白色花朵还依然挂在高处的枝条上，被雨滴打湿，哀怨地摇曳着。绿色的湖面上有一艘小船，白帆在湿润的微风中飘动着，它看起来轻巧又脆弱，就像是一束飘落在水面上的银色蒲公英。在圣·萨尔瓦托雷山的高处，一位牧羊人点亮了棚屋的灯，像是山峰睁开了一只金色的眼睛。玫瑰花垂下了头，在九月里静止的白云下做着长梦，湖水轻柔地拍打着岸边的鹅卵石，发出喃喃细语。

“今后的很长一段时间里，我们都很难有时间像现在这样安静地交谈了。”蒙塔内利开口道，“马上你就要回到学校了，那里有你的课业和朋友。今年冬天我也会非常忙碌。我想弄清楚我们之间现在的关系和立场。所以，如果你——”他停了一会儿，然后用更缓慢的语气继续说道，“如果你觉得你还能像以前那样信任我，我希望你能比在神学院的花园里更明确地告诉我，你在那条路上已经走了多远。”

亚瑟望着湖的对面，静静地听着，什么话也没说。

---

1 卢加诺，瑞士最南端的城市。

“如果你愿意跟我说的话，我想知道，”蒙塔内利继续道，“你是不是跟他们许下了誓言，或者——别的什么？”

“没什么可说的，亲爱的神父。我没有被誓言束缚，但我已不能脱身。”

“我不明白——”

“誓言有什么用？语言是束缚不了人的。如果你足够相信一件事，你就会把自己许诺给它。如果你不相信它，那便没有什么可以束缚住你。”

“那么，你的意思是，这件事——这种相信——是完全不能改变的？亚瑟，你有没有想过你到底在说什么？”

亚瑟转过身来，直视着蒙塔内利的眼睛。

“神父，你总是说让我信任你。难道你就不能信任一下我吗？如果有什么可以说的，我一定会告诉你的。但只是谈论这些事情是没有用的。我没有忘记那晚你对我说的话，我永远都不会忘记。但我必须走我自己的道路，追随我自己看到的光明。”

蒙塔内利从花丛中摘下一朵玫瑰，把花瓣一片一片地扯下来，扔进了水里。

“你说得对，亲爱的孩子。我不会再跟你提这些事了。长篇大论确实无济于事——好了，我们回屋去吧。”

第三章

秋天和冬天都平静地过去了。亚瑟埋头于学业，没有什么空闲的时间。但他还是会想方设法地每周都去看望蒙塔内利一两次，哪怕只是见上几分钟。他时不时会带上一本难懂的书，请蒙塔内利为他讲解，但在这些时候，他们除了学习的话题，对其他一切都闭口不谈。虽然看起来一切还跟从前一样，但蒙塔内利还是能感觉到，他和亚瑟之间出现了一道微妙的、无形的屏障，这让他在和亚瑟相处时变得拘谨了很多，他不想让亚瑟觉得自己在试图维系他们之间的融洽关系。现在，亚瑟的来访给他带来的苦恼要多于快乐，他得努力假装让自己看起来很轻松，表现得一切如常。亚瑟虽然不明白为什么，但还是察觉到神父的举止有了微妙的变化。他隐约觉得这跟那个恼人的“新思潮”问题有关，所以，尽管他满脑子都是“新思潮”，但还是努力地避免跟蒙塔内利提及它。即便如此，亚瑟却从未像现在这样深爱着蒙塔内利。长久以来，他心中都有一种模糊的不满足，一种精神上的空虚，他曾试图以神学义理和宗教仪式来压制这种感觉，但都无济于事，直到他接触了青年意大利党。在那之后，所有在孤独中生出的臆想，所有在病房中陪伴母亲时产生的幻觉，都消失得无影无踪。心中的疑虑曾让他痛苦，他祈祷过，而现在，用不着举行驱魔仪式，那些疑虑全都离开了他。取而代之的是重新苏醒的热情，以及一种崭新的、更清晰的宗教理念（因为他正是从这种宗教的视角来看待学生运动的，而不是站在政治发展的立场上），这让亚瑟感到宁静和充实，让他心中充满了天下太平、与人为善的想法。这种庄严又慈悲的想法充斥着亚瑟的内心，世间的一切在他眼里都充满了光明，他甚至能在自己曾经最讨厌的人身上看到新的闪光点。而蒙塔内利，五年来一直是他理想中的英雄的蒙塔内利，身上又增添了一道光环——他成了亚瑟新信仰中的先知。他满怀激情地聆听着神父布道，试图在他的话语中找到与共和理念相对应的内容。他还翻阅福音书，欣喜地发现基督教在起源时就带了民主的成分。

一月的一天，亚瑟到神学院来归还他借走的书。被告知院长不在，他便径直走进蒙塔内利的书房，把书放在了书架上。正准备离开时，桌上的一本书引起了他的注意——但丁的《论世界帝国》。他翻阅起来，很快就被书里的内容吸引住了，完全没有听到身后的开门声。直到蒙塔内利的声音在他背后响起，他才如梦初醒似的，知道有人进来了。

“我没想到你今天会来。”神父瞥了一眼书的标题，说道，“我正准备派人去问你今晚能不能来见我呢。”

“有什么重要的事吗？我今晚约了别人，但我可以推掉它，如果——”

“不用，你明天再来也行。我想见你是因为我周二就要离开了。我要被派往罗马了。”

“罗马？去多久？”

“信上说‘直到复活节后’。信是从梵蒂冈寄来的。我本想马上就告诉你的，但我一直忙着处理神学院的事，还得为新院长的就职做安排。”

“可是，神父，你该不会是要放弃神学院的职务吧？”

“不放弃不行，但我之后可能还会回比萨来，至少再待上一段时间。”

“那你为什么还要放弃院长的职务呢？”

“嗯，虽然还没有正式宣布，但我要被任命为主教了。”

“神父！哪里的主教呢？”

“我到罗马就是要确定这事。看看到底我是要去亚平宁山区做主教，还是留在这里当副主教。”

“那新院长的人选定好了吗？”

“被任命的是卡尔迪神父，他明天就会到达这里。”

“这是不是太突然了？”

“是的，但——梵蒂冈的决定有时候总要等到最后一刻才公布。”

“你认识新院长吗？”

“我跟他没什么私交，但别人对他的评价都很高。贝洛尼神父，就是有很多著述的那位，说他是一个非常博学的人。”

“神学院的人一定会非常想念你的。”

“神学院的人我不知道，但我知道你一定会想念我的，亲爱的孩子，也许会像我想念你那样想念我的。”

“我一定会想念你的，尽管如此，我还是替你感到高兴。”

“是吗？我都不知道自己是否该感到高兴。”蒙塔内利坐在桌前，满脸都是疲惫的神情——看上去根本不像一个即将高升的人。

“亚瑟，你今天下午忙吗？”过了一会儿，蒙塔内利开口说道，“要是不忙的话，我希望你能在这里陪我一会儿，毕竟你晚上已经有约了。我感觉有点不太舒服，而且我想在离开之前尽可能地多看看你。”

“嗯，我可以待上一会儿。但我六点就得回去。”

“去参加集会？”

亚瑟点了点头，蒙塔内利匆忙地改变了话题。

“我想跟你聊聊你的事情。”他说道，“我离开以后，你需要另找一位神父来聆听你的忏悔。”

“但当你回来的时候，我还可以继续跟你忏悔，对吗？”

“这还用问吗？我亲爱的孩子，当然可以了。我说的只是我离开的那三四个月内而已。你能去圣卡特琳娜教堂找一位神父吗？”

“好的。”

这之后他们又谈了一会儿其他事情，接着亚瑟站了起来。

“我得走了，神父，同学们都等着我呢。”

蒙塔内利的脸上又露出了憔悴的神情。

“这就要走了？跟你聊天几乎让我的坏情绪全都消失了。好吧，再见。”

“再见。我明天一定会来的。”

“尽量早点来，这样我才能有时间单独见你。卡尔迪神父也会来。亚瑟，我亲爱的孩子，在我离开的这段时间，你一定要小心，不要受人误导做出任何轻率的事情，有什么事至少要等我回来再说。你都不知道我对你有多么放心不下。”

“不要担心，神父。一切都很正常，事情都还远着呢。”

“再见。”蒙塔内利突然说道，然后坐下来拿起了笔。

当亚瑟走进学生们举行小型集会的房间时，他的目光立刻就落在了儿时的玩伴——沃伦医生的女儿身上。她坐在窗边的一个角落里，认真地听着一位“发起人”讲话，神情专注。那位发起人是个伦巴第青年，个子很高，穿着一件破旧的外套。在过去的几个月里，她的身体发生了很大的变化。尽管她还是跟从前一样一副学生打扮，浓密的黑辫子垂在背后，但看起来已经是一位成熟的年轻女性了。她穿着一身黑色的衣服，加上房间里透风，冷飕飕的，她便在头上裹了一条黑色的围巾。她的胸前插着一束柏树枝，那是青年意大利党的标志。发起人正慷慨激昂地向她描述着卡拉布里亚地区农民的苦难，她一只手托着下巴，眼睛看着地面，坐在那里静静地听着。在亚瑟眼里，她像一位忧郁的自由女神，正在为毁于一旦的共和国哀悼（不过，要是茱莉亚看到，会觉得这是一个发育过快的野丫头，肤色暗淡，鼻子还是歪的，而且那件旧布料做的连衣裙太短了，一点也不得体）。

“你也在这儿啊，琴！”趁着发起人被叫到房间的另一边，亚瑟走上前去说道。她受洗礼的名字有点古怪，叫“琴妮弗”，而“琴”则是这个名字略显幼稚的简称。不过她的意大利同学都叫她“琴玛”。

她吃惊地抬起头来。

“亚瑟！天哪，我都不知道原来你——你也加入了这里。”

“我也没想到你会在这里。琴，你是从什么时候开始——”

“不是的！”她迅速插话道，“我不是他们的成员。我只是帮他们做过一两件小事。是这样，我结识了毕尼——卡洛·毕尼，你知道他吗？”

“知道，当然知道。”毕尼是里窝那分部的组织者，所有青年意大利党成员都知道他。

“呃，认识之后他就开始给我讲这些事情，然后我请他带我参加了一次学生集会。有一天，他给我写信到佛罗伦萨——你是不是还不知道我圣诞假期去了佛罗伦萨？”

“我现在不常收到家那边的消息。”

“啊，好吧！总之，我去了那边，就住在莱特姐妹家里（莱特姐妹是她的老同学，她们家搬去了佛罗伦萨）。然后毕尼写信给我，要我今天回家时路过一下比萨，好顺便到这儿来。啊！他们要开始讲了。”

讲座的内容是理想的共和国，以及年轻人应当为其承担什么责任。那位演讲者对这个题目的理解稍显肤浅，但亚瑟还是带着虔诚的敬意把他的话全部听了进去。亚瑟正处在一个充满好奇心的年纪，他的评判性思维还没有形成，当接触到新的道德理念时，他总是急切地全盘吞下，从不考虑自己是否消化得了。讲座结束之后是漫长的讨论时间，当讨论也结束后，学生们才散去。亚瑟走到仍然坐在角落里的琴玛面前。

“琴，我送你回去吧。你现在住在哪里？”

“玛丽埃塔那儿。”

“她是你父亲的老管家？”

“是的，她住的地方离这儿有点远。”他们沉默着走了一段时间后，亚瑟突然说道：

“你现在已经十七岁了，对吧？”

“是的，去年十月的时候我就满十七岁了。”

“我一直都知道你长大后会跟别的女孩不一样，不会像她们那样满脑子都是参加舞会之类的乱七八糟的事情。琴，亲爱的，我以前就常常想，不知道你会不会成为我们的一员。”

“我也是。”

“你说你帮毕尼做过事情，我以前都不知道原来你认识他。”

“我没帮过毕尼，我帮的是另一个人。”

“哪个人？”

“就是今晚和我讲话的那个——博拉。”

“你跟他很熟吗？”亚瑟问道，语气中带着一丝嫉妒。博拉算是他的对手，他们曾竞争过同一份工作，但青年意大利党的委员会最后还是把工作交给了博拉，理由是亚瑟太年轻了，经验不足。

“我们很熟，而且我也非常喜欢他。他最近都一直住在里窝那。”

“我知道，他是去年十一月去——”

“就是去处理轮船的事情。亚瑟，做那项工作，难道你不觉得你家比我家更安全吗？没人会怀疑一个原本就搞船舶生意的富商家庭，而且码头上的每一个人你都认识——”

“嘘！别那么大声，亲爱的！原来从马赛运来的书都是在你家里藏着的！”

“就放了一天。糟糕！也许我不该告诉你这件事。”

“有什么不该的？你知道我也是结社的一员。琴玛，亲爱的，这世上没有什么比你加入我们更让我开心的事了——有你，还有神父。”

“你那个神父？他一定——”

“是，他的想法和我们不一样。可我有时候会想——会希望——我也不知道——”

“但是亚瑟，他可是个神父啊！”

“是神父又怎样？结社里也有神父——还有两个在报纸上写过文章呢。而且，为什么神父就不能加入？神父的使命是以崇高的理想和目标来引导世界，这不也和我们结社的目标是一致的吗？况且，从根本上讲，做成这件事需要的不是政治运作，而是信仰和道德的指引。如果人人都有资格享受自由，人人都能成为尽责的公民，那么就没有人能再奴役他们。”

琴玛皱起了眉头。“亚瑟，在我看来，”她说道，“你说的话逻辑有些混乱。神父是传授宗教教义的人，我看不出这跟驱逐奥地利人有什么关系。”

“神父传授的是基督的话语，而基督本人就是最伟大的革命者。”

“可你知道吗，前几天我和父亲说起神父，他说——”

“琴玛，你父亲是个新教徒。”

琴玛顿了一下，然后转过头坦率地直视着亚瑟：“算了，我们最好还是不要再谈这个话题了。每次提起新教徒时你都充满偏见。”

“我不是故意的。与其这么说，我倒觉得是新教徒总是对神父充满偏见。”

“也许是吧。不管怎么说，我们已经在这个问题上争执过很多次了，没必要再争一遍。你觉得这场讲座怎么样？”

“我觉得很棒——我尤其喜欢最后那部分。他提出我们应该在生活中去实践共和思想，而不是只在梦中空谈它，这和我的想法一致。就像基督说的：‘神的国就在你们心里。[1]’”

“那刚好是我不喜欢的部分。他说了那么多我们应该如何思考、如何感受，该成为什么样的人，但却只字不提我们到底应该做什么。”

“等到紧要关头，就会有很多事情需要我们去做了。我们得有耐心，巨大变革是没法在一天内就完成的。”

“既然它需要很长时间来完成，那我们就更有理由立刻开始了。你刚说人人都有资格享受自由——你见过比你母亲更应该享受自由的人吗？她就像天使一般，你还见过比她更完美的女性吗？她那么好，可是又有什么用呢？她到死都还像个奴隶一样——被你哥哥詹姆斯和他的妻子欺凌，被他们骚扰和侮辱。要不是她那么善良和耐心，他们绝不敢那样对待她，她的境遇说不定还会好很多。意大利的情况也是这样，我们缺的不是耐心，而是敢挺身而出的人，我们需要去捍卫自己的——”

1 引自《圣经》中的《路加福音》。

“琴，亲爱的，如果愤怒和激情能够拯救意大利的话，她早就自由了。意大利需要的不是仇恨，而是爱。”

亚瑟说出这句话的时候，额前涌起了一片红晕，但很快就消失掉了，并没有被琴玛看到。琴玛眉头紧缩，抿着嘴直视着前方。

“你觉得我是错的，亚瑟，”她停顿了一下，继续说道，“但其实我是对的，你总有一天会明白的。这就是我住的地方，你要进来吗？”

“不了，天太晚了。晚安，亲爱的！”

他站在门口，双手紧握着她的手，说道：“为了上帝和人民——”

她缓慢而严肃地说出了誓词的后半句：

“至死不渝。”

然后她抽出手，转身跑进了屋里。当门在她身后关上时，亚瑟弯下腰，捡起了从她胸前掉落的柏树枝。

第四章

亚瑟回到住处时，开心得就像是长了翅膀一样，只觉得浑身畅快，心里一丝愁云也没有。集会上有人暗示要为武装起义做准备，而琴玛现在也加入了他们，他心爱的琴玛。为了建立理想中的共和国，他们以后可以一起工作，说不定还会一起牺牲。他们的希望之花即将绽放，神父也一定会看到它，然后相信它。

然而，第二天一早，亚瑟便从沉醉中醒了过来，琴玛和神父即将离开的现实又回到了他的思绪中，琴玛就要回里窝那了，神父也即将前往罗马。一月、二月、三月 —— 离复活节还有整整三个月！而且，万一琴玛回去后受到她家里那个“新教徒”的影响（在亚瑟的词典里，“新教徒”就等于“非利士人”[1]）——不，琴玛一定不会像其他那些在里窝那的英国女孩那样，去卖弄风情，去讨好游客和秃头的船主，她和别的女孩不一样。她在家里时说不定会非常难过，她年纪小，又没什么朋友，跟那群木头人在一起生活一定会让她非常孤独。要是母亲还活着就好了……

1　非利士人（Philistine），是居住在迦南南部海岸的古民族，在《圣经》中常以负面形象出现。在此处的语境里，“非利士人”是“小气、庸俗的人”的代名词。

晚上，亚瑟去了神学院，蒙塔内利正在招待新院长，看起来既疲惫又无聊。看到亚瑟时，神父的脸上并没有像往常一样露出喜色，而是变得更加阴郁。

“这就是我跟你说过的那个学生。”他生硬地把亚瑟介绍给了新院长，“如果你能允许他继续使用图书馆，我将不胜感激。”

卡尔迪神父是一位面容慈祥的老教士，介绍过后，他立刻就跟亚瑟聊起了罗马大学的情况。他从容地侃侃而谈，显然很了解大学生活。不一会儿，话题就转向了大学的规章制度，这在当时是个热门议题。令亚瑟非常高兴的是，这位新院长对很多大学现有的规范都表示强烈反对，他认为这些无意义的限制只能让学生们为难心烦，除此之外毫无用处。

“我在指导年轻人方面有不少经验。”他说道，“我的原则是，如果没有充分的理由，就绝不限制学生们。他们还年轻，如果凡事能多从学生们的角度出发，尊重他们的个性，很少有人会去主动惹麻烦。但你知道，如果你总是把缰绳勒得太紧，即使是最温顺的马也会踢人的。”

亚瑟惊讶地瞪大了眼睛，他没想到这位新院长会为学生辩护。蒙塔内利则一句话也没有说，很显然，他对他们讨论的话题一点兴趣都没有。卡尔迪神父注意到了他脸上深重的无奈和倦意，便中断了和亚瑟的谈话。

“恐怕我让你过分劳累了，神父。原谅我滔滔不绝，我自己对这个话题很感兴趣，经常忘记了别人可能会觉得它无聊。”

“恰恰相反，我非常感兴趣。”蒙塔内利显然不是很会客套，他回答时生硬的语气让亚瑟感到很不舒服。

当卡尔迪神父回到自己的房间后，蒙塔内利转向亚瑟。整个晚上，他都紧锁着眉头，脸上一直带着忧郁的神情。

“亚瑟，我亲爱的孩子，”他缓缓地说道，“我有件事要告诉你。”

“他一定是得到了什么坏消息。”亚瑟焦急地看着憔悴的蒙塔内利，脑海中闪过了这句话。蒙塔内利却沉默了。

“你喜欢这个新院长吗？”过了很久，蒙塔内利才突然开口问道。

亚瑟完全没料到蒙塔内利会问这个，他愣了一下，不知道该如何回答。

“我——我非常喜欢他，我觉得——至少——不，我也不知道我是否喜欢他。我说不准，毕竟才见过他一面。”

蒙塔内利坐在椅子上，手轻轻地拍打着扶手，这是他的老习惯了，他一焦虑或为难时就会这样。

“关于这次去罗马的事情，”他又开口道，“如果你觉得有任何——呃——如果你想的话，亚瑟，我可以写信告诉他们我不能去。”

“神父！可是梵蒂冈——”

“梵蒂冈会找到别人替我的。我跟他们道歉就是了。”

“可你为什么要说这个呢？我不明白。”

蒙塔内利用手在他的额头上画了个十字。

“我很担心你。我脑子里乱七八糟的——而且，我也不是非去不可——”

“那可是主教的职位——”

“哦，亚瑟！我不想为了区区一个职位而失去——”

说到这里，他停了下来。亚瑟从未见过蒙塔内利这样，这让他感到非常不安。

“我不明白。”他说道，“神父，你能不能告诉我——明确地告诉我——你到底是怎么想的——”

“我什么也没想，我只是有一种可怕的预感。告诉我，你是不是干了什么特别危险的事情？”

“他应该是听到了什么消息。”亚瑟想起了还在计划中的武装起义，暗自思忖。但这不是一个可以分享的秘密，于是他只是简单地反问道：“我能干什么危险的事？”

“不要搪塞，回答我！”蒙塔内利严肃了起来，急切地说道，“我不想知道你的秘密！你只要告诉我你有没有危险就好！”

“我们的命运都掌握在上帝的手中，神父，任何事情都可能发生。但我不认为我会出事，当你回来时，我应该还会安安全全地站在这里。”

“当我回来时——听着，亲爱的孩子，我要把我的去留交给你来决定。你不需要给我任何理由，只要对我说‘别走’，我就会放弃这次行程。这不会影响到别人，我总觉得如果我在你身边的话，你会更安全一些。”

亚瑟紧张地看着蒙塔内利，这种略显病态的胡思乱想不该出现在蒙塔内利身上。

“神父，你现在一定是太累了。你当然应该去罗马了，你需要彻底休息一下，治好你的失眠和头痛。”

“那好。”蒙塔内利打断了他的话，仿佛厌倦了这个话题，“我明天一早就乘车出发。”

亚瑟疑惑地看着蒙塔内利，说道："你刚才不是说有事情要告诉我吗？"

"没有，没有，我没什么要说的了——没什么重要的事。"他的脸上露出一丝近乎惊恐的表情。

蒙塔内利离开后几天，亚瑟去神学院的图书馆拿书，在楼梯上遇到了卡尔迪神父。

"啊，伯顿先生！"院长惊喜地说道，"我正要找你呢。快请进，我有一个难题需要你来帮忙解决。"

他打开了书房的门，亚瑟跟着他走了进去，心里悄悄生出了一股莫名的怨恨。他很熟悉这个书房，这里曾是神父的私人圣地，而现在它却被一个陌生人侵占了。

"我是个大书虫。"院长说道，"我上任后干的第一件事情就是去图书馆翻书。那里十分有趣，可是我搞不明白它的编目系统。"

"图书馆的目录不太完善，许多好书最近才刚入库。"

"你能抽点时间给我讲解一下编目的方法吗？半个小时就够了。"

他们走进图书馆，亚瑟细致地向他解释了图书的编目系统。当亚瑟拿上帽子准备起身离开时，院长笑着拦住了他。

"不，不！我不能让你就这样急匆匆地离开。今天才周六，你还可以再休息休息，作业等周一回学校再做也来得及。我都已经把你耽误到现在了，干脆就留下来和我一起吃晚饭吧。我一个人有些孤独，你要是能陪陪我就好了。"

他的举止爽朗，语调也很轻快，让亚瑟立刻就不再拘束。一番闲聊过后，新院长问他认识蒙塔内利多久了。

“大约七年了。他从中国回来的时候我才十二岁。”

“嗯，对！正是在那里，他成了一名优秀的传教士。从那时起你就是他的学生了吗？”

“一年之后他才开始教我，大约就是在我第一次向他忏悔的时候。我去了罗马大学以后，他仍然继续帮助我学习，只要我想学，哪怕是学校不教的课程，他也会讲给我听。他对我非常好，难以想象的好。”

“我相信你所说的。他是一个所有人都钦佩的人，品格高尚，又平易近人。我见过和他一起去中国的神父，他们都称赞他在困难中表现出来的智慧和勇气，他是个为了信仰矢志不渝的人。从小就有这样一个人来指导和帮助自己，你很幸运。我从他那里得知，你的父母都已经去世了。”

“是的，我父亲在我小时候就去世了，母亲也在一年前去世了。”

“你有兄弟姐妹吗？”

“没有，只有异母兄弟。但当我还很小的时候，他们就去经商了。”

“你的童年一定很孤独，也许正因如此，你才会如此珍惜蒙塔内利神父的善意。对了，在他不在的这段时间里，你会向哪位神父忏悔呢？”

“我准备去圣卡特琳娜教堂找一位神父，如果他们那儿忏悔的人不是太多的话。”

“你愿意向我忏悔吗？”

亚瑟惊讶地睁大了眼睛。

"尊敬的神父，当然——我很荣幸，只是——"

"只是神学院的院长通常并不听平信徒[1]的忏悔？一般来说是这样。但我知道蒙塔内利神父非常喜欢你，我想他应该非常担心你——我要是离开我最喜欢的学生也会这样——如果你能接受他同事的指导，他一定会感到放心。而且，坦率地说，我的孩子，我也很喜欢你，希望可以尽我所能地去帮助你。"

"既然如此，我非常感谢你愿意指导。"

"太好了，那么，你下个月就来找我忏悔吧？还有，我的孩子，当你晚上有空闲的时候，我希望你可以常来看看我。"

复活节前不久，蒙塔内利就被正式任命为布里西盖拉教区的主教，那是一个位于亚平宁山区伊特鲁里亚的小教区。他从罗马给亚瑟写了信，信中的话语非常愉快平静，很显然，他出发前阴郁的心情已经消失了。"你每逢假期一定要来看我。"他写道，"我也会经常回比萨，虽然不能像过去那样经常见面，但我还是希望能多看看你。"

沃伦医生也寄来了信，邀请亚瑟去他家，同他和他的孩子们一起过复活节，这样亚瑟就不用像以前那样，在那个朱莉亚管制下的沉闷又有老鼠的地方过节了。信中还附有一张简短的字条，上面有歪歪扭扭、略显幼稚的笔迹，是琴玛写的，她希望亚瑟能尽量抽出时间去她家，"因为我想和你谈点事情"。除此之外，更令人鼓舞的是在同学们之间传递的消息，每个人都在为复活节

1　平信徒指基督教会中没有教职的一般信徒，又称教友。

之后的那件大事做准备。

这些事情让亚瑟陷入了一种近乎狂热的期待中，在这种状态下，哪怕是同学们之间流传的最疯狂、最不可能的事情，在他看来都是自然而然的，一切都有可能在未来的两个月内实现。

他准备在受难周的周四回家，并在那里度过假期的头几天，因为教会要求所有的教徒在那周参加庄严的祷告仪式。之后，他便可以快活地享受拜访沃伦家的快乐和见到琴玛的喜悦了。他给琴玛回了信，答应她自己会在复活节后的周一去。他在周三的晚上回了信，回完信后，怀着宁静的心情，回到了自己的寝室。

他在十字架前跪了下来。卡尔迪神父明早会接受他复活节圣餐前的最后一次忏悔，为了准备充足，他打算在睡前认真祷告。他跪在地上，双手合十，低下头，开始回顾自己这一个月以来的作为，细数自己的急躁、粗心和坏脾气，这些细小的过错都在他纯洁的灵魂上留下了淡淡的痕迹。除了这些，他便再也找不出自己的过错了。最近一个月他大多数时候过得非常开心，有着美好的心情，是很难犯大错的。他在胸前画了个十字，然后站起来开始脱衣服。

当他解开衬衫时，一张纸片滑落下来，飘在地上。那是琴玛的信，这一整天，他一直都把它塞在胸前。他把信捡了起来，展开后，亲吻了上面的潦草字迹，然后又把它折了起来，隐约地意识到自己做了一件非常可笑的事情。这时，他才注意到信的背面有一段他之前没有读到的附言。“一定要尽快来。”上面写道，“因为我想让你见见博拉。他一直住在这里，我们每天都在一起读书。”

读到这里时，一股热血涌上了亚瑟的额头。

怎么总是博拉！他又去里窝那做什么？为什么琴玛要和他一起读书？就凭偷运书本这事他就把琴玛迷住了吗？很显然，在一月份的集会上，他就已经爱上了她，所以他在宣讲时才对琴玛那么热情。而现在他就在她身边，还每天一起读书。

亚瑟猛地把信扔到了一边，再次跪在了十字架前。这就是那个准备请求赦免、准备接受复活节圣餐的灵魂——要与上帝、自己和全世界和平相处的灵魂！这么个灵魂居然对一个同志生出了肮脏的嫉妒和猜疑，充满了自私狭隘的憎恨！他用双手捂住自己的脸，羞愧难当。仅仅五分钟前，他还在梦想着成为殉道者，而现在，他却萌生了这样卑鄙的念头！

周四早上，亚瑟去了神学院的小教堂，发现里面只有卡尔迪神父一个人在。在背诵了一遍忏悔词之后，他便开始讲述自己昨晚所犯的罪过。

“神父，我犯下了嫉妒和愤怒的罪，我对一个无辜的人生出了不该有的错误念头。”

卡尔迪神父经验丰富，知道自己面前的忏悔者是个什么样的人。他只是轻轻地说道：“亲爱的孩子，你没有告诉我事情的全部。”

“神父，我对一个人生出了基督徒不该有的坏念头，而我本应去关爱和尊敬那人。”

“一个和你有血缘关系的人？”

“我们之间有比血缘更紧密的纽带。”

“什么纽带，我的孩子？”

“同志情谊。”

“什么方面的同志情谊？”

“在一项伟大而神圣的工作中的同志情谊。”

接着是一阵短暂的沉默。

“你对这位——同志的愤怒，你对他的嫉妒，是因为在那项工作中他干得比你更好吗？”

“我——是的，一部分是因为这个。我嫉妒他有丰富的经验——他很有才干。然后——我觉得——我担心，他会把我——心爱的女孩夺走。”

“你爱的这个女孩，她是我们教会中的人吗？”

“不是，她是个新教徒。”

“一个异教徒？”

亚瑟有些不安，紧张地握紧了双手。“是的，一个异教徒。”他重复道，“我们是一起长大的，我们的母亲是朋友。我——嫉妒他，因为我明白他也爱她，而且因为——因为——”

“我的孩子。”沉默了一会儿后，卡尔迪神父缓慢而严肃地说道，“你还是没有告诉我事情的全部，你的灵魂上还负担着更多的东西。”

“神父，我——”亚瑟支支吾吾，然后便停住不说了。

神父静静地等待着。

“我嫉妒他，因为我所属的结社——青年意大利党——”

“哦？”

“把一项我想干的工作——交给了他，我一直认为我自己——特别适合这项工作。”

"什么工作？"

"运送书籍——政治书籍——把书籍从轮船上卸下来——然后把它们藏在镇子上——"

"而这项工作被青年党交给了你的对手？"

"给了博拉——我因此而嫉恨他。"

"他本人给你嫉恨他的理由了吗？他有没有在工作中失职？"

"没有，神父。他非常勇敢，全心全意地投入工作中。他是一个真正的爱国者，除了爱戴和尊重，我不应该对他有别的情绪。"

卡尔迪神父沉思了一会儿。

"我的孩子，如果你的内心升起了一道新的光，有了一个为你的同胞去成就一番事业的梦想，一个为劳苦大众减轻负担和压迫的希望，就要好好珍惜上帝赐予你的这最宝贵的恩惠。一切美好的事物都是他所赐的，在他的恩赐中你可以获得新生。如果你已经找到了牺牲的道路，找到了通往和平的道路，如果你已经结识了挚爱的同志，准备和他们一起把那些在暗中哭泣的灵魂解脱出来，那么，请把你的灵魂从嫉妒和愤怒中解放出来，把你的心变成祭坛，让圣火在其中永恒地燃烧。别忘了，你要做的是一件崇高而神圣的事情，为了完成它，你必须排除自己的私念。你的工作就像教士一样，不是为了得到一个女人的爱，也不是为了转瞬即逝的激情，而是为了上帝和人民，至死不渝。"

"啊！"亚瑟吃了一惊，他把自己的双手紧紧地握在了一起，听到这句誓词，他险些就哭了出来，"神父，你代表教会认可了我们，基督是站在我们这边的——"

"我的孩子，"神父郑重地说道，"基督把商人赶出了圣殿，因为他的殿堂应成为祷告的地方，而他们把它变成了贼窝。[1]”

沉默良久后，亚瑟颤抖地低声说道：“当他们被赶出去后，意大利将成为他的圣殿——”

然后，他停止了颤抖，用温和的声音继续道：“主说：‘这大地，和其中所充满的，都是我的。’[2]”

1 引自《圣经》中《马可福音》所述耶稣清洗圣殿的故事。

2 引自《诗篇》，它是《圣经》中最长的书卷。

第五章

当天下午，亚瑟觉得自己有必要多走走路。他把行李托付给了一位同学，徒步去里窝那。

这天空气很是潮湿，天上布满了乌云，但亚瑟并不觉得寒冷，这片低平的原野在他的眼里也变得比以往更加宜人。草地都被打湿了，从脚下传来柔软的触感，路边的野花像一双双好奇又羞涩的眼睛，这一切让亚瑟的心情愉快了起来。在一片小树林的边上有一丛刺槐，亚瑟走过时，惊到了一只正在筑巢的鸟，那鸟鸣叫了一声，扇动着褐色的翅膀飞走了。

明天就是圣周五[1]了，他努力收敛心神，试图把思绪都放在虔诚的祈祷上。但对蒙塔内利和琴玛的思念让他无法集中注意力，他干脆放弃了祈祷，任由思绪飘荡，幻想起了之后的起义，以及随之而来的奇迹和荣光。在幻想中，他为自己心爱的两个人都安排好了角色。神父是领袖，是使徒，也是先知。在他的盛怒面前，一切黑暗都将退散，捍卫自由的年轻人都会加入他的麾

1　圣周五（Good Friday），复活节之前的星期五，即耶稣受难节。

下。在他的带领下，古老的教义会焕发出新的生机，古老的真理也会闪耀新的意义。

而琴玛，哦，琴玛会冲锋在第一线。她是由铸造女英雄的特殊材料做成的，她会是个完美的战友，无畏的战士，也是诗人梦中圣洁的少女。她将和他肩并肩站在一起，在死亡的风暴下高呼，他们将一同死去，也许就在斗争胜利的时刻——他们一定会胜利，这一点他深信不疑。至于他对她的爱意，他下决心永不会对她坦露，他不愿打破她内心的宁静，也不愿毁坏他们之间纯洁的同志情谊。对他来说，琴玛是神圣的，她是圣坛上的无瑕圣物，为解放人民牺牲了自己。她的灵魂是一座圣殿，充满了对上帝和意大利的爱，而渺小的他不配闯入。

上帝和意大利——当他走进宫殿街那栋巨大、阴沉的老房子时，他就从美妙的幻想跌进了现实。朱莉亚的管家，那个永远一丝不苟、冷静持重的管家，和往常一样礼貌而不屑地站在台阶上迎接了亚瑟。

“晚上好，吉本斯。两位哥哥在家吗？”

“托马斯先生在，先生。还有伯顿夫人，他们现在都在客厅里。”

带着一股沉闷的压抑感，亚瑟走了进去。这是一幢多么阴沉的房子啊！生活的洪流随着时间滚滚而去，而这座房子却从未被它触碰过。这里的一切都没有任何改变——人和以前一样，家族的画像也挂在老位置，笨重的家具上面依然摆着难看的盘子，庸俗地炫耀着家族的财富，一切看上去都和从前一样了无生气。即使是铜架上的花，看起来也像涂了颜料的金属假花，让人不相信春风和煦时会有充满生命力的汁液流淌。朱莉亚已经穿上了晚宴的衣服，正在客厅里——对她而言这个客厅是一切的中心——等待着来客。她就像时装画上的人一样，亚麻色的卷发披散着，脸上的笑容木然呆滞，膝上还趴着一只哈巴狗。

“你好，亚瑟。”她生硬地说道，把指尖伸了出去，让亚瑟行吻手礼，行完后，她迅速地把手放回了小狗顺滑的皮毛上，很显然，对她而言，碰狗比碰亚瑟舒服，“我希望你一切都好，可以在大学里学不少东西。”

亚瑟用临时想出来的几句客套话答了她，之后便拘谨地陷入了沉默中。随后，詹姆斯大摇大摆地走了进来，还带着一位看起来有些古板、上了年纪的船务经理人，但气氛也没有缓解多少，直到吉本斯告诉他们晚饭已经准备好了，亚瑟才如释重负地站了起来。

“抱歉，朱莉亚，晚饭我就不吃了。我先回房间了。”

“你斋戒得过头了，孩子。”托马斯说道，“这样下去你会生病的。”

“放心吧，不会的！晚安。”

在走廊里，亚瑟遇到了家里的女佣，便吩咐她明天早上六点来敲门叫他起床。

“您是要去教堂吗？”

“是的，晚安，特雷莎。”

他走进了自己的房间。这里曾是他母亲居住过的地方，在她患病期间，窗户对面的壁龛被布置成了一个祈祷坛。坛中间是黑色的底座，上面插着一个巨大的十字架，前面还挂着一盏罗马式油灯。她就是在这个房间里去世的。床边的墙上还挂着她的画像，桌上还摆着她用过的瓷盆，里面放着一大束她最爱的紫罗兰。母亲去世已经一年多了，但家中的意大利仆人们都还没有忘记她。

他从包里拿出一个包得严严实实的包裹，里面是一张装裱好的画像。那是一张蒙塔内利的炭笔画像，几天前刚从罗马寄来的。正拆包裹时，朱莉亚的侍从端来了一个餐盘，上面放着一些小点心，是家里的意大利老厨师做的。在苛刻的新女主人到来之前，那位厨师曾侍奉过亚瑟的母亲格拉迪丝，虽然亚瑟还在斋戒期间，但她还是希望亲爱的少爷稍微吃点东西。但亚瑟还是谢绝了仆人的好意，只从餐盘上拿了一小片面包。朱莉亚的侍从是吉本斯的侄子，不久前才刚从英国来，但已经跟家中的信新教的仆人打成了一片。他拿走餐盘时，冲亚瑟意味深长地笑了笑。

亚瑟走到壁龛前，在十字架前跪了下来，试图静下心来，将自己的思绪集中到祈祷和冥想上。但他发现自己的注意力很难集中。正如托马斯所说，他因为斋戒饿过头了，饥饿感就像烈酒一样冲到了他的头上。亚瑟只觉背后阵阵发颤，十字架也在他眼前晃动了起来，仿佛游走在一片迷雾中。在机械地重复了一长串祷文之后，他才成功地将自己四处游荡的思绪唤回到对赎罪的思索上。最后，纯粹的倦意战胜了他神经中的躁动，纷扰的念头纷纷离他而去，怀着宁静的心情，他躺在床上，坠入了梦乡。

亚瑟睡得正酣，突然传来了一阵急促的敲门声。“啊，是特雷莎！”他想，然后懒洋洋地翻了个身。直到敲门声再次响起，他才猛地惊醒过来。

“少爷！少爷！”有人用意大利语喊道，“看在上帝的分儿上，快起来！”

亚瑟从床上跳了下来。

“怎么了？是谁在外面？”

“是我，吉安·巴蒂斯塔。看在圣母的分儿上，你快起来！”

亚瑟急忙穿好衣服，打开门，困惑地盯着仆人那张因惊恐而显得苍白无措的面孔，直到听到走廊上传来沉重的脚步声和金属碰撞的叮当声，他才突然意识到发生了什么。

“是来抓我的吗？”他冷静地问道。

“是的！少爷，快！你有什么要藏起来的东西吗？我可以把它们放在——”

“我没有什么可藏的。我的哥哥们知道了吗？”

第一个穿着制服的宪兵已经出现在了走廊的拐角处。

“已经有人去叫老爷了，全屋的人都醒了。天啊！我们真是太不幸了——怎么会发生这么可怕的事情？还是在圣周五！神啊，可怜可怜我们吧！”

说着，吉安·巴蒂斯塔忍不住哭了出来。亚瑟则向前走了几步，迎了上去。宪兵们带着叮当作响的武器，慢慢走进来，家中的仆人们穿着随手抓来的衣服，跟在宪兵身后，瑟瑟发抖地看着这一幕。当宪兵把亚瑟围起来时，詹姆斯和朱莉亚出现在了这支奇怪队伍的末尾，詹姆斯还穿着睡衣和拖鞋，朱莉亚则披着袍子，头发上还扎着卷发纸。

“另一场洪水即将到来，这一对一对都要准备躲到方舟里去。

又来了一对奇怪的畜生，傻瓜是他们公认的名字。”[1]

看着面前这些形形色色的人，亚瑟的脑海中不由得闪过这段文字。要不是现在的场合实在太严肃，他几乎都要笑出声来。“圣母玛利亚，天国的女王！”他低声说道，然后把视线移开，以免自己再次被朱莉亚头上那些还在跳动的卷发纸逗笑。

“请向我解释一下，”伯顿先生走到宪兵军官面前，说道，“这种带着武器闯入私人住宅的行为是什么意思？我警告你，除非你给我一个满意的答复，否则我将向英国大使投诉。”

“我认为，”军官生硬地回答道，“这个解释应该够了，即使是英国大使也会认同。”他掏出一张哲学系学生亚瑟·伯顿的逮捕令，递给了伯顿先生，又冷冷地补充道，“如果你希望得到进一步的解释，最好亲自去问警察局局长。”

朱莉亚一把从她丈夫手中抢过那张纸，扫了一眼，紧接着，这个时尚贵妇就勃然大怒地向亚瑟冲了过去。

“原来是因为你！你真是让整个家族蒙羞！”她尖叫道，“丢人现眼的东西，让镇上的那群好事之徒看我们家的笑话！你不是很虔诚吗？怎么这就要变成蹲监狱的了！我早就应该料到，那个天主教女人生下来的——”

“夫人，请不要用外语与犯人交谈。”军官出声喝止道，但在朱莉亚用英语风暴般的咒骂中，他的声音变得几不可闻。

“我早该料到的！什么斋戒、祈祷，还有什么神圣的冥想，我以为这就完了，没想到背后竟是这些肮脏的东西！”

---

1 引自莎士比亚的戏剧《皆大欢喜》。

沃伦医生曾把朱莉亚比作一盘沙拉——厨师失手把整瓶醋都倒进去的那种沙拉。听到她那尖细的声音，亚瑟的牙根都酸了，脑子里便浮现出这个比喻。

“没必要说这些。”亚瑟说道，“你不用担心别人会怎么看，你们都是无辜的，大家会明白的。我想，先生们，你们还想搜查我的东西吧？请吧，我没有什么可藏的。”

宪兵们把亚瑟的房间翻了个底朝天，阅读他的信件，检查他的论文。他们翻箱倒柜地找着，而亚瑟只是坐在床边，静静地看着这一切，他的脸因为激动而泛红，但他并不觉得害怕。这次搜查并没有让他感到不安。那些可能会牵连到其他人的信件早就被他烧掉了，宪兵们大费周章地翻找了一通，但除了几张半带着革命味道的晦涩诗稿和几份《意大利青年报》，并没有发现任何东西。朱莉亚虽然不情愿，但还是在小叔子托马斯的恳求之下，准备回自己卧室去。她傲然地从亚瑟身边掠过，脸上全是鄙视的神情，詹姆斯则温顺地跟在后面。

托马斯则一直在房间里来回踱步，努力装出一副不在乎的样子。朱莉亚和詹姆斯离开后，他才走到军官面前，请求与犯人说话。军官点了点头同意了，他走到亚瑟面前，用沙哑的声音低语：

“我说，这件事实在是太让人难堪了。我很抱歉。”

亚瑟抬起头来，脸色像夏日的清晨一般平静。“你一直都对我很好。”他说道，“没什么可抱歉的。我不会有事的。”

“听我说，亚瑟！”托马斯用力扯了一下自己的胡子，直截了当地问道，“这一切——是为了——钱吗？因为，如果是的话，我——”

“钱？你为什么会这么觉得？当然不是！它跟钱能有什么关系——”

“那就是政治上那些玩意儿了？我想也是。好了，你也别太沮丧，别理会朱莉亚说的那些话，她嘴毒，说话就这样。如果你需要帮助——钱或是别的什么——一定要告诉我，好吗？”

亚瑟默默地伸出手表示了同意，托马斯刻意维持着一副漠不关心的表情，离开了房间，这让他的脸色看起来比以往更冷漠了。

与此同时，宪兵们也完成了他们的搜查，领队的军官要求亚瑟换上外出穿的衣服。他服从了命令，在转身准备离开房间时，他突然停了下来。他犹豫了，不想在这种情况下离开母亲的祈祷坛。

“你们能让我一个人在屋里待一会儿吗？”亚瑟问道，“我逃不了的，而且你们也翻过了，这里没藏什么东西。”

“很抱歉，我们不能让犯人一个人待着，这是规定。”

“好吧，你们不离开也没关系。”

亚瑟走到神龛前，跪下来，亲吻了十字架的基座和其上耶稣的双足，轻声说道：“主啊，请赐予我至死不渝的信念。”

他起身的时候，军官正站在桌子旁边，审视着蒙塔内利的画像，问道：“这个人是你的亲戚吗？”

“不，这是我的告解神父，布里西盖拉的新主教。”

家中的意大利仆人都在楼梯上焦急地等待着，脸上写满了悲伤。因为他们都爱亚瑟，爱他善良的母亲。仆人们挤在他的身边，带着深切的悲痛吻着他的手和衣服。吉安·巴蒂斯塔站在一旁，泪水顺着他的灰色胡子往下滴落。伯顿家的人没一个出来和他告别。他们的冷漠更加凸显了仆人们对亚瑟的同情和善意，亚瑟紧握着那些向他伸出的手，几乎都要哭出来了。

“再见，吉安·巴蒂斯塔。替我亲吻你家里的那些小家伙。再见，特雷莎。请你们为我祈祷吧，上帝保佑你们！再见了，再见！”

他急匆匆地下楼向前门跑去。片刻之后，门口便只剩下一群沉默的男人和抽泣的女人，他们站在台阶上，目送着载有亚瑟的马车渐渐远去。

第六章

亚瑟被带到了港口一座巨大的中世纪城堡中。他发现，监狱的生活并没有想象中那么难以忍受。虽然他的牢房阴暗又潮湿，令人不快，但他可是在波勒大街上的那栋老房子里长大的，无论是密闭的空气、乱窜的老鼠还是恶臭的味道，对他来说都不是什么新鲜事。这里的食物很糟糕，而且根本吃不饱，但詹姆斯很快就找到了门路，从家里给他送来了所有生活必需品。他是被单独监禁的，尽管看守的监管并没有他想象中那么严格，但他却始终问不出自己究竟为何被捕。即使如此，他的心态还是和刚被关进来时一样平静。由于这里不允许看书，亚瑟便把时间全都花在了虔诚的祈祷和冥想上，不紧不慢地等待着事态进一步发展。

一天，一名士兵打开了牢门，对他喊道："请跟我往这边走！"亚瑟问了他两三个问题，但除了"禁止说话"并没有得到任何回答，他只好认命，跟着士兵穿过迷宫般的庭院、走廊和楼梯，这些地方都散发着一股或浓或淡的霉味。他们进入了一个宽敞明亮的房间，里面有一张铺了绿色厚毛呢的长桌，桌上堆满了文件，一旁坐着三个穿着军装的人，正闲散地聊着天。看到亚瑟进来，他们停止了闲聊，摆出了一副严肃正经的样子。三人中最年长的那位穿着上校的军服，留着灰色胡须，看起来有点轻浮可笑，他指了指桌子另一边的一把椅子，示意亚瑟坐下，然后便开始了预审。

亚瑟本以为在审讯时自己会受到威胁、虐待和谩骂，他甚至连自己该如何不卑不亢、平心静气地回应都想好了，但这些事情都没有发生，在松了一口气的同时，亚瑟不免感觉有些失望。那位上校虽然态度冷淡，行事一板一眼的，但对亚瑟一直以礼相待。他们对亚瑟进行了一些常规的提问，比如他的姓名、年龄、国籍和社会地位，亚瑟一一回答，他的回答又被一一记录了下来。正当亚瑟开始感到无聊和厌烦时，上校开口问道：

"好了，伯顿先生，你对青年意大利党了解吗？"

"我知道那是一个结社，他们在马赛印刷报纸，并在意大利散发，他们旨在号召人民进行反抗，把奥地利军队赶出意大利。"

"你应该读过他们的报纸吧？"

"是的，我对这个事情很感兴趣。"

"当你读报的时候，你有没有意识到你的行为触犯了法律？"

"当然。"

"你房间里的那些报纸都是哪儿来的？"

"我不能说。"

"伯顿先生，在这里，你不能用'我不能说'来搪塞，这是审讯，你必须要回答我的问题。"

"如果你不让我用'不能'的话，我换种说法好了，我'不会'说。"

“如果你继续采用这种措辞的话，你会后悔的。”上校说着，见亚瑟并无回应，他继续道，“我不妨告诉你，我们已经掌握了证据，能证明你与这个结社的关系不仅仅是读过他们的报纸这么简单，你们的联系要比这密切得多。早点坦白对你自己有好处。无论如何，真相都会水落石出，再如何逃避和否认也没法蒙混过去，你会明白的。”

“我无意为自己开脱。你们想知道什么？”

“首先，你是一个外国人，怎么会被牵扯到这种事情中来？”

“我认真思考了这个问题，阅读了所有我能找到的资料，然后得出了我自己的结论。”

“谁劝说你加入这个结社的？”

“没人劝说，是我自己想要加入它的。”

“你这是在浪费我的时间！”上校厉声说道，显然他的耐心已经快要被消耗完了，“没有人只靠想就能加入一个结社。你向谁表达了你想加入的愿望？”

亚瑟没有说话。

“能请你回答我的问题吗？”

“这种问题我拒绝回答。”

亚瑟冷冷地说道。一股奇怪的焦躁正在他的内心升起。他这时已经知道在里窝那和比萨有很多人被捕了，尽管他不知道这场灾难究竟蔓延到了什么程度，但还是不由自主地担心起琴玛和其他同志来。军官们惺惺作态的礼貌，枯燥的审讯，狡诈的提问和搪塞的回答，这一切都使他心烦意乱。门外的士兵来回走动着，笨重的脚步声不断地刺激着他的耳膜。

“哦，对了，你最后一次见到乔瓦尼·博拉是什么时候？”在一阵交锋后，上校开口问道，“就在你离开比萨之前，是吗？”

“我从没听说过这个名字。”

“不会吧！你不知道乔瓦尼·博拉？你肯定认识他——一个高大的年轻人，胡子总是刮得很干净。他可是你的同学。”

“大学里有很多我不认识的同学。”

“哦，但你肯定认识博拉！看，这是他亲笔写的。很显然，他对你很了解。”

上校漫不经心地拿出了一份文件，文件最开头写着“供词”二字，上面还有乔瓦尼·博拉的签名。亚瑟扫了一眼，发现了自己的名字。他惊讶地抬起头来：“是要给我看吗？”

“是的，看看吧，里面的东西与你有关。”

亚瑟低头读了起来，军官们则静静地坐在一旁，观察着他脸上的神情。这份文件似乎是由一长串供词组成的。很显然，博拉也被捕了。供词的开头都是些例行公事的陈述，后面则简洁地描述了博拉与结社的关系，他如何在里窝那传播非法读物，以及一些学生集会的内容。接下来是“在我们的成员中有一个年轻的英国人，他的名字是亚瑟·伯顿，他生于一个经营船运的富有家庭”。

亚瑟只觉得气血翻涌。博拉背叛了他！博拉，那个肩负着神圣的职责、身为发起人的博拉！那个让琴玛加入结社，还爱上了她的博拉！亚瑟放下了文件，默默地盯着地板。

“不知道读了这份文件，有没有让你重新想起些什么？”上校礼貌地暗示道。

亚瑟摇了摇头。“我从没听说过这个名字。”他用沉闷而僵硬的声音重复道，“这中间一定有什么误会。”

“误会？真是一派胡言！你还是坦白吧，伯顿先生，骑士精神和理想主义固然很好，可你也别做过头了。你们这些年轻人一开始都是这么固执。你想一想，为了一个背叛了你的人付出这么多到底值不值，你这么做只会白白葬送自己的未来！你自己看，他把你供出来的时候可没像你现在这样想这么多。”

不知从什么时候开始，上校的声音中多了一丝嘲弄。亚瑟猛然抬起头来，恍然大悟。

“你们在骗我！”他大声喊道，“文件是伪造的！你的表情出卖了你，你这懦夫——你们想用这种手段骗我招供，这是个陷阱，你们休想把我骗进去。你这个伪君子、骗子、无赖——”

“闭嘴！”上校吼道，他怒气冲冲地站起来，他的两位同事早已站了起来。“托马西上尉，”他转向其中一人，说道，“麻烦你叫警卫来，让这个年轻人去惩戒室里住几天。我觉得他需要接受些教训，恢复恢复理智。”惩戒室是一个地下的洞穴，里面黑暗、潮湿、肮脏。它非但没有让亚瑟“恢复理智”，反而彻底激怒了他。富足的家境让他养成了良好的卫生习惯，而这里，肮脏的墙壁上布满了虫子，地面上满是污秽和垃圾，霉菌、污水和腐烂的木头散发着可怕的臭味，比之前住的牢房差太多了，这一切都让亚瑟觉得难以忍受，而这正是那位受到冒犯的军官想要的效果。亚瑟被一把推了进去，随即他身后的门就被锁上了，他伸出手，小心翼翼地向前走了三步，手触摸到湿滑的墙壁时，忍不住恶心得颤抖了起来。亚瑟在浓密的黑暗中摸索着，找到了一个不那么脏的地方，坐了下来。

漫长的白天在无边的黑暗和寂静中过去了，夜晚也是一样。在完全与世隔绝的地方，一切都陷入了虚无，亚瑟也逐渐失去了时间概念。第二天早上，门锁上传来了钥匙转动的声音，受惊的老鼠吱吱地叫着从他身边跑过，亚瑟吓得站了起来，他的心脏剧烈地跳动着，耳边传来阵阵轰鸣，仿佛他已经在深渊里度过了好几个月，而不是几个小时。

门开了，微弱的光线照了进来——对亚瑟而言却刺眼得很。看守长走了进来，手里拿着一块面包和一杯水。亚瑟深信这个人是来放他出去的，便向前走了一步，他还没来得及说话，看守长就把面包和杯子塞到了他手里，一言不发地转身走了，又把牢门给锁上了。

亚瑟狠命地跺起了脚。这是他有生以来第一次如此气急败坏。随着时间的推移，他渐渐地失去了对时间和地点的把握。眼前的黑暗仿佛无边无际，没有开始，也没有结束，生命对他来说已经停止了。第三天晚上，当牢门再次被打开，看守长带着一名士兵站在门口时，亚瑟茫然无措地抬起了头，伸手遮住了对他来说太过刺眼的光线。他思绪模糊，已经分不清自己在这“坟墓”里究竟待了多久，可能是几个小时，也可能是几个星期。

“这边请。”看守长冷峻地开口道。已经丧失了平衡感的亚瑟站起身来，机械地向前走去，像个醉汉一样摇摇晃晃。通往庭院的楼梯陡峭而狭窄，看守长试图搀扶亚瑟，他却极不愿意。但当他走到最高处时，一阵眩晕突然袭来，他身子一歪，如果不是看守长及时扶住他的肩膀，他就这样跌落下去了。

“好了，他会没事的。”一个声音欢快地说道，“从惩戒室里出来的人，走到这里基本上都得昏过去。”

有一捧水冲着亚瑟的脸浇了过来，他挣扎着想要喘口气。眼前的黑暗似乎随着泼水的声音一片片退去了，亚瑟突然清醒了过来，他推开了看守长的手臂，踉跄地爬上楼梯。他们在一扇门前停了一会儿。门打开了，他们走进了灯火通明的审讯室，但亚瑟似乎还没意识到自己是在哪里，他看着屋里的桌子和桌上的文件，以及还坐在老位置上的三个军官，眼神里充满了困惑。

“啊，是伯顿先生！”上校说道，“我希望我们这次的谈话会比之前那次愉快。怎么样，你喜欢这里的惩戒室吗？没有你哥哥家的客厅那么豪华，对吗？”

亚瑟抬眼看着上校的笑脸。他被一股疯狂的冲动攫住了，他想冲向这个留着灰胡子的白痴，用牙齿撕开他的喉咙。也许是注意到了亚瑟眼中的狂怒，上校立即换了一种语气，补充道：

“坐下吧，伯顿先生。先喝点水，别那么激动。”

亚瑟把递过来的水杯推到了一边，胳膊支在桌子上，一只手扶着额头，试图整理四散的思绪。上校坐在对面，一双眼睛敏锐地观察着亚瑟颤抖的双手和嘴唇，还有滴着水的头发以及无神的目光，经验告诉他，这些都是体力衰竭和神经紊乱的表现。

“好了，伯顿先生。”几分钟后，上校开口说道，“我们来继续上次的谈话。鉴于我们之前产生过一些不愉快，我不妨先告诉你，从我个人角度讲，我不想为难你。如果你表现得好，我向你保证，我们不会对你采取任何不必要的惩罚措施。”

“你想要我做什么？”

亚瑟用一种跟平时完全不一样的强硬又阴沉的语调说道。

“我只想让你坦率一些，直截了当地告诉我们，你对这个结社和它的成员的了解。首先，你认识博拉多久了？”

“我从未见过他。我对他一无所知。”

“真的吗？好，那我们就过会儿再谈他。你应该认识一个叫卡洛·毕尼的年轻人吧？”

“我从没听说过他。”

“奇怪了。那弗朗西斯科·奈里呢？”

“从没听说过。”

“可我这儿有一封你亲笔写的信，就是写给他的。你看看！”

亚瑟漫不经心地瞥了一眼那封信，然后就把它放到了一边。

“你认得这封信吗？”

“不认得。”

“你否认这是你的笔迹？”

“我什么也不否认。我不记得了。”

“那说不定你会记得这封？”

又一封信被递了过来，亚瑟注意到这是他在秋天写给一个同学的信。

“不记得了。”

“对收信人也没印象？”

“没印象。”

“你的记忆力真是太糟糕了。”

“我一向都有这个缺陷，我自己也很苦恼。”

“是这样吗？可我前些天还听一位大学教授说你非但没什么

缺陷，相反还很聪明呢。”

“你可能是以你们警察——或者间谍——的标准来判断一个人是不是聪明的，大学教授口中的聪明肯定跟你想的不一样。”

随着对话的进行，亚瑟的语气越来越烦躁。饥饿、污浊的空气和睡眠不足让他疲惫不堪，他身体里的每一根骨头都在作痛，而上校的声音还在不断地拉扯着他恼怒的神经，让他把牙咬得嘎吱响，像粉笔在石板上划过一样。

“伯顿先生，”上校靠在椅子上，严肃地说道，“你不要得意忘形了，我再次警告你，再这样下去对你自己没有好处。我相信你已经领略过我们的惩戒室了，应该不想再被关进去了吧？我明确告诉你，如果你还这样不识好歹，我们就要对你来硬的了。你要知道，我们有证据——确凿的证据——刚才我提到的那些年轻人中，有些人一直在走私违禁书籍，把它们带进港口，而你跟他们联系密切。现在，你到底要不要老实配合，告诉我你对这件事到底了解多少？”

亚瑟低下了头。难以遏制的怒火像一头野兽一样开始在他的体内窜动。我可能会失去自制，亚瑟想着，这个念头比上校的任何威胁都让他觉得害怕。有生以来第一次，亚瑟意识到，在任何富有教养的绅士或虔诚的基督徒的身体里隐藏着一股什么样的潜力。亚瑟对自己第一次产生了恐惧。

“我在等你的回答。”上校说。

“我没有什么可回答的。”

“你确定吗？”

“我什么都不会告诉你的。”

“那么，我只好让他们把你再关回惩戒室了，关到你改变主意为止。如果你再惹什么麻烦，我就不得不把你铐起来了。”

亚瑟抬起头，从头到脚都在颤抖。“你想怎么做就怎么做吧。”他缓缓地说道，“一个无辜的英国公民，我倒要看看英国大使会不会允许。”

最后，亚瑟被带回了自己的牢房，一进去他就倒在了床上，一直睡到了第二天早上。他既没有被戴上镣铐，也没有再被扔去那可怖的惩戒室，但他与上校间的敌意却随着每一次的审讯逐渐加深。亚瑟在牢房里祈祷，在半夜时冥想，希望上帝的话语能平息他心中的愤怒，希望基督能赐予他安宁和忍耐，但这些都毫无用处。每当他走进审讯室，面对那张盖着布的长桌和上校那上了蜡的胡子时，那种基督徒不该有的恶意就充斥着他的思想，让他不断地反驳和挖苦对方。在监狱里还不到一个月，他和上校之间就已经到了水火不容的地步，两人只要一看见对方就会变得狂怒。

持续不断的争执和冲突严重地影响到亚瑟的神经系统。他知道自己受到严密的监视，他还从其他囚犯那里听到了一个可怕的传言，监狱会悄悄地让囚犯服下颠茄，然后再记录他们的呓语。渐渐地，亚瑟变得害怕吃饭，也不敢睡觉，甚至连晚上有老鼠从他身边跑过时，他都会被惊醒，浑身颤抖、冒着冷汗，觉得有人正躲在房间里记录他的梦话。宪兵们显然是在诱导亚瑟，想方设法地让他供出博拉，亚瑟则生怕自己因疏忽而落入他们的陷阱，以至于整日提心吊胆，反倒变得更容易落入圈套了。博拉的名字日复一日地在他耳边响起，甚至扰乱了他的祈祷，就连他持着念珠默念圣母玛利亚的名字时，“博拉”二字都会突然出现。最糟糕的是，随着时间的推移，他的信仰，跟监狱外的世界一样，渐渐地离开他。信仰是亚瑟在这座监狱里最后的立足点，他拼命地想要保留住它，每天都要花上好几个小时来祈祷和冥想，但他的思绪总是会飘到博拉身上，祈祷也越来越形式化。

监狱看守长给了亚瑟很大的安慰。他是一个又胖又秃的小老头，最开始的时候，他总是竭力表现出很严厉的样子。渐渐地，他善良的天性随着他脸上的笑容一起展露了出来，这份善良最终盖过了他作为看守本应严厉的顾虑，他开始在牢房为囚犯们传递信息。

五月中旬的一个下午，看守长走进牢房，脸色异常阴沉，亚瑟惊讶地打量着他。

“恩里科！你还好吗？”亚瑟喊道，“你今天怎么了？”

“没什么。”恩里科冷冷地回了句。然后，他走到木板床前，把亚瑟的毯子扯了下来。

“你拿我的东西干什么？是要把我转移到另一间牢房吗？”

“不，你被释放了。”

“释放？什么——今天吗？所有人都被释放了吗？恩里科！”

亚瑟兴奋地抓住了老恩里科的胳膊，却被他愤怒地一把推开。

“恩里科！你是怎么了？为什么不回答我？我们全都要被释放了吗？”

恩里科没有说话，只是轻蔑地哼了一声。

“别这样！”亚瑟再次抓住了看守长的胳膊，笑着说道，“你凶我也没用，我才不会生你的气。我想知道其他人的情况。”

“哪些人？”恩里科扔下了正在叠的衬衫，低声吼道，“不包括博拉吧？”

“所有人，当然包括博拉了。恩里科，你到底怎么了？”

“博拉暂时是不可能被释放了，可怜的孩子，被同伴出卖了。唉！”恩里科带着厌恶的神情，再次拿起了衬衫。

“他被出卖了？还是被同伴？天哪，这太可怕了！”亚瑟惊恐地瞪大了眼睛。

恩里科猛地转过身来：“为什么这么说，出卖他的不是你吗？”

“我？你疯了吗，伙计？怎么可能会是我？”

“好吧，昨天审讯博拉的时候，他们就说是你干的。如果真的不是你的话，那就太好了。我一直都觉得你是一个非常正直的年轻人。这边走！”恩里科跨出牢房，站在走廊上，亚瑟跟在他后面，凌乱的思绪突然清晰了起来。

“他们告诉博拉是我出卖了他？他们当然会这样干了！恩里科，我跟你说，他们审讯我的时候，也跟我说博拉出卖了我。博拉肯定不会傻到相信那种鬼话吧？”

“这么说你真的没有出卖他？”恩里科在楼梯下面停住，用犀利的目光打量着亚瑟，亚瑟耸了耸肩。

“当然没有了。”

“太好了，听到这个消息我很高兴，孩子，我会把你的话转告给博拉的。他们当时是怎么说来着？对，他们告诉博拉，你之所以出卖他，是因为——呃，因为嫉妒，因为你俩爱上了同一个女孩。”

“他们在骗他！”亚瑟条件反射般地嘀咕着。一股恐惧突然在他的心中升了起来，亚瑟感觉自己动弹不得。“同一个女孩——嫉妒！他们怎么会知道——他们怎么会知道？”

“等一下，孩子。”恩里科在通往审讯室的走廊里停了下来，轻声说道，“我相信你，我只有一个问题要问你。我知道你是个天主教徒，你有没有在忏悔时说过什么？”

“他们在骗他！”这一次，亚瑟的声音突然变高许多，他快哭出来了。

恩里科耸了耸肩，又继续说了下去：“你很聪明，我知道，但很多像你一样的年轻人都上了他们的当。最近有个事情，在外面闹得沸沸扬扬的，关于一个比萨的神父，是你的那些朋友发现的，他们印了传单，说那个神父是个密探。”

恩里科打开审讯室的门，见亚瑟一动不动地站在原地，眼睛里满是迷茫，便轻轻地把亚瑟推了进去。

“下午好，伯顿先生。”上校咧嘴笑着，亲切地说道，“能向你传达这个消息，我很高兴。我们收到了来自佛罗伦萨的命令，要求将你释放。能请你在这文件上签个字吗？”

亚瑟走上前去。“我想知道，”他木然地说道，“是谁告发我的。”

上校挑了挑眉毛，笑着说道：

“猜猜看？你应该能想出来的。”

亚瑟摇了摇头。上校把手一摊，礼貌地表示了一下惊讶。

“真的猜不出来吗？伯顿先生，你好好想想，除了你自己，还有谁会知道你们之间的那些儿女私情呢？”

亚瑟默默地转过身，准备离开。审讯室的一面墙上挂着一个巨大的木制十字架，他慢慢地把视线移向了十字架上耶稣的脸，但目光里已没了任何祈祷之意，只剩下隐约的惊叹，惊叹上帝的耐心，竟没有对那个背叛了忏悔者的神父降下惩罚。

“这是领取你文件的收据，签了吧。”上校淡淡地说道，“行，我就不再留你了。我相信你一定急着回家，我也得走了，要去处理那个博拉的事情，真是个愚蠢的年轻人，他可把你这坚忍的基督徒给害苦咯。估计他得被判重刑。再见，祝你下午愉快。”

亚瑟签了字，拿着文件，一声不吭地走了出去。他跟着恩里科走到了大门口，没有说一句告别的话，就下到了水边，船夫沿护城河把他带离这里。当他登上通往街道的石阶时，一个身穿棉布裙子、头戴草帽的女孩张开双臂向他跑了过来。

“亚瑟！哦，我太高兴了——太高兴了！”

亚瑟抽回了自己的手，不停地颤抖着。

“琴！”过了一会儿，亚瑟才终于开口道，声音已经不像他自己的了，“琴！”

“我已经在这儿等了半个小时了。他们说你会四点出来。亚瑟，你为什么用这种眼神看着我？是不是发生了什么事情？亚瑟，你怎么了？站住！”

亚瑟转过了身，沿着街道慢慢地走着，仿佛已经忘记了她的存在。琴玛被亚瑟的举止吓坏了，跑过去抓住了他的胳膊。

“亚瑟！”

他停下脚步，抬起头来，满眼都是迷茫。琴玛干脆挽着亚瑟的手臂，在沉默中他们又往前走了一会儿。

“听着，亲爱的。”她轻轻地开口说道，“你不需要为了那件该死的事让自己如此不安。我知道你一定很难过，但大家都是理解你的。”

“什么事？”亚瑟问道，声音依旧阴沉。

“我是说，关于博拉的信。”

听到这个名字，亚瑟的五官立刻因为痛苦扭在了一起。

“我还以为你不知道。”琴玛接着说道，“看来他们已经告诉你了。博拉一定是疯了，才会想出那样的事情。”

“什么事？”

“这么说你还是不知道？博拉写了一封可怕的信，说你把轮船的事泄露出去了，他也因此被捕。这太荒谬了，认识你的人都这么觉得。只有那些从没见过你的人才会相信这种事。真的，我来这里就是为了——告诉你，那封信上的内容，我们一个字都不信。”

“琴玛！可那是——那是真的！”

琴玛慢慢地抽身，向后退了一步，然后一动不动地站住了，她惊恐地瞪大了眼睛，脸色变得像脖子上的围巾一样苍白。冰冷的沉默像巨浪一样席卷而来，淹没了他们，把他们与热闹的街道隔绝开来。

“是的，”隔了一会儿，亚瑟终于低声说道，“轮船的事——我是提到过，我还说了他的名字——哦，上帝啊！我的上帝！我该怎么办？”

看到琴玛脸上难以言说的恐惧，亚瑟才突然清醒了过来。当然了，听到我这么说，她一定会以为——

“琴玛，你不明白！”亚瑟一边靠近琴玛，一边喊道。但她尖叫着躲开了亚瑟：

“别碰我！”

亚瑟猛地用力抓住了她的右手。

“你听我说，看在上帝的分儿上，这不是我的错，我——”

“放手，别抓着我！你放手！”

琴玛猛地挣开了亚瑟的手，然后结结实实地给了他一个耳光。

亚瑟的视线模糊了。有那么一小会儿，他感觉周围一片黑暗，视线里只剩下了琴玛，她的脸因为绝望而变得惨白，她在裙子上狠狠地擦着刚刚扇过亚瑟的右手。四周又渐渐亮了起来，他环顾四周，发现只剩下自己一个人了。

第七章

等亚瑟回到波勒大街，站在家门口的时候，已经很晚了。他记得自己一直在街上游荡，但去了哪里，为什么去，又逛了多长时间，他都不记得了。朱莉亚的侍从打着哈欠开了门，看到亚瑟那张憔悴又呆滞的脸时，咧着嘴露出了一个意味深长的笑容。少爷从监狱出来，像个“酗酒闹事”的乞丐，在他看来就是个巨大的笑话。亚瑟走上楼梯，在二楼遇到了吉本斯，他居高临下站在那里，眼神里充满了不屑。亚瑟咕哝了一句“晚上好”，便试图继续往前走，但吉本斯可不想这么轻易就放过他。

“老爷们都出门去了，先生。”他打量着亚瑟破烂的衣服和脏乱的头发，说道，“他们和夫人一同去参加晚会了，估计得十二点才能回来。”

亚瑟看了看表，现在是九点。太好了！他还有时间——足够的时间——

“夫人让我问你是否需要吃晚饭，先生。她希望你能等她回来后再去休息，有些话她希望今晚就可以对你说。”

“我什么都不想吃，谢谢，等她回来你可以告诉她我还没有睡觉。”

亚瑟推开了房间的门。一切都还跟他被捕前一样，没有任何变化，蒙塔内利的画像还在桌子上放着，十字架也像以前一样立在壁龛里。他在门口站了一会儿，仔细听着房子里的声音，一切都静悄悄的，显然，不会有人来打扰他了。他轻轻地走进房间，锁上了门。

我就这么走到人生的尽头了，亚瑟心想。再没有什么可烦恼的了，只要摆脱这烦人且无用的神智，除此之外就再没有什么了。但不知为何，就连这股冲动都显得有些愚蠢，毫无意义。

自杀这事，亚瑟还没有怎么下定决心，事实上他根本就没有考虑太多，只是觉得这是个自然而然的选择。他甚至连自己要如何去死都没有决定好。怎样都行，只要能赶紧结束这一切——赶紧结束，一了百了就行。他的房间里没有武器，连一把小刀都没有，但没有关系——一条毛巾就够了，把床单撕成布条也行。

窗户上面正好有一枚突出来的大钉子。用它就行，只要它够牢固，能承受住他的体重。亚瑟站到椅子上试了试，钉子有点松，他又走下来，从抽屉里拿出一把锤子。他把钉子往墙里敲了敲，正准备把床单扯下来时，突然想起自己还没有做祷告。他想，人在死前必须得祈祷，作为基督徒更该如此。他们甚至还有专门为将死之人准备的祈祷词呢。

亚瑟走到壁龛前，对着十字架跪了下来。“全能的、仁慈的上帝……”他出声祷告了起来，然后便停了下来，一言不发地跪着。这个世界已变得如此灰暗，已经没有什么东西值得他去祈祷——或是诅咒了。即使是基督，也不会明白我遭受的痛苦——他跟我不一样，基督只是被人背叛了而已，就像博拉也被人背叛了一样，然而基督从没因为受骗而背叛过别人。

亚瑟站了起来，习惯性地在胸前画了个十字架。走近桌子时，他看到上面放着一封信，是蒙塔内利的笔迹，上面用铅笔写道：

亲爱的孩子：

不能在获释之日见到你，我很难过。我应邀去探望一个垂死之人了，深夜才能回来。明天一早就来找我吧。匆此。

L. M.[1]

亚瑟叹了口气，放下了信，自己被捕的事一定让神父很焦急。

街上传来了行人的欢笑声，他们还在愉快地谈天说地。亚瑟想，从自己出生到现在，这个世界就从没改变过。周围的所有人都过着一成不变的生活，一个人，一个活生生的灵魂被毁灭，却没有任何事因此而改变。一切都和以前一样。喷泉里的水哗哗作响，屋檐下的麻雀叽叽喳喳，昨天是这样，明天也会是这样。至于他自己，他觉得自己已经死了——完全死了。

他坐在床边，双手交叉着放在床边的栏杆上，然后把额头靠了上去。时间还有很多，他的头疼就像——就像从大脑中央传来的一样。一切都那么阴暗、那么愚蠢——没有任何意义。

1　蒙塔内利的英文全名 Lorenzo Montanelli 的首字母缩写。

门铃突然急促地响了起来，亚瑟吓得从床上跳了起来，双手捂着喉咙，喘不过气来。他们回来了——他坐在这里想入非非，让宝贵的时间都溜走了——现在他不得不面对他们，看他们的脸色，听他们残忍的话语——他们的讥笑和批评——要是他有一把刀就好了——

他着急地环视着房间。他母亲的工具篮在一个小柜子里放着，里面肯定有剪刀，足够让他割开一条动脉。不，如果时间够的话，还是用床单和钉子更保险。

他一把从床上把床单扯了下来，疯狂地从上面撕下来一条布。这时楼梯上传来了脚步声。不，这条布太宽了，绑不牢，而且布条必须被系成一个套索。脚步声越来越近，他的动作也越来越急，血液涌上来，让他的太阳穴突突跳动，耳边轰隆作响。快一点——再快一点！哦，上帝啊！再给我五分钟就好！

外面传来了敲门声。布条从亚瑟手中掉了下来，他屏住呼吸，坐在那里一动不动地听着。门把手转了一下，然后朱莉亚在门外大喊道：

“亚瑟！”

他站了起来，大口地喘着气。

“亚瑟，请把门打开，我们都在外面等着呢。”

他把撕下来的布条捡了起来，扔进了抽屉，迅速地铺平了床。

“亚瑟！”这一次响起的是詹姆斯的声音，他不耐烦地扭动着门把手，问，“你睡着了吗？”

亚瑟环顾了一下房间，确保一切东西都被藏好后，去打开了门。

“我还以为你会听我的话，起码等我们回来再休息呢，亚瑟。”朱莉亚激动地冲进了房间，说道，“看来你一点不觉得让我们在门外站上半个小时有什么不妥——”

“站了四分钟，亲爱的。”詹姆斯轻声纠正道，紧跟在妻子的粉色长裙后面，走了进来，“当然了，亚瑟，我也觉得——如果——”

“你想要什么？”亚瑟打断了詹姆斯的话。他站在原地，手扶着门，眼神悄悄地从他们身上扫过，像一只被困的野兽。但詹姆斯太迟钝了，朱莉亚又气得要命，都没注意到亚瑟脸上的神情。

詹姆斯给妻子搬来一把椅子，然后自己也坐了下来，小心翼翼地提了一下他新裤子的裤腿。“朱莉亚和我，”他开口说道，“觉得我们有责任跟你认真谈谈，关于——”

“今晚不行，我——我不舒服。我的头很痛——你们得等等了。”

亚瑟含糊不清地回答道，他的声音听起来很奇怪，人看上去也恍恍惚惚的。詹姆斯吃了一惊，紧张地环顾了一下四周。

“你怎么了？”他焦急地问道，突然想起亚瑟是从感染病高发的地方回来的，“我希望你没有生病，你看起来烧得厉害。”

“胡说八道！”朱莉亚尖锐地打断道，“他又在演戏，因为他没脸面对我们。亚瑟，过来坐下。”

亚瑟慢慢地走了过去，坐下。“你们要说什么？”他疲惫地说道。

詹姆斯咳嗽了一声，清了清嗓子，捋了捋本就整洁的胡须，又重新开始了他精心准备过的演讲。

“我觉得我有责任——非常沉重的责任——来严肃地跟你谈谈你离经叛道的行为，你结交了很多——罪犯和狂徒，还有——一些品行不端的人，我相信你只是一时冲动犯了傻，而不是真的堕落了——”

他停了下来。

“嗯？”亚瑟说道。

“我不想对你太苛刻。”詹姆斯继续说着，看到亚瑟脸上的疲惫和绝望，他的语气不由自主地缓和了下来，“我相信你是被那些人诱骗，才走上了歧途，毕竟你还年轻，没什么处世的经验，还从你母亲那里——继承了轻率和冲动的性格。”

亚瑟的目光慢慢地游移到了他母亲的画像上，然后又收了回来，一句话也没有说。

“但，我相信你一定能理解。”詹姆斯继续道，“伯顿家族历来都受人尊敬，我不能让一个入过狱的人继续留下来，败坏我们的名声。”

“嗯？”亚瑟重复道。

“怎么样？”朱莉亚啪的一声合上了扇子，把它放在了膝上，尖声说道，“亚瑟，你能不能行行好，除了‘嗯’再说点别的？”

“你觉得怎么合适就怎么做吧。”亚瑟一动不动，缓缓回答道，“怎样我都无所谓。”

“无——所谓？”詹姆斯吃惊地重复道。他的妻子则笑着站了起来。

“哦，无所谓，是吗？好吧，詹姆斯，你现在知道他有多感激你了吧？我早就告诉过你，那个天主教女人就是别有用心，你对她再好也没用，还有她的——”

“嘘，嘘！不要计较那些了，亲爱的！”

“这太荒唐了，詹姆斯，不要再感情用事了，我们已经受够了！这个野种还以为他是我们家的一员——是时候让他知道他母亲到底是个什么人了！和那个风流神父偷情生下的孩子，凭什么我们要被他拖累？这——你自己看！”

朱莉亚从口袋里掏出一张皱巴巴的纸，隔着桌子扔给了亚瑟。他打开一看，上面是母亲的字迹，日期是自己出生前四个月。这是一份写给她丈夫的忏悔书，落款上有两个人的签名。

亚瑟顺着纸张慢慢往下读，他的视线扫过母亲潦草的字迹，落在了那个熟悉的、苍劲有力的签名上：“洛伦佐·蒙塔内利”。他盯着上面的文字看了一会儿，然后一言不发地把纸张重新折叠好，放在了桌上。詹姆斯站了起来，挽着妻子的胳膊，说道：

“好了，朱莉亚，够了。你下楼去吧，已经很晚了，我还想再和亚瑟谈点事情。你不会感兴趣的。”

她抬头看了看她的丈夫，然后又看了看亚瑟，而亚瑟则默默地盯着地板。

“他脑子好像有点不清醒。”朱莉亚低声说道。

当她提着裙摆离开房间后，詹姆斯小心翼翼地关上了门，又回到了桌旁。亚瑟还像之前一样，一动不动地坐着，一言不发。

“亚瑟，”朱莉亚离开后，詹姆斯的语气变得温和了，“很抱歉，让你以这种方式知道这件事。不让你知道也许更好。不过，事情都过去了，我很高兴你能表现得这么克制。朱莉亚有点——有点激动，女士们总是这样——无论如何，我还是不想对你太苛刻。”

他停了下来，想看看这些亲切的话语能产生什么效果，但亚瑟却依然一动不动。

“当然了，我亲爱的孩子。”过了一会儿，詹姆斯又继续说道，“那是件让人痛苦的事情，我们能做的最好的事情，就是保持沉默。你母亲向父亲忏悔时，他表现得很仁慈，没有与她离婚，只是要求那个引她走上歧途的人立即离开这个国家，然后，如你所知，他就去中国做传教士了。而我呢，当他从中国回来时，我非常不希望你跟他之间有任何来往，但我父亲最后还是同意了让他当你的老师，只要他跟你母亲不再见面就行。说句公道话，我不得不承认，他们两个都遵守了承诺，直到最后都没有再见。这一切让人很遗憾，但——”

亚瑟面无表情地抬起了头，他的脸上一点生气也没有，看起来就像戴了一副蜡制的面具。

“你，你难道不觉得，”他轻声开口，结结巴巴地说道，“这……这一切……非……非常……好笑吗？”

“好笑？”詹姆斯一把拉出椅子，坐在上面盯着亚瑟，他太吃惊了，甚至都忘了生气。“好笑！亚瑟，你疯了吗？”

亚瑟突然仰起了头，发疯般狂笑。

“亚瑟！”詹姆斯吼道，然后庄重地站了起来，“我很惊讶，没想到你会如此轻率！”

亚瑟没有说话，只是发出一阵又一阵的狂笑，那笑声是如此响亮，詹姆斯不由得开始怀疑，他这不是举止轻率，而是疯了。

“简直就像个歇斯底里的女人。”詹姆斯嘟囔着转过身，不屑地耸了耸肩，在房间里不耐烦地来回踱起了步，“说真的，亚瑟，你现在比朱莉亚还要糟糕。行了，别笑了！我可没时间在这里听你笑一晚上。”

叫亚瑟停下来，还不如去叫十字架上的耶稣从上面走下来。亚瑟已经不在乎规劝，也不关心警告了，他只是笑，不停地笑。

“这太荒唐了！”詹姆斯停下了，说道，“很显然，你今晚太激动了，听不进去道理。你这副样子，我根本没法跟你好好说话。明天吃完早饭来找我吧。你最好先去休息。晚安。”

他出去的时候砰的一声甩上了门。“现在该去处理楼下那个歇斯底里的人了。”詹姆斯迈着沉重的步伐，嘟囔道，“少不了又得哭上一场！”

狂乱的笑声止住了。亚瑟拿起桌上的锤子，向十字架冲了过去。

一声巨响，亚瑟突然清醒了过来，他站在空荡荡的基座前，手中还握着锤子，破碎的雕像散落了一地，他的脚边落满了碎片。

亚瑟扔下了锤子。“这么容易就碎了！”他说着，转身走开，“我真是个白痴！”

他坐回桌子旁，喘着粗气，双手捂着额头。只一会儿，他就又站了起来，走到盥洗台前，拎起一壶冷水对着自己的头浇了下去。亚瑟再回到桌子前的时候已经冷静了许多，他坐了下来，开始思考。

他为了这些——这些虚伪的、充满奴性的人，这些愚蠢的、没有灵魂的神——受尽了折磨，被耻辱、愤怒和绝望煎熬着。为了一个背叛自己的神父，他就准备用绳子来吊死自己，真是太蠢了，好像全世界只有那一个神父是骗子似的。不管怎么说，这一切都结束了，他现在可比以前明智多了。他要摆脱这些害虫，开始新的生活。

码头上有很多货船，找一艘把自己藏进去对他来说易如反掌，然后他可以去加拿大、澳大利亚、开普殖民地——去任何地方。只要离这里够远，哪个国家都行。至于到达后怎么生活，他可以先试试看再说，如果不合适，他还可以再去其他地方。

亚瑟打开了自己的钱包，里面只有三十三保利[1]，但他的表是块好表，应该能换不少钱。但这些都不重要——他总会想办法挺过去的。问题是他们一定会去找他，所有这些人，他们肯定会去码头上打听消息。这可不行，他得想办法误导他们——让他们相信他已经死了，然后他就自由了——自由。想到伯顿家的人四处寻找他尸体的场景，亚瑟忍不住轻声笑了出来。这可真是一场闹剧！

他拿出一张纸，写下了脑海中蹦出的第一句话：

“我像信任上帝一样信任着你。可上帝是泥土塑成的，我可以用锤子砸碎泥土，却没法砸破你的谎言。”

他把纸叠了起来，在上面写上“给蒙塔内利”，然后又拿起另一张纸，写上“去码头寻找我的尸体”。然后他戴上帽子，向

1 保利：意大利当时的一种银币。

门口走去。经过他母亲的画像时，他笑着抬起头，耸了耸肩膀。她和他们一样，也对他撒了谎。

他拉开门闩，蹑手蹑脚地穿过走廊，向巨大的大理石楼梯走去，楼梯下一片漆黑，只有他的脚步声在回响着，仿佛他脚下踩着的是一个张着漆黑大口的深坑。

他小心翼翼地穿过庭院，生怕吵醒睡在一楼的吉安·巴蒂斯塔。后面存放木头的库房里有一扇装着铁栏杆的小窗，正对着运河，窗口离地面不超过四英尺。他依稀记得窗户一边的铁栏杆已经生锈松动了，只要稍稍用点力，就可以撑开一个足够宽的缝隙，让他爬出去。

铁栏很结实，他的手被擦伤了，外套的袖子也被扯破了，但这些都不重要。他环顾了一下街道，一个人影都没有，黝黑的运河静静地横在那里，夹在两边黏糊糊的笔直堤岸之间，运河不过是一道丑陋的壕沟罢了。外面的世界可能会是个阴暗的洞穴，但起码比他要离开的这个沉闷又肮脏的地方强。没什么可遗憾的了，也没有值得留恋的了。这里是一个死气沉沉的小地方，充斥着肮脏的谎言和愚蠢的欺骗，以及臭气熏天的沟渠——浅得甚至连人都淹不死。

他沿着运河，走到了美第奇宫旁的小广场上。就是在这里，琴玛曾张开双臂，带着动人的笑容向他跑来。通往护城河的石阶湿漉漉的，肮脏河水的对面就立着那座阴森的城堡。他以前从来没有注意过，原来它看起来是这么矮小和简陋。

穿过狭窄的街道，亚瑟来到了码头上，脱下帽子，把它扔进了水里。如此一来，当他们来寻找他的尸体时，就会发现这顶帽子。他沿着河边继续向前走去，考虑着下一步该怎么做。他必须想办法躲在某条船上，但这并不容易。他唯一的机会是爬上那座巨大的防波堤，沿着堤岸走到头，那里有一家很破的酒馆，也许在那里他可以收买一个水手帮忙。

但码头的大门已经关了。他该如何绕过海关走进去呢？他没带护照，要那些官员放他进码头，身上这点钱根本不够。况且，他们还很可能会认出他来。

当他经过“四个摩尔人”的铜像时，一个身影从船坞对面的老房子里冒出来，向着桥边走来。亚瑟立刻躲进了铜像的阴影中，蹲了下来，从基座的拐角处小心翼翼地向外窥探着。

这是一个柔和的春夜，暖意融融，星光点点。浪花拍打着船坞的石堤，在石阶下形成小小的漩涡，轻轻的水流声像是在低笑。不远处，一条铁链缓慢地来回摆动，吱吱作响。一台巨大的起重机耸立在那里，在昏暗的光线中显得高大而凄清。在闪亮的星空和珍珠般发着光的云朵之下，纪念碑基座四周的奴隶雕像显得漆黑而深沉，他们戴着镣铐，在徒劳的挣扎中对抗着无情的命运。

那人大声哼唱着一首英国小调，摇摇晃晃地沿着水边走了过来。很显然，他是一个刚从酒馆里狂欢回来的水手。亚瑟四下看了看，再没有其他人了。当水手走近时，亚瑟站了起来，走到了路中间。水手被吓了一跳，咒骂了一句，站在原地，不再唱歌了。

“我想和你谈谈。”亚瑟用意大利语说道，“你能听懂我的话吗？”

那人摇了摇头。“跟我讲这些没用。”他说道，然后，他用蹩脚的法语生气地问道，“你想要什么？为什么要在这里拦住我？”

“能不能麻烦你走到这暗处来，我想和你谈谈。”

“啊！走到暗处？我才不会听你的话！你是不是带着刀？”

“不是，没有，伙计！你看不出来吗？我只是想要你帮个忙，我会付钱的。”

“呃，什么？看你穿得倒还像是个有钱人——”水手换成英语回答道，他走进了阴影里，斜靠着雕像基座的栏杆。

“好吧。”他说道，又切换回了糟糕的法语，“你想让我帮你什么？”

“我想离开这里——”

“啊哈！偷渡！要我把你藏起来是吗？你是不是犯了什么事，用刀捅了人，嗯？就像那些外国人一样！你想去哪里？总不是想去警局自首吧？”

他冲着亚瑟眨了眨眼睛，醉醺醺地笑了起来。

“你在哪条船上工作？”

“卡洛塔号——从里窝那到布宜诺斯艾利斯的船，把油运过去，再把皮革运回来。就在那儿。”水手朝着防波堤的方向指了指，“一条老破船！”

“布宜诺斯艾利斯——太好了！你能想办法把我藏在船上吗？”

“你能给我多少钱？”

“没多少，我只有几保利。”

“不行，没有五十我不干——五十我都觉得便宜了——何况还是你这种打扮的人。”

“我这种打扮是什么打扮？如果你喜欢我的衣服，我可以跟你换，但我身上就只有这么些钱，没法再多给了。”

“你不是还有块表吗，拿过来。”

亚瑟拿出一块女式金表，表上有着精致的花纹和珐琅，背面刻着字母“G. B.[1]”。这块表是母亲留下来的——但现在也不重要了。

“啊！”水手瞥了一眼，惊叹道，“一定是你偷来的！让我仔细看看！”

亚瑟把他的手抽了回来。“不行，”他说道，“等我上了船再把表给你，现在不行。”

“嚯，看来你没我想的那么傻！不过，我敢打赌，这是你第一次落难吧，嗯？”

“不关你的事。啊！警卫来了。”

他们躲在雕像群后面，蹲了下来，直到警卫走远，水手才站了起来，示意亚瑟跟上他。水手走在前面，自顾自地发出几声傻笑，亚瑟则默默地跟在他后面。

水手带着亚瑟回到美第奇宫旁那不规则的小广场上，他们在一个黑暗的角落里停了下来。水手压低声音，想谨慎一些，出口的话语却变成了含糊的呢喃：

“等在这儿别动，你要是再往前走的话，那些士兵都会看到你的。”

“你要做什么？”

1　亚瑟母亲的英文全名 Gladys Burton 的首字母缩写。

“给你找点衣服。你袖子上还有血迹，我可不打算这么带你上船。”

亚瑟低头看了看跳窗时被铁栏杆扯破的袖子，上面还沾着手被擦伤时流出的血。显然，这个水手认为自己是个杀人犯。无所谓，别人怎么想都不重要。

过了一会儿，水手回来了，他的胳膊下夹着一个包裹，满脸都是胜利的神情。

“换衣服。”他低声说道，“抓紧时间。我得赶快回去了，光是跟那个犹太老头讨价还价就花了我半个小时。”

一想到这二手衣服是别人穿过的，亚瑟就浑身难受，但他还是照办了。幸运的是，这些衣服虽然粗糙，但还算干净。当亚瑟换好衣服，走到亮处时，微醺的水手认真地打量了一下他，郑重地点了点头，表示认可。

“这就行了。”他说道，“这边走，别出声。”亚瑟拎着换下的衣服，跟在他后面，穿过了一个由蜿蜒的运河和黑暗的窄巷组成的迷宫。这里是中世纪遗留下来的贫民窟，里窝那的人们称之为“新威尼斯”。在破烂的房屋和肮脏的庭院之间，偶尔可以看见一座阴森森的旧宫殿，它夹在两条嘈杂的臭水沟之间，仿佛还在试图维护那早已失去的尊严，却也明知这种努力徒劳无功。亚瑟知道，他穿过的这些巷子，有些是早已臭名昭著的贼窝，里面住着小偷、杀手和走私贩，而另一些，就只是穷人们破败的居所而已。

在一座小桥边，水手停了下来，他环顾四周，见没有人盯着他们，便走下一段石阶，来到一个狭窄的平台上。旁边是一条又破又旧、脏得吓人的小船。他厉声命令亚瑟跳进去躺下，接着自己也坐了进去，向着港口划去。因为漏水，船板上湿漉漉的，亚瑟一动不动地躺着，全身都被水手用衣服盖住了，透过衣服的缝隙，亚瑟默默地窥视着那些他熟悉的街道和房屋。

很快，他们从一座桥下穿过，进入了运河与城堡的护城河交汇的地方。高高的城墙竖在水中，城堡的地基很宽大，但越往上越窄，最顶上只剩一座萧森的角楼。就在几个小时前，他还觉得这城堡是那么强大、那么骇人，而现在——

亚瑟躺在船底，轻轻地笑出了声。

“别出声。”水手低声说道，“也别把脑袋露出来！马上就要到海关了。”

亚瑟把衣服蒙在了头上。往前划了没几码，船就在一排拴在一起的桅杆前停了下来，这些桅杆横在运河之上，挡住了海关和城墙之间狭窄的水路。一个睡眼惺忪的官员打着哈欠走了出来，他手里提着一个灯笼，站在岸边，低下了身子。

“请出示护照。”

水手递上了他的通关文件。亚瑟在衣服下屏住呼吸，听着他们的对话，感觉快要窒息了。

“大半夜的，你可真会挑时候回来！”海关官员埋怨道，“一直在外面狂欢吧？你的船上是什么？”

“旧衣服。便宜买来的。”他举起一件马甲以供检查。官员放低了手中的灯笼，探过身仔细地看了看。

“没问题了。你过去吧。”

官员抬起了挡路的桅杆，小船慢慢地划进了黑沉沉、不断起伏的海水中。跟海关拉开距离后，亚瑟才甩开身上的衣服，坐了起来。

“就是这条船。”在沉默中划了一会儿，水手才低声说道，“紧跟在我身后，别说话。”

那艘黑色的船就像是一只巨大的怪物，水手从一侧爬上去，嘴里咒骂着亚瑟这只“旱鸭子”笨手笨脚，其实亚瑟生性敏捷，换了别人倒不见得能比他做得更好。安全上船后，他们立刻就俯下身，小心翼翼地在黑压压的绳索和机器之间穿行，最后来到了一个舱口前，水手轻轻地将舱盖拉起来。

“下去！”他低声说道，“我去去就回。”

船舱里不仅潮湿阴暗，还散发出令人难以忍受的恶臭。亚瑟本能地往后退了几步，险些被生兽皮和变质的油脂发出的味道呛个半死。紧接着他想起了那个惩戒室，便耸了耸肩，顺着梯子爬了下去。看来生活在哪里都差不多，丑陋，腐烂，害虫横行，充满了可耻的秘密和阴暗的角落。不过，生活就是生活，他还是得尽力而为。

几分钟后，水手回来了，手里还拿着几件东西，但光线实在太暗了，亚瑟看不清是什么。

“现在该把你的表和钱给我了。快点！”

在夜色的掩护下，亚瑟成功地给自己留下了几枚硬币。

“你得给我弄点吃的来。”他说道，“我快饿死了。”

“我都给你带来了，给。”水手递给他一个水壶，一些硬饼干，还有一块腌肉，“现在，听我说，明天早上会有海关的人来检查，那时候你一定要躲进这个空桶里，就这个。你得像只耗子一样，一点声响也别出，一直到我们出海为止。能出来的时候我自会来叫你的。还有，别被船长发现，不然你就完了——好了，就这些！把喝的放好了吗？晚安！”

舱盖关上了，亚瑟把珍贵的“喝的”放在一个安全的地方，再爬到一个油桶上坐了下来，拿着腌肉和饼干啃了起来。吃完后，他便在脏兮兮的地板上蜷缩起来，准备睡觉。自记事以来，这还是他第一次没有在睡前祈祷。老鼠在黑暗中围着他转来转去，但无论是老鼠的噪声、轮船的颠簸，还是这股令人作呕的油脂臭味，抑或是对明天可能晕船的担心，都无法让他保持清醒。对他来说，这些东西就像他那些破碎的、威风扫地的偶像一样，昨天他还将他们视若神明，但今天，他对这一切都毫不在意。

第二部

十三年后

第一章

一八四六年七月的一个晚上，几个熟人在位于佛罗伦萨的法布里齐教授的家里聚会，讨论接下来要如何开展政治工作。

他们中的一些人是马志尼[1]党人，对他们来说，要是不能建立统一的意大利共和国，那所有的方案都是废案。剩下的人中还有些君主立宪派和各种各样的自由党派人士。虽然这些人立场各异，但却在一个问题上达成了共识：对托斯卡纳公国[2]的审查制度不满。法布里齐是一位知名的教授，他召集这次会议，是希望起码在这个议题上，这些主张各异的党派代表能心平气和地谈一谈。

庇护九世[3]在即位时颁布了大赦令，释放了教皇国[4]内所有的政治犯，虽然事情才刚刚过去两星期，但它引发的自由主义浪潮却已经席卷了整个意大利。这是个大事件，在托斯卡纳公国，就

1　马志尼，全名朱塞培・马志尼，是青年意大利党的创始人，该党派的目标是将意大利半岛上的数个国家统一成单一的共和国，为真正自由的意大利奠基。

2　托斯卡纳公国，一个在 1569 年至 1859 年存在于意大利中部的国家。

3　庇护九世，本名若望・玛利亚・马斯塔伊・费雷提，1846 年至 1878 年任罗马天主教会教皇。

4　教皇国，建立于 8 世纪，位于亚平宁半岛中部，以罗马为中心，1929 年灭亡。

连政府也开始受到它的影响。法布里齐和其他几位佛罗伦萨的名流都认为，现在正是大胆改革出版法的好时机。

“当然了，”当被问到对这次改革有什么看法的时候，戏剧家莱加表态说，“出版法如果不修改的话，新报纸是办不出来的，先不要急着出版第一辑。但我们可以利用审查制度的漏洞，先印刷一些小册子来宣传我们的理念。我们越早开始，法律的变更就会越早实现。”

他现在正在法布里齐的书房里，向别人讲解他的这套理论，他认为自由派的作家都应该以此为行动方针。

“毫无疑问，”一位头发花白的律师加入了讨论，徐徐说道，“我们是得想办法好好把握住这个时机，推动改革，这样好的机会可能以后都不会再有了。但我不觉得你说的那些小册子能起到什么作用。我们是想把政府争取到我们这边来对吧？但那些小册子只会让他们害怕我们，甚至有可能会激怒他们。一旦当局认为我们是危险的煽动者，我们就不可能获得他们的支持了。”

“那你觉得我们应该怎么做？”

“请愿。”

“向大公吗？”

“是的，要求允许出版自由。”

窗边坐着一个皮肤黝黑的男人，他笑着转过头来，目光犀利。

“请愿可有用了呢！”他开口道，“我还以为伦齐案的结果能让你们都醒悟过来，换个方式工作呢！”

“亲爱的先生，没能阻止伦齐被引渡，我的心情和你一样难过。但说真的——我不想伤害任何人的感情，可我会忍不住想，我们之所以会失败，主要是因为在我们当中，有些没耐心的人行事过于激进了。当然，我也在犹豫——”

“你们皮埃蒙特人总是这样。”那皮肤黝黑的男人不客气地打断了他的话，“我们没耐心在哪儿了，激进在哪儿了？连请愿书上的用词都是那么谦恭，你管那叫激进？在托斯卡纳或者皮埃蒙特来说可能是，但在那不勒斯我们可不管这个叫激进。”

“那我该庆幸，”皮埃蒙特人回嘴道，“那不勒斯的激进只有你们那不勒斯才有。”

“好了，先生们，到此为止！”教授插了进来，说道，“那不勒斯和皮埃蒙特的作风虽然不同，但各有各的长处。现在我们是在托斯卡纳，托斯卡纳的作风是专心处理眼前的事情。格拉西尼赞成请愿，加利反对请愿。你是怎么想的呢，里卡多医生？”

“我认为请愿没什么坏处，如果格拉西尼能起草一份请愿书的话，我很乐意把自己的名字签上去。但我也认为，如果除了请愿什么都不做的话，也得不到我们想要的结果。为什么我们不能在请愿的同时也印发宣传册呢？”

“很简单，因为宣传册会让政府不悦，而不悦的政府是不会批准请愿的。”格拉西尼回道。

“政府本来也不会批准。”那不勒斯人从窗边站了起来，走到了桌子旁，“先生们，你们的路线错了。一味地向政府示好是没用的，我们该做的是去唤醒人民。”

“说得倒轻松，那你打算怎么开始呢？”

“好问题！加利嘛，他当然会从敲打审查员的脑袋开始做起了。”

“不，事实上，我不会那么做。”加利坚定地说道，“你总是认为，如果一个人是从南方来的，那他就一定不会跟任何人讲理，只相信武力解决问题。”

“好吧，那你有什么提议？嘘！注意了，先生们！加利有一个提议要说。”

屋里的人原本已经分成了三三两两的小组，各自讨论着不同的事情，听到格拉西尼的话，他们都聚到了桌子旁边，准备听听加利有什么提议。而加利则不满地举起了手。

“不，先生们，这不算是提议，只是一个建议。虽然大家都在为新教皇的即位欢呼雀跃，但在我看来，这其中隐藏着巨大的危险。似乎很多人都觉得，因为他有了新的政策方针，还实行了大赦，我们——我们所有人，整个意大利的所有人——就应该都投入他的怀抱，而他就会把我们带到应许之地。我的意思是，我的确很钦佩教皇的行为，大赦是一件了不起的事情。”

“我相信教皇陛下听到你这么夸他，一定会受宠若惊——”格拉西尼轻蔑地说道。

“行了，格拉西尼，你让他把话说完！”里卡多打断了格拉西尼，“你们两个总像猫见了狗一样，吵个不停，真了不起！请继续说，加利！”

“我想说的是，”加利继续说道，“毋庸置疑，教皇陛下采取这些行动，出发点当然是好的，但至于他能把改革推动到什么程度，就是另一个问题了。当然了，目前来说还算顺利，意大利的保守派们会消停这么一两个月，直到大家对大赦的兴奋劲过去。他们可不会这么容易就把手里的权力交出去。我相信，今年冬天过不到一半，那些耶稣会、格里高利派、圣信会，以及其他保守派的人就会开始对我们动手了，他们会想办法收买我们，收买不了的就会想办法除掉。”

“很有可能。”

“很好，那么，我们是应该谦顺地送去请愿书，静静等候，等到兰布鲁斯基尼他们说服大公，将所有人都置于耶稣会的统治之下，顺便再派几个奥地利轻骑兵在街上巡逻，来监视我们呢，还是应该好好利用这个时机，趁他们蛰伏起来，先发制人呢？”

“告诉我们，你准备怎么先发制人？”

“我建议先从宣传我们的理念开始，鼓动人们去反对耶稣会。”

“也就是，用传单向他们宣战？”

“是的，揭露他们的阴谋，把他们的秘密曝光，然后呼吁人们来一同反对他们。”

“可是这里没有耶稣会的人啊，我们要去揭露谁呢？”

“没有吗？再等三个月，你就会知道到底有多少了。那时再想阻止他们就晚了。”

“但想要号召市民去反对耶稣会，我们就必须直言不讳，如果这样的话，我们该怎么绕过审查制度呢？”

“我才不会绕开它，我要直接违反它。”

“你准备匿名印刷这些小册子？这主意倒是不错，可问题是，匿名刊物我们见得多了，它们的效果可都不怎么好——”

“我不是这个意思。我想公开印制，写上我们的名字和地址，如果他们敢的话，就让他们起诉我们好了。”

“这个计划太疯狂了。”格拉西尼感叹道，“这就是纯粹的恣意妄为，像把头伸进狮子的嘴里一样。”

“哦，你不用怕！”加利尖锐地回嘴道，“这事与你无关，我们可不敢让您为了我们的册子去坐牢。”

“别说了，加利！”里卡多说道，“这不是害不害怕的问题，如果坐牢能解决问题的话，我们都和你一样，会义无反顾地去坐牢的。但平白无故地把自己置于危险之中就太幼稚了。我有个想法，我希望对你的计划做一些修改。”

“那么，怎么修改呢？”

“我觉得，我们可以小心行事，在不与审查制度发生冲突的情况下，打击耶稣会。”

“我不知道这要怎么样才能做到。”

“我们可以把要传达的信息隐藏起来，用词可以婉转一些，迂回地表达——”

“来使审查机关看不出来？而你指望那些可怜的工人和劳力，凭自己那点见识，来发现你文章的隐藏含义吗？你的建议根本行不通。”

“马蒂尼，你怎么看？”里卡多转向了坐在他旁边的人，问道。那人身形魁梧，留着棕色的络腮胡。

“我对当下的情况还不太了解，所以我保留我的意见。我觉得我们需要多做尝试，才能知道哪种方法效果最好。”

“萨科尼，你呢？”

“我想听听博拉夫人怎么说。她的建议总是很有用。”

每个人的目光都转向了屋里唯一的女性。她一直坐在沙发上，一只手托着下巴，默默地听着他们的讨论。她黑色的双眸深邃又庄严，当她抬起头的时候，眼神里透露出些许欢乐，仿佛是被他们逗笑了。

“恐怕，”她开口道，“大家的意见我都不赞成。”

“你从没赞成过谁，但最后对的人也总是你。”里卡多插了一句。

“毫无疑问，我们必须与耶稣会作斗争。如果一种方法不行，那我们就换另一种。但是，直接违抗审查起不到什么作用，把意思隐藏起来说又显得太笨拙了。而请愿，这种做法也太过天真了。”

“我希望…… 夫人，”格拉西尼一脸严肃地插话道，“你不会是建议我们去进行——暗杀吧？”

闻言，马蒂尼扯了扯自己的胡须，而加利则直接笑出了声。即使是这位严肃的女士，也忍俊不禁，脸上展露出了笑容。

“相信我，”她说道，“如果我真有那么凶残，想搞暗杀的话，我也不会那么愚蠢，来公开谈论这事的。我认为，最致命的武器，是讥讽。如果能让耶稣会在大众眼里变得滑稽起来，让人们都嘲笑他们的主张，那我们就兵不血刃地征服了他们。”

“这一点，你说得很对。”法布里齐开口道，“但我觉得这种事情很难办到。”

“有什么难的？”马蒂尼问道，“一本充满讽刺的册子比一本内容严肃的册子更容易通过审查，而且，如果我们用委婉的方式表达自己的意思，对普通读者来说，笑话的效果可比那些科学、经济学的论文好多了，毕竟，笑话中的双关意义更容易被人理解。”

“夫人，也就是说，你的建议是，我们应该发行一本以讽刺为主的小册子，或者去出版一份喜剧小报？如果是后一种办法的话，我们还是没法通过审查。”

“两种都不是。我认为应该印一些讽刺性的小传单，可以是诗歌或者散文，在街头廉价出售，或干脆免费分发，这样效果一定会很好。如果我们能找到一个聪明的艺术家，可以理解其中的意味，我们还可以配上插图。”

“如果可以实施得当的话，这的确是个好方案。这件事，如果我们要做，就一定得做好。我们需要一个一流的讽刺作家，该去哪里找呢？”

“你也知道，”莱加补充道，“我们中大多数人都是严肃作家。而且，恕我直言，如果我们去尝试幽默写作，效果恐怕会和大象去跳塔兰泰拉舞差不多。”

“我当然不会建议我们去做自己胜任不了的工作。我觉得我们应该想办法，找一个真正擅长这方面的作家——意大利这么大，总能找到一个，然后我们为他提供必要的资金支持。当然了，我们还得对这个人有一定了解，确保他作品的内容跟我们想要的一样。”

“那到底要去哪里找呢？有才华的讽刺作家我一只手就能数得过来，可他们都不合适。朱斯蒂肯定不行，他现在已经忙得不可开交了。伦巴第倒是有一两个写得好的，可他们只会用米兰方言写作——”

“除此之外，”格拉西尼说道，“我不太赞成用这种方式去影响托斯卡纳的人民。公民权利和宗教自由是很严肃的议题，如果我们把它当儿戏对待，去戏谑调侃，会让人觉得我们缺乏政治素养。佛罗伦萨不像伦敦，到处都建满了工厂，所有人都只知道赚钱，也不像巴黎，除了奢侈品一无所有。佛罗伦萨是一座历史悠久的伟大城市——”

“雅典也一样。”她笑着打断了格拉西尼，说道，“但它‘因为体形硕大，行动迟钝，需要牛虻的叮咬才能唤醒’[1]——”

里卡多突然用手拍了一下桌子，说道：“是啊，牛虻！我们刚才怎么没想到！牛虻就是我们需要的人！”

“那是谁？”

“牛虻——费利斯·里瓦雷士。你不记得他了吗？三年前跟着穆拉托里他们一起从亚平宁山区来的那个。”

“哦，就是跟你很熟的那帮人，对吗？我记得他们去巴黎的时候，你也跟着一起去了。”

“是的，我一直到了里窝那，将里瓦雷士送去马赛。他不愿意留在托斯卡纳，他说，起义失败之后，除了苦笑，他在这里已经无事可做了，还不如去巴黎待着。毫无疑问，他的想法和格拉西尼先生一致，托斯卡纳是一个让人笑不出来的地方。但我几乎可以肯定，如果我们出面请他，他一定会回来的，毕竟意大利现在又需要他了。”

“你说他叫什么？”

“里瓦雷士。应该是个巴西人，我也不确定，反正他在那里生活过。他是我见过的最聪明的人之一。在里窝那的那周，所

1 引自《苏格拉底的申辩》，是柏拉图《对话录》中的一篇，文中苏格拉底把城邦比作硕大的骏马，把自己比作牛虻，用叮咬来唤醒骏马。

有人都闷闷不乐的，可怜的朗伯蒂尼，光是看到他就会让人心碎。但只要里瓦雷士在场，就没有人会忍住不笑。他有说不完的笑话，就像一团永不熄灭的烈火一样。他的脸上有一条吓人的刀疤，还是我给他缝起来的。他是个怪人，但我相信，就是靠他和他那些没完没了的笑话，那些可怜的小伙子才没有崩溃。"

"就是那个在法国报纸上以'牛虻'为笔名写讥讽时政文章的人吗？"

"是的，主要是些小短文，还有些幽默小品。亚平宁半岛上的那些走私贩都管他叫'牛虻'，因为他的言辞犀利，简直可以用来刺人，后来他就干脆把这个绰号用作笔名了。"

"我对这位先生有所了解。"格拉西尼像往常一样，优雅地插话进来，徐徐说道，"但我听到的可不全是好话。毫无疑问，他确实是有些小聪明，可以用来哗众取宠，但我觉得他的能力并没有你们说得那么厉害。没错，他有胆量，敢作敢为，但他在巴黎和维也纳的名声，据我所知，并不干净。他像是那种——经历复杂，来历不明的男人。据说有一次，杜普雷兹探险队在南美洲的野外捡到了他，是个热带的什么地方，那时候他落魄得像个野人一样，是探险队发了善心，才把他带了回来。可他却从来没有好好解释过自己究竟是如何落到那步田地的。至于亚平宁山区的起义，那确实是个不幸的事件，但恐怕各位也都知道，参与起义的什么人都有。众所周知，在博洛尼亚被处决的那些人不过都是些恶棍罢了，而那些逃走的人是什么品行，我就不多说了。毫无疑问，一些品格高尚的人也参与其中了——"

"他们中的有些人是在座几位的挚友！"里卡多带着怒气打

断了他的话，“挑剔倒也没什么，格拉西尼，但你口中的‘恶棍’可是为信仰献出了生命，这可比你我所做的多多了。”

“还有，下次要是再有人跟你谈起巴黎那个陈旧的逸闻，”加利补充道，“你可以告诉他们，就说从我这儿听来的，他们那些关于杜普雷兹探险队的传言是错误的。我跟杜普雷兹的副官马泰尔有私交，他给我讲了整个故事。没错，他们的确遇到了被困的里瓦雷士。里瓦雷士因为替阿根廷共和国战斗，在战争中被俘，后来又逃了出来。他伪装身份，在全国各地游荡，试图返回布宜诺斯艾利斯。而探险队发善心把他捡回来这事，就是无稽之谈了。事实是，探险队的翻译生病了，不得不离开，而队伍里那群法国人中没有一个人会说当地的语言，所以他们就请里瓦雷士给他们做翻译。他们在一起度过了整整三年，探索了亚马孙河的许多支流。马泰尔告诉我，如果不是因为有里瓦雷士，他们根本不可能完成那次探险。”

“不管他是什么人，”法布里齐说道，“能让杜普雷兹和马泰尔这样阅历丰富的探险家对他另眼相看，他一定有过人之处。夫人，你怎么看？”

“我对这件事一无所知，逃离的人经过托斯卡纳时我还在英国。但我认为，如果那些和他一起在荒蛮之地探险了三年的同伴，还有一起参加起义的战友，对他的评价都很高的话，市井巷陌的流言蜚语根本就无关紧要。”

“确实，他的战友们都很喜欢他。”里卡多说，“不管是穆拉托里还是赞贝卡里，甚至是最粗野的山民，都把他当作至交。除此之外，他跟奥尔西尼的私人关系也非常好。当然，在巴黎，关于他的负面消息层出不穷，这也是事实。但我觉得一个人要是担心树敌，就不会写什么讽刺时政的东西了。”

“我好像见过他。”莱加插话道，“但我也不敢肯定是他，那些难民过来时他好像也在。他是不是有些驼背，直不起腰？”

教授拉开了写字台上的一个抽屉，在一堆文件里翻找了起来。“我这里应该有一份警方对他的描述。”他说道，“你们还记得他们逃出来躲在山上的时候吗，到处都贴满了他们的通缉令，他们的样貌都写在上面，那个红衣主教——那个无赖叫什么名字来着——斯皮诺拉，还悬赏要他们的人头呢。”

“说到通缉令，我想到一件有趣的事，也是关于里瓦雷士的。当时，他找了件旧军服，伪装成在执行任务时受伤的骑兵，四处游走着寻找他的同伴。他甚至还让斯皮诺拉的搜查队捎了他一程，跟那群人在同一辆马车里坐了一整天。他还吓唬他们，跟他们讲自己是如何被叛军俘虏，如何被抓去山中的巢穴的。他还说自己在叛军手中遭受了怎样可怕的折磨。那群人还把通缉令拿给他看，上面写着‘名为牛虻的恶魔’，然后他就把自己能编出来的所有胡话都讲给了那些士兵听。入夜后，趁着所有人都睡着了，他找来一桶水，浇在了他们的火药上，然后就溜之大吉了，口袋里还塞满了他们的补给和弹药——”

“找到了，是这张。”法布里齐开口念道，“‘费利斯·里瓦雷士，绰号：牛虻；年龄：约三十岁；出身不明，可能是南美人；职业：记者；身材矮小，黑发黑须，黝黑肤色，蓝色眼睛，额头宽大，鼻子、嘴、下巴——’啊，在这里，‘特征：右脚跛行，左臂扭曲，左手少了两根手指，脸上有新的刀疤，口吃’，下面还有一条备注，‘枪法精湛，抓捕时应注意’。”

“都被描述得这么详细了，还能骗过那群搜查队的人，真是了不起。”

“都是靠他非凡的胆量。要是那些士兵起了疑心，他就完了。但他摆出的那副坦荡的样子，什么难关都能闯过来。好了，先生们，你们觉得这个提议怎么样？我们中似乎有很多人都认识里瓦雷士。我们是否应该向他发出邀请，让他来帮助我们？”

“我认为，”法布里齐说道，“我们可以先跟他讲讲我们的计划，看看他是否愿意参加。”

“哦，他会愿意的，你尽管放心，只要是跟耶稣会作斗争，他都会积极参与，他是我见过的最凶残的反教会人士，甚至都有些过于狂热了。”

“那，里卡多，信就交给你来写了？”

“当然。让我想想，他现在在哪儿来着？应该是在瑞士。他是全世界最不安分的人，总是到处乱跑。但至于册子的问题——”

随即他们就陷入了漫长而热烈的讨论中。最后，当这群人散去后，马蒂尼走到了那位安静的年轻女士面前。

“我送你回家吧，琴玛。”

“谢谢，正好我有件正事想跟你谈一谈。”

“是地址出了什么问题吗？”他轻声问道。

“不是什么大事，但我觉得我们需要做一些改动了。这周有两封信被扣在了邮局。都是些无关紧要的信件，被扣下很可能也只是偶然，但我们不能冒任何险。一旦警察开始对那些地址有任何怀疑，我们就得立刻更换它们。”

“我明天再来跟你谈这个问题。今晚就不谈正事了，你看起来已经很累了。”

“我不累。”

“那你是心情又不好了？”

“哦，没有，也不是特别不好。”

第二章

“凯蒂，夫人在家吗？”

“在的，先生，她正在换衣服。麻烦您在客厅稍等，她很快就会下来。”

凯蒂带着德文郡女孩特有的热情，把客人领进了屋。在众多的来访者中，马蒂尼是她尤其喜欢的一位。他会讲英语，虽说带着外国腔调，但也很不错了。他不会像有些客人那样，一进来就开始高谈阔论那些政治问题，经常到了凌晨一点了还在聊，也不管夫人累不累。而且，之前夫人失去了自己的孩子、丈夫也生命垂危的时候，马蒂尼还来德文郡帮过忙。从那时起，这个高大笨拙、沉默寡言的人就被凯蒂视为“家中的一员”。而现在，家中的另一位成员，一只名叫帕斯特的慵懒黑猫，正蜷缩在马蒂尼的膝上。帕斯特也很喜欢马蒂尼，觉得是一件相当好用的家具。他从没踩过它的尾巴，也不抽那些熏眼睛的烟草，他跟其他的两足动物不一样，一直都对它很好。他的举止应该成为其他人类的榜样：给猫提供一对舒适的膝盖，容它躺在上面打呼噜，吃饭的时候不忘把餐桌上的鱼分给它。马蒂尼和帕斯特也是老朋友了，当帕斯特还是只小猫仔的时候就认识了马蒂尼，那时主人因为生病，顾不上照料它，马蒂尼便把它裹在柔软的毯子里，拎着篮子从英国把它带来了这里。从那之后，长期的相处让帕斯特确信，马蒂尼是一个可以与它患难与共的好朋友。

“你们两个看起来真惬意！”琴玛走进了客厅，说道，“别人看到一定会以为你们已经安顿好准备过夜了。”

马蒂尼小心翼翼地把猫从膝上抱了下来。“我提早来了一会儿。”他说，“希望在我们出发前，你能给我些茶点吃。估计那边会有很多人，格拉西尼一定不会给我们提供像样的晚餐——他们那些豪宅里的晚饭都太高雅了，吃不饱。”

“得了吧！”琴玛笑着说道，“你说话怎么跟加利似的！可怜的格拉西尼，就算不提他那个不太会持家的妻子，他的罪孽也够深厚的了。至于茶点，马上就来。凯蒂特别为你准备了一些德文郡的糕点。”

“凯蒂真是个善良的人，对吧，琴玛？顺便一说，你穿这条裙子很漂亮。我还担心你会忘记呢。”

“我答应过你会穿它的，就是今晚有些热，这条裙子可能有点太厚了。”

“菲耶索莱比这里凉快得多，而且，没什么比白色的羊绒更衬你了。我还给你带来了一些花，你可以把它们也戴上。”

“啊，这些玫瑰花真可爱，我太喜欢它们了！但还是把它们放到水里去吧，我讨厌戴花。”

“你是不是又有什么迷信的想法了？”

“不，不是的，我只是觉得，让这些花整晚都陪着我这么沉闷的人，它们会无聊的。”

“恐怕今晚我们都会感到无聊。今晚的话题一定会枯燥到让人难以忍受。”

“为什么？”

“部分原因是，格拉西尼会把他接触到的所有东西都变得和他本人一样无聊。”

“不要这么刻薄。我们可是要去他家做客的，应该要礼貌一些。”

“你说得对，夫人。那么我换一种说法，今晚会无聊，主要是因为很多有趣的人都不会去。”

“这又是为什么？”

“我也不清楚。可能是出城了，也可能是因为生病，又或者是别的什么。总之，今晚出席的人主要是两三个大使、几个德国学者、一些不伦不类的游客、什么俄国的王子、文学俱乐部的成员，以及几个法国官员，我一个都不认识——当然，除了那个新来的讽刺作家，他将是今晚的焦点。”

“新来的讽刺作家？是那个里瓦雷士吗？我还以为格拉西尼挺看不起他呢。”

“是这样没错，可那个作家到来以后，一定会成为话题的中心，格拉西尼肯定希望他家能成为这个新来的名人首次亮相的地方。大概他还不知道格拉西尼对他的看法，但我觉得他应该已经察觉到了，他可是个敏锐的人。”

“我甚至都不知道他已经来了。”

“他昨天才到。茶点来了。你坐着，不用起来，我去拿水壶就好。”

在这间小书房里，马蒂尼总是很快乐。琴玛的友谊，琴玛在不知不觉间散发出的魅力，琴玛和他之间真诚而纯粹的同志情谊，这一切都是他平凡的生活中最不凡的东西。每当感到沮丧时，他都会在结束工作后来到这里，和她一起坐一坐，在她低头做针线活或倒茶的时候，默默地望着她。她从不问他有什么烦恼，也不会用言语宽慰他，但他离开的时候总是能变得比之前更坚强、更平静，用他自己的话说，就是“可以人模人样地再熬上两个星期”。琴玛自己还未意识到，自己总是能给人以慰藉，这就像她的天赋一般。两年前，当马蒂尼最亲爱的朋友在卡拉布里亚被人出卖、像畜生一般被枪决时，是她坚定的信念把他从绝望中拯救了出来。

有时候，在星期天的上午，他会来找琴玛“谈事情”，也就是谈一切有关马志尼党内的事情，他们都是信仰忠诚、工作积极的党员。在谈那些工作的时候，琴玛就像换了个人似的，敏锐，冷静，条理清晰，行事精准，一丝偏见也没有。在那些只在政治工作上跟她有交集的人眼里，她是一个训练有素、纪律严明的谋略家，勇敢又值得信赖，在各种意义上都是马志尼党的重要成员，没有什么个性，少了些人情味。“她是一个天生的谋略家，一个人顶得上我们十几个，但除此之外她一无所有。”加利曾这样评价她。而马蒂尼所认识的那个“琴玛夫人”，其他人是很难了解的。

“那么，那位新来的讽刺作家是个什么样的人呢？”琴玛问道，她打开餐柜，回头看了一眼，“这里，西塞尔，这是给你的大麦糖和蜜饯。顺便问一句，我很好奇，为什么你们搞革命的男人都这么喜欢吃甜食？”

“不搞革命的男人也喜欢，只是他们觉得，承认这种事有损他们的尊严。那个新来的讽刺作家？哦，他就是那种会让寻常女人着迷的人，不过你不会喜欢他的。他说话刻薄，玩世不恭地满世界游荡，还有个美丽的舞娘一直跟在他身旁。”

“是真的有一个跳舞的姑娘跟着他吗？还是说他惹到你了，你在讽刺他？”

“上帝啊，我可不是那种人！是真的有个跳芭蕾舞的姑娘，而且真的很漂亮——是那种锋芒毕露的美丽，我个人不是很喜欢。她应该是个匈牙利吉卜赛人，反正就是那一类吧，我记得里卡多是这么说的。她来自加利西亚的某个省级剧院。那个作家倒是相当无所谓，总是到处把她介绍给别人，就好像那姑娘是他未嫁的姑妈一样。”

“嗯，毕竟他把那姑娘带离了家乡，这样做是应该的。”

“亲爱的夫人，你这么想，别人可不这么想。我觉得，他把那个姑娘介绍给别人认识的时候，大部分人都会暗暗反感，毕竟他们都清楚，那姑娘是他的情妇。”

“他们是怎么知道的呢？不会是那个作家自己说的吧。”

“不用说也很明显，你见了她就会明白了。但我觉得，即使是，他也不会胆大到直接把那个姑娘带去格拉西尼家。”

“他们不会接待她的。格拉西尼夫人很传统，一定接受不了这种出格的事情。但我想知道的不是他是个什么样的男人，而是里瓦雷士先生是个什么样的作家。法布里齐之前告诉我，说他回信同意加入我们，一同打击耶稣会。除此之外我就一无所知了。

我这个星期的工作实在是太多了。”

“我了解的也不多。我本以为他会在酬金的问题上跟我们计较，但完全没有。他应该是很有钱，愿意不计报酬地工作。”

“他自己应该有一笔不小的财产吧？”

“显然是有的，虽然这实在很奇怪——那晚在法布里齐家里，你也听到杜普雷兹探险队和他当时的境况了。但事实上，他持有巴西的某个矿区的不少股份，作为一名专栏作家，他也在巴黎、维也纳和伦敦取得了巨大的成功。他好像还精通起码五六门语言，我觉得即使是在这里，他也会和其他地方的报社继续保持合作的，毕竟嘲讽耶稣会这种事不会占据他全部的时间。”

“确实是这样。我们该动身了，西塞尔。啊，我还是把花戴上吧。你稍等一下。”

琴玛跑上楼去，下来的时候胸前已经别上了一朵玫瑰花，她头上还围了一条围巾，上面带着西班牙式的黑色蕾丝。马蒂尼像打量艺术品一般看着她，目光里充满了赞许。

“你看起来像个女王，亲爱的夫人，像伟大又睿智的示巴女王。”

“这话可太无情了！”她笑着反驳道，“我可是很努力地想把自己打扮成寻常的社交名媛的！哪个革命党人会希望自己看起来像示巴女王？一眼就会被密探发现的。”

“你就算再努力，也不可能变成那种愚蠢的社交名媛的。但这也没什么关系，虽然你没法像格拉西尼夫人那样，一边献媚一边用扇子遮住半边脸，但那些密探就算注意到你，也猜不出你的身份，毕竟你太美丽了。”

“好了，西塞尔，别再嘲笑那个可怜的女人了！来，再吃几颗大麦糖，治治你的脾气。准备好了吗？我们出发吧。”

跟马蒂尼说的一样，今晚的集会确实既拥挤又无聊。文人们礼貌地说着无关紧要的闲话，每个人脸上都流露着百无聊赖的神情，而那些“不伦不类的游客”和“俄国王子”，在房间里走来走去，相互打听，一边试图分清到底谁是名流，一边尴尬地进行着“智识上的交流”。格拉西尼待客的礼数就像他那双锃亮的靴子一样，都被他精心打磨过，只有见到琴玛的时候，他的脸才亮了起来。他并没有那么喜欢她，甚至私下里还有点害怕她，但他知道，少了琴玛，他的整个客厅都会变得黯淡无光。他的事业很成功，现在他不缺钱，也不乏名声，目前最大的野心就是把自己家变成自由派人士和知识分子的主要聚集地。但他痛苦地意识到，他年轻时娶错了人，那个谈吐无趣、姿色平平的女人，当不了这样大型文学沙龙的女主人。但他知道，只要他能劝琴玛参加，集会就一定会成功。这房子就像被庸俗的鬼魂侵蚀了一样，但只要琴玛出现，她娴静优雅的气质，就会把所有的沉闷一扫而光。

格拉西尼夫人热情地欢迎了琴玛，本意是小声感叹，却变成了大声嚷嚷：“你今晚看起来真迷人！”然后她带着不悦的神情，挑剔地审视着琴玛白色的羊绒衫。她憎恨这位访客，恨她身上一切马蒂尼喜欢的东西，她恨她的安静，恨她的坚强，恨她的严肃，恨她的直率，也恨她缜密的思维，甚至恨她脸上的表情。当格拉西尼夫人憎恨一个女人时，她总会表现得过于热情和亲切。

但琴玛并不在意她的想法，坦然地接受了她的欢迎和赞美。对琴玛来说，“融入社会”是一项让人疲累的任务，但她身为一名革命党人，为了不引起密探的注意，又不得不认真完成这项烦人的任务。在她眼里，融入社会和在文章中加入暗语一样，都是繁重的工作。她知道，得体的穿着和表现可以让自己免遭怀疑，这一点对她很重要，所以，她就像研究密码一样，仔细地研究着当今的时尚穿着。

听到琴玛的名字，那些百无聊赖的名流顿时精神一振。琴玛很受他们的欢迎，尤其是那些激进的记者，见她到来，纷纷向她走去。但琴玛可是个老练的地下党，不会让他们浪费自己今晚的时间，以后有的是机会跟他们打交道。所以，当他们把琴玛围在中间时，她委婉地拒绝了所有的邀请，微笑着告诉他们不必试图说服她，这里还有很多新来的游客需要他们的帮助。而琴玛自己则把注意力放在了一位英国议员身上。她所在的共和派一直想争取这位议员的支持，琴玛知道他是金融方面的专家，便问了一个关于奥地利货币的技术性问题，吸引他的注意力，随后，她又巧妙地把话题转到了伦巴第 – 威尼托王国[1]的税收上。议员对今晚的交流并没有什么期待，这里似乎只有无聊的闲话，他斜眼看着琴玛，生怕自己被一个女学究缠上，但发现她不仅人长得好看，说话也非常有趣，他便完全放下了戒备，全情投入了关于意大利财政问题的讨论中，严肃得好像她是梅特涅[2]一样。直到格拉西

---

1 伦巴第 – 威尼托王国，存在于 1815 年至 1866 年，是一个位于意大利北部的王国，由当时的奥地利帝国所控制。

2 梅特涅，全名克莱门斯·冯·梅特涅（Klemens von Metternich，1773—1859），是当时一位重要的外交家。

尼带来一个法国人，说是“希望向博拉夫人了解一下青年意大利党的历史”，这位议员才结束了讨论，站了起来。他心中困惑不已，和琴玛这么一聊让他意识到，意大利民怨这么沸腾，背后的原因可能不止他原来想的那些。

夜色渐浓，琴玛溜出客厅，在长满了山茶花和夹竹桃的露台上，独自坐了下来。房间内密闭的空气和喧嚷的人群让她头疼。露台的另一边是一排棕榈树和树蕨，种在了巨大的花盆里，被外面的百合和其他不知名的植物遮蔽了起来。这些植物组成了一道屏风，在这个僻静的小角落，可以欣赏到整个山谷的景色。一株石榴树的枝丫上挂着晚开的花朵，在绿叶的缝隙中若隐若现。

琴玛就躲在这个角落里，在这里，她可以安静地休息一会儿，希望在恢复精神前没人能猜到她在哪儿。夜晚静悄悄的，时不时还会有暖风吹来，但刚从闷热的房间中走出来，琴玛还是感到了些许寒冷，于是她把围巾裹到了头上。

一阵越来越近的谈话声和脚步声传来，把她从梦中拉回了现实。她往后退了退，躲进了阴影里，不愿被人发现，她实在是太累了，只希望在开始跟人交谈前，能再多休息片刻。不巧的是脚步却在屏风前停了下来，格拉西尼夫人本在喋喋不休，这会儿她尖细的声音也停了下来。

另一个声音是一位男士的，柔和动听。虽然音色甜美，但他说话时却总是拖着腔调，可能是为了装腔作势，也可能是为了克服口吃养成的习惯，无论如何，听起来总让人心生不悦。

“你说她是英国人？”那人问道，“可是她的名字像是意大利人，是叫什么来着——博拉？”

“是的，她是乔瓦尼·博拉的遗孀，大约是在四年前，乔瓦尼死在英国——你不记得了？哦，我忘了，你一直满世界游荡，肯定不知道这个国家到底有谁牺牲了——太多人了！”

格拉西尼夫人叹了口气。她跟陌生人交谈时总是会这样，一方面表现得像一个爱国者，哀叹着意大利的不幸；另一方面又像个还在寄宿学校读书的小女生一样，幼稚地噘着嘴。

“死在了英国！”那人重复道，“那他当初去英国是为了避难吗？我对这个名字有些印象，在青年意大利党刚成立的时候，这个人和他们有一些关联吧？”

“是的，一八三三年的时候有一批年轻人不幸被捕，他就是其中之一。你记得那件事吧？几个月后他就被释放了，但过了两三年，当局又下了逮捕令，他才逃去了英国。后来我们听说他在那里结婚了。那段感情非常浪漫，可怜的博拉，他一直都是一个浪漫的人。”

“你说他之后就死在了英国？”

“是的，因为肺病死的，他受不了英国那可怕的气候。在他去世前，琴玛还失去了他们唯一的孩子，那孩子得了猩红热。太令人悲伤了，不是吗？可怜的琴玛，我们都很喜欢她！虽然她有点不近人情，你知道的，他们英国人都是这样，但我觉得那些遭遇让琴玛变得很忧郁，而且——”

琴玛站起来，一把推开了石榴树的树枝。自己的悲伤被当作闲话来讲，这让她无法忍受。她从阴影中走出来，脸上写满了愤怒。

“啊！她在这儿呢！”格拉西尼夫人一脸冷静，令人佩服，她感叹道，“亲爱的琴玛，我刚刚还在想你跑去哪里了呢。费利斯·里瓦雷士先生希望见见你。”

“原来是牛虻。”琴玛心想，略带好奇地打量着他。牛虻礼貌地对她鞠了一躬，眼神扫过琴玛的面容身形，那近乎刺探的凝视在琴玛看来倒有些冒犯无礼。

“这真是一个宜、宜人的角落。”他看着那一道由植物组成的屏风，说道，“你看，多、多么迷人的景色！”

“是的，这是个不错的角落，我出来透透气。”

“真是个美好的夜晚，上帝也不会希望我们闷在屋里不出来的。”格拉西尼夫人抬眼望向星空（她的睫毛很好看，她想要展示它们），说道，“看，先生！意大利美得像是人间仙境，她要是能获得自由就好了。她有这么美丽的花朵和这么浩瀚的星空，却沦为他人的奴隶！”

“竟还有这样爱国的女人！”牛虻用柔和慵懒的语调低声称赞道。

琴玛转过头，有些吃惊地看着牛虻，他的话假得明显，肯定谁也骗不到。但琴玛还是高估了格拉西尼夫人，显然，那个可怜的女人全盘接受了他的赞美，叹息着垂下了睫毛。

“啊，先生，一个女人能做的事情太少了！也许有一天我能有机会，去证明自己也不愧为一个意大利人，谁知道呢。现在我必须回去了，我得去履行我的社会职责，那个法国大使恳请我把他的女儿介绍给这里的名流。我建议你也去看看她，她是一个非常迷人的女孩。琴玛，亲爱的，我把里瓦雷士先生带出来，是为了让他看看这里美丽的景色，现在我得把他交给你了。我知道你肯定会照顾好他，把他介绍给大家。啊！那就是那个讨人喜欢的俄国王子！你们见过他吗？他们说他是尼古拉一世最喜欢的儿子。他现在在波兰的一个城镇当军事指挥官，那个城镇的名字很拗口，没人能念出来。[多么美好的夜晚啊！不、不是吗？我的王子？][1]”

她飞快地跑开，对着那个粗脖子的男人滔滔不绝起来，那人的下巴上堆满了肉，外套上别满了亮闪闪的勋章。他们沿着露台渐渐走远，格拉西尼夫人对［我们不幸的祖国］的悲鸣，和其中夹杂的［真有魅力］和［我的王爷］的声音，也渐渐消失了。

琴玛站在石榴树旁一动不动。她为这个可怜又愚蠢的矮女人感到难过，同时也为牛虻的懒散和无礼感到恼火。牛虻看着远去的二人，脸上带着戏谑的表情，这让琴玛更加生气了，嘲笑那两个可怜人是一件很过分的事情。

“一个意大利的爱国者和一个俄罗斯的爱国者，”牛虻微笑着转向琴玛，说道，“手拉着手，享受着彼此的陪伴。两种爱国主义中你喜欢哪一个？”

琴玛微微皱了皱眉头，没有回答。

“当、当然了，”他继续说道，“喜欢哪个完全是个、个人的品位问题，但我认为，这两个爱国主义里面，我更喜欢那个俄罗斯，非常彻底。要是俄罗斯彻底放弃火药和枪弹，仅靠鲜花和星空来维持霸权，你觉得那位［王爷］、那个波兰堡垒能守多久？”

“我认为，”琴玛冷冷地回答道，“我们可以坚守个人意见，

1　为了体现格拉西尼夫人的人物性格，［　］中的文字原文为法语，说法语在当时的俄国贵族中很流行。

而无须嘲笑宴请我们的女主人。”

“啊，是的！我、我忘了，在意大利人人都很好客，真的是一个非常友善的民族，这些意大利人。我相信奥地利人也是这么觉得的。你不坐下来吗？”

牛虻一瘸一拐地走过露台，为琴玛拿了一把椅子，自己则靠着栏杆，站在了她对面。窗内的光线照亮了牛虻，让琴玛可以仔细地端详他的面孔。

她感到很失望。她本以为，即使他的脸不讨人喜欢，起码也应该是坚毅而有力的。可这个人外表上最引人注目的地方，就只是他浮夸的穿着和粗鄙的举止而已。至于其他方面，他的皮肤黝黑，看起来就像个黑人和白人的混血儿一样，虽然腿瘸了，却还是像猫一样灵活。不知为何，他的举止总让人联想起一只黑色的美洲豹。他的额头和左脸上有道长长的刀疤，扭曲的伤疤毁坏了他的相貌。琴玛注意到，每当他说话开始结巴时，他受伤的那半张脸就会受到影响，开始抽搐。琴玛不得不承认，如果没有这些缺陷，他的脸还是很英俊的，但对她并不具备吸引力。

不一会儿，牛虻又开口了，他的语气轻缓，低声喃喃。“如果一只美洲豹能开口说话，心情还不错的话，一定就是用这种声音。”琴玛心里想到，心情越来越烦躁了。

“我听说，”牛虻说道，“你对激进的报纸很感兴趣，还经常给报纸写文章。”

“只是偶尔写一点，我没时间写太多。”

“啊，那是当然！我从格拉西尼夫人那里了解到，你还做着很多其他重要的工作。”

琴玛微微挑了挑眉毛。显然，格拉西尼夫人，那个傻乎乎的小女人，已经口无遮拦地对这个狡猾的家伙透露了不少。想到这里，琴玛开始认真地讨厌起眼前的这个人。

“我确实在工作上花了很多时间。”她生硬地说道，“但格拉西尼夫人高估了我的重要性。我干的都是些微不足道的小事罢了。”

“好吧，可如果我们所有人都像那位夫人一样，把时间全花在为意大利唱哀歌上，这个世界可不会变好。我想，一跟我们今晚的东道主和他的夫人走得近，无论是谁都会出于自保，把自己的工作说得微不足道的。是的，我知道你想说什么，你是对的，但他俩秉持的那种爱国主义实在是太好笑了——你这就要进屋去了吗？外面的夜色正好呢！”

“我现在就要进去了。那是我的围巾吗？谢谢你。”

牛虻捡起了围巾，站在那里睁大眼睛看着琴玛，他的眼睛像溪流里的勿忘我一样，蔚蓝而纯真。

“我知道自己冒犯了你。”他说道，语气中带着忏悔，“因为我愚弄了别人，可她就跟上了漆的玩偶似的，除了愚弄我还能怎么做？”

“既然你这么问了，我认为，以这种方式去显摆自己的智力比别人高，非常小气——呃，懦弱，就像嘲笑一个瘸子，或者——”

牛虻呼吸一窒，痛苦地向后退了一步，瞥了一眼自己瘸着的腿和残缺的手。但很快，他就恢复了冷静，大笑了起来。

“夫人，这么比可不公平。她会在别人面前炫耀自己的愚蠢，我们瘸子可不会炫耀自己的畸形。至少我们自己也清楚，脊背歪曲不比行事歪曲来得更令人愉快。这里有一个台阶，你能挽住我的胳膊吗？”

琴玛在尴尬的沉默中重新走进了屋里，她没想到他会如此敏感，这让她的心里乱成了一团。

牛虻一推开大门，琴玛立刻就意识到，她不在的时候里面发生了一件不寻常的事情。大多数男士看起来恼怒又别扭，女士们则都聚集到了房间的一端，她们各个脸颊发烫，有些还假装晕了过去。屋主人用手扶着眼镜，压抑着自己快要控制不住的愤怒。还有些宾客则聚在房间的一角，饶有兴趣地望着房间的那一端。显然，这件事对有些人来说是个笑话，对另一些人来说则是侮辱。似乎只有格拉西尼夫人还没有意识到，她娇媚地摇着扇子，和荷兰使馆的秘书聊着天，那位秘书一边听着她说话，一边咧着嘴笑。

琴玛愣在了门口，她转过头，想看看牛虻是不是也注意到了屋里的异样。牛虻的视线扫过房间，扫过对此一无所知的格拉西尼夫人，最后落在了房间另一边的沙发上，他的眼神里充满了恶作剧得逞后的得意。琴玛一下就明白了过来，牛虻找了个幌子把情妇也带进来了，可除了格拉西尼夫人，他谁也没有骗过。

那个吉卜赛女孩就坐在沙发上，她向后靠着，周围是一群嬉皮笑脸的花花公子和平庸又滑稽的骑兵军官。她打扮得异常华美，身上除了琥珀色和绯红色的衣物，还戴着各式各样的饰品，有一股东方特有的艳丽。身处这场佛罗伦萨的文学沙龙里的她，就像混在麻雀和椋鸟中的热带鸟一样惹人注目。她似乎也感到了自己格格不入，用蔑视的目光看着那些感觉被冒犯的女士。当看到带着琴玛的牛虻穿过房间时，她立刻就跳起来，朝他走去，口中蹦出一串错误百出的法语。

“里瓦雷士先生，我一直在到处找你！萨尔帝科夫伯爵想知道你明天晚上能不能到他的别墅去，他会举办舞会。”

“很抱歉，我去不了，而且，就算我去了，我也没法跳舞。博拉夫人，请允许我向你介绍，这位是丽塔·莱尼小姐。”

吉卜赛女孩略带藐视地打量了一眼琴玛，僵硬地鞠了一躬。就像马蒂尼说的那样，她的确非常美丽，有一种动物般鲜活原始的美，她的姿态和动作自由又和谐，可以说是赏心悦目。但她的额头又低又窄，精致的鼻子线条中带着一股近乎残忍的锋利。跟牛虻在一起时，琴玛一直有一种压抑的感觉，而这位吉卜赛女孩的出现更是放大了那种压抑。直到格拉西尼找到她，请她帮忙招待另一个房间里的客人，她才松了一口气，如释重负地走开了。

“怎么样，夫人，你对牛虻有什么看法？”启程返回佛罗伦萨时已经是深夜，马蒂尼在车上问道，“他居然那样愚弄可怜的格拉西尼夫人，实在是太无耻了。”

“你是指他带去了那个跳芭蕾舞的姑娘吗？”

“是的，他骗她说那个姑娘很快就会成名。为了一位名人，格拉西尼夫人可什么事都愿意做。”

“我也觉得他这样很过分，做得一点也不厚道，让格拉西尼夫妇陷入了尴尬的处境。而且对那个姑娘来说，这也十分残忍，我相信她一定也很不自在。”

“你和牛虻说过话了，对吗？你对他有什么看法？”

“哦，西塞尔，我什么看法都没有，只想着以后都不要再见到他了。我从来没有遇到过如此让人厌烦的人。跟他聊了不到十分钟，我就头疼得受不了了。他就像是一个恶魔的化身，四处散播不安。”

“我就知道你不会喜欢他，而且，说实话，我也不喜欢。这人狡猾得像条鳗鱼，我不信任他。”

第三章

牛虻住在罗马的城门外，离齐塔的寓所很近。他一副贵族派头，尽管房间里没有什么昂贵的摆设，但在细节上却处处展现奢华，不论是物件的摆放还是家具的安排，都显得精致而典雅，这一切都让加利和里卡多感到惊讶。他们本以为，这个在亚马孙的荒野中生活过的人，过日子不会太讲究，所以，当他们看到房间里一尘不染的领带和一排排摆放整齐的靴子时，都露出了惊讶的神情，还有那捧总是摆放在写字台上的鲜花，让人忍不住好奇他到底是怎么打理的。总的来说，他们和他相处得非常愉快。牛虻热情好客，对马志尼党的人更是特别友好。但琴玛除外，牛虻似乎第一次见面就不怎么喜欢琴玛，总是想方设法地避着她。甚至还有几次对琴玛表现得很粗鲁，也因此招致马蒂尼的厌恶。马蒂尼和牛虻从一开始就对彼此没什么好感，他们的性情很不合拍，似乎注定了会相互排斥。对马蒂尼来说，这种排斥正在迅速地升级为敌意。

“我才不在乎他是不是讨厌我。”有一天，带着些许委屈，马蒂尼对琴玛说道，“反正我也不喜欢他，所以他怎样都无所谓。

但他这么对你，我容忍不了。要不是因为他是我们请过来帮忙的，跟他吵架的话会成为党内的一桩丑闻，我一定会和他争上一场。”

“别管他了，西塞尔，也不是什么要紧的事，况且这事我也有错。”

“你也有错？”

“他不喜欢我也不全怪他。第一次见面时，我对他说了很失礼的话，就是在格拉西尼家的那晚。”

“你会说失礼的话？这可有点难以置信，夫人。”

“我不是故意的，我也很后悔。我随口说了句人们嘲笑瘸子之类的话，伤到了他。我从没把他当作瘸子，他是有些畸形，但还没那么严重。”

“确实不是很严重。他的肩膀一边高一边低，左臂也伤得厉害，但他的背不驼，脚也没有畸形。只是走路有些一瘸一拐，但也不是很严重。”

“总之，他当时浑身发抖，脸色也变了。当然了，当时我确实欠考虑，但他也表现得有点敏感过头了。难道以前从没人跟他开过这种刻薄的玩笑吗？”

“我倒觉得他更有可能去跟别人开那种玩笑。虽然这人表面上彬彬有礼，但骨子里却透露着一股残忍，这让我觉得恶心。”

“西塞尔，你这么说就有些不公平了。我比你更不喜欢他，他是不好，但没必要把他说得这么坏。他的举止是有点做作，惹人恼火——他应该是经常受人吹捧——那些无休无止的聪明话听多了只会让人觉得无聊，但我相信他没什么恶意。”

"我不知道他有没有恶意，但一个对什么都嗤之以鼻的人，心里估计也没多少好意。前几天在法布里齐家时，他还对罗马的改革大张挞伐，让我很不舒服。对他来说，好像不管什么事，背后都得有个肮脏的动机。"

琴玛叹了口气。"关于改革，恐怕我倾向于同意他的观点。"她说道，"你们都太善良了，总是充满了美好的期待和希望。你们认为，如果一个善良的中年男人碰巧被选为教皇，那么所有的问题都会自行消失。他只需打开监狱的大门，向所有人送上他的祝福，然后不出三个月千年王国[1]就会到来了。你们似乎还没意识到，即使教皇愿意，他也没办法把事情全都纠正过来。错的是规则，而不是某个人的行为。"

"什么规则？教皇的世俗权力？"

"为什么只提这个？那只不过是问题的表面。真正的错误是，现在一个人居然可以手握对另一个人生杀予夺的权力。人和人之间的关系不应该是这样。"

马蒂尼举起双手。"我认输，夫人。"他笑着说道，"我说不过你，一涉及唯信仰论的东西你总能滔滔不绝。你祖上一定是十七世纪英国平均派[2]。而且，我今天来是为了这个——"

马蒂尼从口袋里掏出了一样东西。

"一本新的小册子？"

"这是那个可恶的里瓦雷士昨天送到委员会的，我当初就知

1 千年王国，基督教神学名词，源于《新约·启示录》，指耶稣基督复临并在世界建立和平与公义国度的一千年。

2 平均派，17 世纪英国资产阶级革命时期的小资产阶级民主派。

道，只要他一来，过不了多久我们就会起冲突。”

“有什么问题吗？实话说，西塞尔，我觉得你对他有偏见。里瓦雷士虽然不讨人喜欢，但他写的东西可不蠢。”

“哦，确实不蠢，你甚至可以说这篇文章写得很精明，我觉得你最好还是自己读一下。”

这篇文章讽刺了人们对新教皇的狂热，现在整个意大利都充满了这种狂热。就像牛虻的所有文章一样，它的措辞辛辣又犀利。尽管很不喜欢这种行文风格，琴玛还是不得不承认，这篇文章批评得很有道理。

“你说得对，这篇文章的措辞确实很过分。”她放下手稿，说道，“可最糟糕的是，它说得都对。”

“琴玛！”

“我知道你不高兴，但这是事实。你可以把这个人想象成一条冷血的鳗鱼，但真理是站在他那边的。我们也不用试图说服自己这篇文章不符合事实了——它符合！”

“那么，你是建议我们把它印出来了？”

“啊！印不印就是另一回事了。我觉得我们不能原封不动地把它印出来，这样会把人得罪光的，对我们没有任何好处。但如果他能重写一下，删去人身攻击的部分，它应该能成为一部有价值的好作品。这篇文章里政治批评的部分非常精彩，我都不知道他能写得这么好。他说出了我们应该说但没有勇气说的话。你看这段话，他把意大利比作一个醉汉，正伏在扒他口袋的小偷的肩膀上，轻柔地啜泣，写得非常精彩。”

“琴玛！这是整篇文章里最糟糕的一段！我讨厌这篇充满恶

意的文章，它对一切人和一切事都在大喊大叫！”

“我也讨厌，但这不重要。里瓦雷士的风格的确很不讨人喜欢，作为一个人，他也没有什么吸引力。但他说，如果我们一直沉醉于游行、拥抱，高喊爱与和解的口号中，最后得利的只能是耶稣会和圣信会的人。他说得很对，非常对。我真希望昨天委员会的会议我能在场。你们最后是怎么决定的？”

“我来这里就是想说，请你去和他谈一谈，让他不要这么锋芒毕露。”

“我？我跟他一点也不熟，除此之外，他还讨厌我。我们这么多人里，为什么偏要我去？”

“很简单，因为其他人今天都没空。而且，你比我们都更要理智，我们去的话八成只会跟他吵起来，最后什么结果都得不到。”

“我肯定不会跟他吵的。好吧，如果你想的话，我会去的，不过我觉得我成功的概率也不大。”

“我相信，只要你尽力，就一定能说服他。你还可以告诉他，委员会的人都认为，从文学的角度来看，这是一篇非常好的文章。这样说的话他一定会觉得高兴，而且这也确实是实话。”

牛虻坐在一张摆满鲜花和蕨草的桌子旁边，心不在焉地盯着地板，膝上放着一封打开的信。一只毛茸茸的牧羊犬躺在他脚边的地毯上，房门敞开着，当琴玛伸手敲门时，那只狗抬起头吼叫了起来。牛虻急忙站起来，生硬地鞠了个躬，表示对她隆重的欢迎。他的脸也变得板正起来，没有一丝表情。

“你太客气了，”牛虻冷冰冰地说道，“还亲自来，如果早知道你想跟我谈话，我会去拜访你的。”

很显然，牛虻希望自己离她越远越好，最好能远到地球的另一边。见状，琴玛干脆放弃了闲谈，直接表明了来意。牛虻又鞠了一躬，给她拿来了一把椅子。

“委员会希望我来找你谈谈。”她说，“对你写的那本小册子，他们有一些不同的看法。”

“我想也是。”他笑了笑，在琴玛对面坐了下来，顺手拖过一瓶菊花挡在脸前，避开了光线的直射。

“大多数成员都认为，从文学方面讲，这本册子非常优秀，但它不太适合印刷出版。他们担心文章里激烈的措辞可能会冒犯到读者，而那些本有可能支持和帮助我们的人会疏远我们。”

牛虻从花瓶中抽出一朵菊花，一片又一片，把白色的花瓣慢慢摘了下来。他用纤细的右手一片片地扔下花瓣，当琴玛的目光捕捉到这个动作时，心里顿时涌起一阵不安，觉得自己好像在哪里见过这个动作。

“作为文学作品，”牛虻用他那柔和而又冷酷的声音说道，“它完全没有价值，只有那些对文学一无所知的人才会喜欢。至于你说它会冒犯读者，这正是我想做的事。”

“这个我能理解。但问题是，你可能会冒犯到不该冒犯的人。”

牛虻耸了耸肩，咬住了一片被扯下来的花瓣。“我认为你搞错了。”他说道，“真正的问题是，你们的委员会邀请我到这里来是为了什么？据我理解，是为了揭露和讽刺耶稣会。我在尽我所能地履行我的职责。”

“我向你保证，没有人会质疑你的才能，也没人怀疑你对工作的用心。委员会担心的是，自由党可能会觉得你在攻击他们，这样一来，镇上的工人也会不再支持我们。你可能是想用这本小册子去抨击圣信会，但读者则会把它理解为对教会和新教皇的批判，而这个，在政治上对我们是很不利的，所以委员会才不建议这么做。”

“我明白你的意思了。只要我将矛头对准现阶段跟你们关系不好的那群人，我就可以随自己的心情，想怎么写都行，但我要是想碰那些你们喜爱的神父——‘真理是一条狗，必须关在狗窝里，当圣父想要站在火边时，它就必须被鞭打出去’[1]——是的，那个傻子是对的。可我什么都愿意做，就是不愿意当一个傻子。当然了，我会服从委员会的决定，但我坚持认为，你们把精力都浪费在了两边的卒子上，而忽略了中间的蒙、蒙、蒙塔、内、内利主、主教。”

“蒙塔内利？”琴玛重复道，“我不明白你的意思。你是说布里西盖拉的那位主教吗？”

“对，你知道的，新教皇刚任命他为红衣主教。我这里有一封关于他的信。你想听听吗？是我的一个朋友写的，他现在在边境的另一边。”

“教皇国的边境？”

“是的，他是这么写的。”牛虻拿起自琴玛进屋时就一直握在手中的信，大声朗读了起来，与此同时，他的结巴也变得更严

1 引自莎士比亚的《李尔王》。

重了。

“很、很、很、很快，你、你就会有、有幸、见、见、见到我们最、最、最坏的敌人之一，红、红衣主教洛伦佐·蒙、蒙塔内、内利，布里西盖、盖、盖拉的主教。他计、计——”

牛虻安静下来，停顿了一会儿，才又继续读，他读得很慢，虽然有些口齿不清，但不再结巴了：“‘他计划在下个月访问托斯卡纳，目的是达成和解。首先，他将在佛罗伦萨进行布道，在那里停留约三周，再前往锡耶纳和比萨，并从皮斯托亚返回罗马涅。表面上，他是教会中的自由派，和教皇及菲尔蒂主教私下的关系也很好。在格列高利在位时期，他很不受宠，被打发到了亚平宁山区的一个破地方，最近却突然又开始抛头露面了。当然了，他和这个国家所有的教士一样，实际上都是被耶稣会和圣信会操纵着的，这任务本就是耶稣会的人提出来的。蒙塔内利是教会中最出色的传教士之一，而且，他的行事方式和兰布鲁斯基尼一样狡诈。他的任务是维持民众对新教皇的热情，并让民众一直沉浸在这股热情里无暇他顾，直到大公签署完耶稣会的提案为止。至于提案的内容是什么，我还没有查清。’后面还有，‘蒙塔内利还不知道自己此行的真正目的，也许他只是被耶稣会欺骗了，也许不是，这一点我还无法确定。他要么是一个异常聪明的人，要么就是有史以来最大的蠢货。据我目前所知，这人既不收受贿赂，也没有包养情妇，这实在是太奇怪了——我还是第一次遇到这样的神父。’”

读罢，他放下了信，坐在那里盯着琴玛，眼睛半闭着，显然是在等待她的回应。

“你确信你的线人说的都是真的吗？”过了一会儿，琴玛问道。

“关于蒙、蒙塔、内利主教高洁的品格和无可指摘的私生活吗？当然不是了，你也听到了，他自己也不确定，他说‘据我目前所知——’”

“我问的不是这个。”她冷冷地打断道，“我想知道的是他的任务。”

“我非常信任这个写信的人，他是我的一个老朋友，一八四三年的时候我们就认识了，他现在所处的位置给了他很多特殊的便利，可以很轻易地打探到这类事情。”

“应该是梵蒂冈的什么官员。”琴玛迅速想着，“看来你跟那边的人有不少联系，我早就这么觉得了。”

“当然了，这是一封密信。”牛虻继续说道，“我相信你也明白，这些信息需要严格保密，不要在你们委员会之外的地方流传。”

“这是当然，你不说我也知道。那么，关于这本小册子，我可以告诉委员会你同意做一些修改，让它变得不那么刻薄，或者——”

“夫人，你不认为这些修改可能会破坏‘文学作品’的美感吗？说不定还会破坏语气的严肃性。”

“你这是在问我的个人意见。我来这里要传达的是整个委员会的观点。”

“你这么说，是不是因为其实你、你、你也不同意委员会的意见？”牛虻把信放进了口袋，身体向前倾着，用恳切的神情盯着琴玛，这种专注让他的脸看起来像另外一个人，“你认为——”

“如果你想知道我个人的看法——我的观点确实跟大多数人不一样，从文学的角度看，我一点也不欣赏这本小册子，但从战略上看，我认为它很不错，文章里陈述的东西都是事实。”

“也就是说——”

“我非常同意你的观点，意大利正在追逐一团鬼火，这些热情和欢呼到最后可能都会把她引入可怕的泥沼。我认为，即使会得罪我们的盟友，疏远我们的支持者，我们依然应该把这件事情说出来。但我只是组织中一个小小的成员，在大多数人的观点和我相左的时候，我也没办法固执己见。当然了，虽然我认为这些话有必要说，但我并不赞同用你文章中的这种语气，我们应该用更节制、更含蓄的方式来表达。”

“麻烦你稍等一下，我再看看这份手稿。”

他拿起了册子，往下翻了几页，然后皱起了眉头，像对上面的内容很不满。

“确实，你说得很对。这东西写得就像是用来在餐馆里朗诵的小品，不太像讽刺时政的文章。但我又该怎么办呢？如果写得太过含蓄，公众会读不懂；如果我行文不够刻薄，他们又会觉得文章无聊。”

“你不觉得，如果一篇文章里满是刻薄，也会显得很无聊吗？”

他用敏锐的目光迅速扫了琴玛一眼，突然大笑起来。

“夫人，很显然，你是那种永远正确的人，真是可怕！你的意思是，如果我一直这么刻薄下去，总有一天我会变得像格拉西尼夫人那样无聊吗？天哪，这真是可怕的命运！不，你不用皱眉头。我知道你不喜欢我，我这就好好说话。好了，情况是这样的：如果我删掉人身攻击，但文章的主旨和内容不变，委员会一定会遗憾地通知我他们不能印刷这篇文章。但如果我删掉文章的重心，不提真相，只是把批评的矛头对准你们党派的敌人，委员会一定会把这篇文章捧上天，但你我都清楚，这样的文章没有被印出来的价值。所以，现在我们面临这样的选择：是写一篇有意义但是印不出来的文章好呢，还是写一篇能印出来但是没有意义的文章好呢？夫人，你怎么觉得？”

“我并不认为你只有这两种选择。我相信，只要你删去人身攻击的部分，尽管大多数人都不同意你的观点，委员会还是会把它印出来，这也一定会是一篇非常有意义的文章。但你必须改一改你刻薄的行文。你讲的事情对读者来说，就像是一个需要被吞下的药丸，把药丸的样子做得这么吓人只会起到反作用。”

牛虻叹了口气，无奈地耸了耸肩：“我认输了，夫人。但有一个条件，这次你们要我含蓄，那下次我一定要尽情刻薄。等那位主教大人，那位无可指摘的红衣主教来到佛罗伦萨时，我要随心所欲地嘲讽他，你和你的那个委员会都不能反对我。这是我应得的！”

他用轻松的语调说出了如此冷酷的话后，把花瓶里的菊花抽了出来，举在眼前，静静地观察着那被光线穿过变得半透明的花瓣。

“他的手抖得厉害，”琴玛看着那朵摇晃不定的花，心想，“不会是酗酒吧！”

“关于这个问题，你最好和委员会的其他成员也谈一谈。”琴玛站了起来，说道，“至于他们会怎么想，我也没法确定。”

“那你是怎么想的呢？”牛虻也站了起来，他靠着桌子，把手里的花朵贴在了脸上。

琴玛犹豫了一下。这个问题勾起了她旧时痛苦的回忆，让她心烦意乱。

“我——我也不知道。”过了一会儿，她开口说道，“我对蒙塔内利主教的事情有过一些了解，但那是许多年前了。那时候我还小，他也只是个普通的神父，是我们那里的神学院的院长。我听说过很多关于他的事情——都是一个跟他非常亲近的人告诉我的。那么多事情里，没有一件是不好的。我相信，起码在那时候，他还是一个了不起的人。但他可能已经变了，已经有太多的人被没有限制的权力腐蚀了。”

牛虻从花朵中抬起头来，一脸平静地看着琴玛。

“无论如何，”他开口道，“就算蒙塔内利本人不是一个恶棍，他也是恶棍手中的一个工具。不管是哪种，对我来说都一样——对我那些在边境另一边的朋友来说也是一样。路中间的石头可能是块善良的石头，但依然需要被踢出去，因为它挡住了路。请让我来，夫人！”他按了一下铃，然后一瘸一拐地走到门口，打开门让琴玛走了出去。

“非常感谢你的光临，夫人。需要我叫辆马车吗？不需要？那么，午安！比安卡，请把大厅的门打开。”

琴玛走在街上，不安地思索着。“在边境另一边的朋友”——

他们是谁？他又准备怎么把石头从路中间踢出去？如果他只是准备把蒙塔内利嘲讽一番，那为什么他说话的时候眼睛里充满了恨意？

第四章

蒙塔内利主教在十月的第一周抵达了佛罗伦萨。整个城镇都因为他的来访骚动了起来。他是位著名的传教士，同时也是教廷中革新派的代表人物，人们都热切地期待着他对“新教义”的阐释，那是爱与和解的福音，将治愈意大利的伤痛。红衣主教吉兹即将接替恶名昭彰的兰布鲁斯基尼，出任罗马教廷的秘书长，这一消息让公众的热情空前高涨，而蒙塔内利则轻易地把这股热情维持在了制高点。人们已经习惯了将勒索、贪污、地下恋情看作教士这个职业不可或缺的一部分，而蒙塔内利在教廷高层中极其罕见的严谨的生活作风和无可指摘的品格，渐渐地引起了所有人的注意。更难能可贵的是，他就像一个天生的传教士一般，有着优美的嗓音和充满魅力的人格，这样的人，不论何时何地，都注定是要为人所知的。

格拉西尼像往常一样，竭尽所能地想把这个新来的名人请到自己家里来，但蒙塔内利可没有那么好请。他礼貌而坚定地拒绝了所有的邀请，说自己健康状况不好，工作也很忙，既没有力气也没有闲暇去参加社交活动。

“格拉西尼夫妇真是趋炎附势！”在一个晴朗又寒冷的周日清晨，陪琴玛走过西格诺利亚广场时，马蒂尼轻蔑地说道，“你注意到红衣主教的马车驶过时，格拉西尼卑躬屈膝的样子了吗？对他这种人来说，只要是个名人，不管是谁他都会去巴结。我这辈子从没见过如此喜欢追名逐利的人。八月巴结的是牛虻，现在是蒙塔内利。不知道主教大人会不会觉得受宠若惊，有不少投机分子都在等着巴结他呢。”

他们之前在大教堂里听了蒙塔内利布道，巨大的建筑里挤满了热切的听众，马蒂尼担心密集的人群又会惹得琴玛头疼，在弥撒还没结束时就劝她离开了。之前几天一直都在下雨，这是这周以来的第一个晴天，马蒂尼借此机会，提议琴玛和他一起到圣尼科洛的花园里散散步。

“不。”她回答道，“我不是不想散步，只是不想去山上。如果你有时间的话，陪我沿阿诺河走走吧。蒙塔内利布道完后会经过那里，和格拉西尼一样，我也想看看这位名人。”

“可你刚刚已经看过他了。”

“离得太远了。教堂里人山人海的，况且马车经过时，他也一直背对着我们。如果我们离桥不太远，就一定能好好看看他——你知道的，他就住在阿诺河边。”

“你怎么突然对蒙塔内利这么感兴趣？你以前从不关心那些出名的传教士。”

“我想看他，不是因为他是名人或是什么传教士，只是对他这个人感兴趣，我想看看自从上次见面后，他的变化有多大。”

“你们上次见面是什么时候？”

“亚瑟死后的第二天。”

马蒂尼不安地瞥了琴玛一眼。他们已经来到了阿诺河上，琴玛正茫然地盯着水面，脸上带着一股马蒂尼不愿意看到的神情。

“琴玛，亲爱的，”过了一会儿，马蒂尼开口道，“你打算让那桩不幸的往事困扰你一辈子吗？我们在十七岁的时候都犯过错。”

“可我们在十七岁的时候并非全都杀死过自己最亲爱的朋友。”琴玛回答道，语气中带着疲惫，她把手臂支在了桥边的石栏上，静静地望着河水。马蒂尼忍住了说话的冲动，琴玛现在的情绪让他有些不敢开口。

“我只要看到河水，就会想起那件事。”琴玛慢慢地抬起眼睛，望着马蒂尼，她打了个哆嗦，“我们继续走吧，西塞尔，站在这里有点冷。”

他们默默地过了桥，沿着河畔走着。过了几分钟，琴玛才开口道：

“那个人的声音真好听！我觉得他的声音很有特点，跟我见过的所有人都不一样。我觉得，他之所以有这么大的感染力，跟他这种声音分不开。”

“确实是很棒的声音。”马蒂尼表示同意，希望能就着这个话题让琴玛忘却那被河水唤醒的可怕回忆，他继续说道，“而且，他也是我见过的最厉害的传教士。我相信，他能这么出色，肯定不只是因为他的声音。他和那些教廷里的高层都不一样，整个意大利，除了教皇，你找不到第二个像他这样声誉全无瑕疵的人。我还记得，去年我在罗马涅的时候，经过他的教区，就看到那些粗野的山民全都在雨中等着，就为了看他一眼，能触摸一下他的衣角。他在当地基本上是被当作圣人来崇拜的，这在罗马涅可是件大事，你知道的，凡是套着教会法衣的，他们那里的人通通都不喜欢。我对当地的一个乡民——是个普通的走私贩——我对他说，你们好像非常崇拜你们的主教，他说：‘我们爱的不是主教，那些主教都是骗子，我们爱的是蒙塔内利。从没有人见他说过谎话，也没有人见他做过任何不公正的事情。’”

“我很好奇，”琴玛说道，像是在自言自语，“他自己知不知道人们是这么看待他的。”

“他怎么会不知道呢？你觉得他的声誉都是假的吗？”

“我知道那是假的。”

“你怎么知道的？”

“因为他亲口告诉过我。”

“亲口告诉过你？蒙塔内利吗？琴玛，你在说什么？”

琴玛把额前的碎发捋到了脑后，转过身面对着马蒂尼。他们都停下了脚步，马蒂尼靠在栏杆上，琴玛则用伞尖慢慢地在人行道上胡乱画着。

“西塞尔，我们做了这么多年的朋友，关于亚瑟的事情，我还从来没有告诉过你实情。”

“你不用说了，亲爱的，”马蒂尼急忙插话道，“那件事情我早就知道了。”

“是乔瓦尼告诉你的？”

“是的，那时候他已经病得很重了。有天晚上，我陪他坐着，他就把那件事情都告诉了我。他说——琴玛，亲爱的，既然说到了这里，我还是把事情全部告诉你吧——他说你总是放不下那件往事，还沉溺在过去的痛苦中，他恳求我，要尽我所能，让你不再去想那件事情。我也照做了，亲爱的，虽然我也许没能成功——但我真的尽力了。”

“我知道的。”琴玛抬了一下眼睛，轻声说道，“如果没有你的友情，我的生活一定会很难过的。那——乔瓦尼告诉你蒙塔内利主教的事情了吗？”

“没有，我不知道蒙塔内利跟那件事有关系。乔瓦尼告诉我的是关于——那些密探的事情，还有——”

“还有我打了亚瑟耳光，以及他投河自尽的事。好吧，我来告诉你关于蒙塔内利的事。”

他们转身向那座蒙塔内利的马车回程时会经过的桥走去。琴玛的眼睛一直盯着水面，开口说道：

“那时候，蒙塔内利还只是一位普通的神父，他是比萨神学院的院长，经常给亚瑟上哲学课，在亚瑟去罗马大学以后也经常和他一起读书。他们之间的感情非常好，与其说是师生，倒更像是一对恋人。亚瑟非常崇拜蒙塔内利，甚至要把他踩过的土地都当成圣地。我记得他曾跟我说，如果他失去了‘我的神父’——他总是这么称呼蒙塔内利——他一定会去投河。接下来的事情你也知道了，出了密探这个事。亚瑟死后的第二天，我父亲和伯顿一家——亚瑟的异母兄长们，都是些非常讨人厌的人——花了一整天，在码头寻找尸体，而我则一个人待在房间里，满脑子都是我对亚瑟所做的事——”

说到这里，她停住了，过了好一会儿才继续开口道：

“天黑以后，我父亲走进我的房间，说：‘琴玛，孩子，跟我下楼来吧，有一个人我想让你见一下。’我跟他下去的时候，看到有一个结社的学生坐在诊室里，他脸色发白，浑身颤抖。他告诉我，乔瓦尼又从监狱里寄出了一封信，上面说，他在监狱里听说了卡尔迪神父的事情，亚瑟没有出卖他，他只是在忏悔时被那个神父骗了。我还记得那个学生是这么对我说的：‘起码我们现在知道了，亚瑟是无辜的，这也算是一种慰藉吧。’我父亲握着我的手，试图安慰我，那时他还不知道我打了亚瑟。然后我就回了自己的房间，独自坐到天亮。第二天一早我父亲又出去了，和伯顿家一起去了港口。他们希望在那里能找到他的尸体。”

“亚瑟的尸体从没被找到，是吗？”

“是的，尸体一定是被冲到海里去了，但他们还是抱着一丝希望。当时我一个人在房间里，仆人上楼来告诉我，说一位‘尊贵的神父’来拜访，她告诉神父我父亲去了码头，那位神父就离开了。我知道一定是蒙塔内利，于是我赶紧从后门跑出去，在花园门口喊住了他。我说：‘蒙塔内利神父，我想和你谈谈。’他只是停下了脚步，静静地站在那里等我开口。哦，西塞尔，当时他脸上的神情——那张脸在之后的几个月里一直萦绕在我脑海中！我说：‘我是沃伦医生的女儿，我来是想告诉你，亚瑟是被我害死的。’我把一切都告诉了他，而他则站在那里静静地听着，就像是一座石像，直到我说完，他才开口：‘我的孩子，你不要再被这件事困扰了，真正的凶手是我，而不是你。是我欺骗了他，被他发现了。’说完这句话，他就一言不发地转身走出了大门。”

"然后呢？"

"之后的事情我也不太清楚了，当天晚上，我听人说他在街头晕倒了，被人抬进了码头附近的一户人家里，我就只知道这些了。为了让我振作起来，我父亲付出了很多，当我把那件事告诉他时，他怕我再被什么勾起回忆，干脆直接放弃了诊所，把我带去了英国。他怕我像亚瑟一样也投河自尽，我当时也确实有过那样的想法。后来你也知道，我父亲得了癌症，我不得不坚强起来——除了我没人能照顾他了。父亲去世后，我一直照顾着弟弟妹妹，直到我哥哥把他们接走，安顿在了他那边。之后乔瓦尼就出现了。你知道吗，因为那件可怕的事情，他刚来英国时，我们都避着对方，生怕遇上。他也很痛苦，一直在懊悔自己的所作所为——懊悔他在监狱里写的信。但我相信，是我们共同承担的痛苦才把我们吸引到了一起。"

马蒂尼笑着摇了摇头。

"对你来说可能是这样。"他说道，"但乔瓦尼不一样，他第一次见到你时就已经爱上你了。我记得那是他第一次去里窝那，回到米兰后就张口闭口都是你，后来我只要听到那个英国女孩琴玛的名字就会觉得烦。我以前还以为我不会喜欢你的。啊！他来了！"

马车驶过了桥，停在了阿诺河边的一座大宅子前。蒙塔内利靠在坐垫上，他看起来很是疲惫，门口围满了想再多看他一眼的狂热人群，他也顾不上去在意。在大教堂时他脸上那股振奋人心的神采已经消失，阳光在他脸上照出了忧虑和疲惫的轮廓。他下了车，迈着沉重的脚步走进宅子，看起来就像一位行将就木的老人。琴玛也转过身，慢慢地向桥上走去。有那么一会儿，她脸上的神情也和蒙塔内利一样，枯槁中透着绝望。马蒂尼跟在她身边，一言不发。

“我时常会想，”过了一会儿，琴玛才开口道，“蒙塔内利说的欺骗到底是指什么。有时我会觉得——”

“觉得什么？”

“呃，这么说可能有些奇怪，我总觉得他们两个人长得很像。”

“哪两个人？”

“亚瑟和蒙塔内利。这一点不只是我一个人注意到了。他们一家人的关系也很奇怪。伯顿夫人，亚瑟的母亲，是我见过的最温柔的人。和亚瑟一样。她的脸上总是带着虔诚的神情，我相信他们俩的性格肯定也很像。但她看起来总是有些害怕，就像一个被抓了现行的罪犯，她继子的妻子对待她的态度很糟糕，就像对待一条狗似的。而亚瑟，亚瑟跟伯顿家的其他人也毫不相似，他们都太粗俗了，亚瑟可不那样。当然了，那时候我还小，并不觉得这有什么不正常，但事后回想起来，我不禁会想，也许亚瑟根本就不是伯顿家的人。”

“很可能是亚瑟发现了一些关于他母亲的事情——说不定他是因此才自杀的，他的死也许跟卡尔迪的事情一点关系也没有。”马蒂尼插话道，他想要借此安慰琴玛。而琴玛只是摇了摇头。

“西塞尔，如果你看到我打了亚瑟之后他脸上的神情，你就不会这么想了。关于蒙塔内利的事也许都是真的——我觉得很可能是真的——但这并不能为我的所作所为开脱。”

他们在沉默中又走了一段路。

“亲爱的，”马蒂尼开口道，“如果可以挽回已经发生的事情的话，沉湎往事还有意义。可事实并非如此，逝者已矣。那的确是一段很糟糕的回忆，那个可怜的家伙，起码他已经解脱了，跟那些被流放的人和那些坐牢的人比起来，他已经算是很幸运了。我们得考虑这些正在受苦的活人，不能再为了逝者不停地责备自己了。还记得你最爱的雪莱说过的话吗，‘过去属于死亡，未来属于自己’。未来还在你手中，趁着现在，好好地把握住它，不要再想你过去伤害了谁，去想想你现在可以帮助谁吧。”

急切之下，马蒂尼握住了琴玛的手。这时，背后突然响起了一个柔和又冰冷的声音，那声音拖着长调，让马蒂尼急忙松开了刚握上去的手。

“蒙塔内、内利，”那个慵懒的声音喃喃地说道，“毫无疑问，我亲爱的先生，他的品格跟你所说的一样无瑕。事实上，他太好了，这个世界根本配不上他，我们应该把他送到另一个世界去。我相信他在那里也一样会引起巨大的轰动，毕竟，有很多古老的鬼魂，他们可、可、可能还从没见过诚实这种东西出现在红衣主教身上呢。我想就算是鬼魂，应该也会喜欢这种新奇的玩意儿——”

“你是怎么知道的？”里卡多医生问道，声音中带着压抑不住的恼怒。

“当然是从《圣经》上看到的，我亲爱的先生。如果福音书上说的是真的，即使是最体面的鬼魂，也会忍不住喜欢一些奇怪的组合。比如，诚实的品格和红、红衣主教——在我看来，这两样东西绝对是个罕见的组合，放在一起实在是让人不适，就像虾仁和甘草放在一起一样。啊，马蒂尼先生，还有博拉夫人，雨后的天气真好，不是吗？你们也去听那位新、新萨佛纳罗拉[1]的布道了吗？”

马蒂尼猛地转过身来，看到牛虻嘴里叼着一根雪茄，衣服上还插着一枝温室栽培的鲜花，向他伸出了一只戴着手套的纤细的手。阳光从他那双一尘不染的靴子上反射了出去，又从水面上反射了回来，照在他的笑脸上。在马蒂尼看来，牛虻跟平时有些不一样，变得不再那么一瘸一拐，人也显得比平时自负了许多。他们握了握手，一方显得亲切和蔼，另一方看起来闷闷不乐。这时，里卡多突然喊道：

“博拉夫人看起来不太舒服！”

琴玛脸色苍白，在帽檐的阴影下，她的脸色看起来几乎是铁青的，胸前的丝带因心脏的剧烈跳动在不停地起伏着。

“我得回家了。”她虚弱地说道。

马蒂尼叫来一辆马车，和她一起坐了上去，打算送她安全回家。当牛虻弯下腰，帮琴玛整理挂在车轮上的披风时，突然抬眼看了她一眼，马蒂尼看到琴玛往后缩了一下，表情中带着恐惧。

“琴玛，你怎么了？”马车驶出后，马蒂尼用英语问道，“那个浑蛋对你说了什么？”

“没有，西塞尔，他什么也没说。是我、我、我自己被吓到了——”

1 吉罗拉莫·萨佛纳罗拉（1452—1498），一位意大利道明会修士，以其严厉的讲道著称。他的布道往往充满批判，后因施政严苛而被佛罗伦萨的市民推翻，以火刑处死。

“被吓到了？”

“是的，我以为——”琴玛用一只手捂住了眼睛，马蒂尼静静地等着，直到她冷静下来。过了一会儿，琴玛的脸色才恢复正常。

“你说得很对。”琴玛转过头，声音恢复了平时的冷静，“我不该再沉湎于惨痛的过去了。它让我变得有些神经质，幻想出各种不现实的事情。我们永远都不要再谈这个话题了，西塞尔，不然我走到哪里都会看到亚瑟的脸。这种幻觉太可怕了，就像在光天化日之下做噩梦一样。刚才，当那个可恶的花花公子走过来的时候，我还以为他就是亚瑟。”

第五章

很显然，牛虻相当擅长为自己树敌。他八月来到佛罗伦萨，到十月底，邀请他来的委员会成员中，已经有四分之三的人开始像马蒂尼那样讨厌他了。牛虻对蒙塔内利的猛烈攻击甚至惹恼了他自己的崇拜者，就连最开始大力支持他的一切言行的加利，现在也对他产生了不满，加利也觉得他应该放过蒙塔内利。“正直的红衣主教太难得了，好不容易有了一个，我们还是应该礼貌相待。”

对这狂风暴雨般的讽刺和批评，唯一无动于衷的，好像只有蒙塔内利本人。正如马蒂尼所说，去嘲讽一个对这一切泰然处之的人，根本就是浪费精力。镇上也有传言，说有一天蒙塔内利应邀与佛罗伦萨的大主教共进晚餐，在房间里发现了一篇牛虻写的文章，上面都是针对他个人的尖锐攻击，他把文章通读了一遍，然后把报纸还给了大主教，还说：“写得很巧妙，不是吗？”

有一天，镇上出现了一张传单，标题是《圣母领报[1]的奥

1　圣母领报（Annunciation），在基督教中，指天使加百列告知圣母玛利亚，她将受圣神降孕而诞下圣子耶稣。

秘》。即使上面并没有牛虻惯用的签名——一只展翅的牛虻，大部分读者还是能看出，那辛辣犀利的文风，无疑是出自他的手笔。文章是一篇以对话形式展开的小品，托斯卡纳的形象是圣母玛利亚，蒙塔内利则扮演天使，手里捧着象征纯洁的百合花，头上戴着代表和平的橄榄枝，宣布耶稣会的到来。字里行间都充满了人身攻击和恶毒隐喻，全佛罗伦萨的人都觉得这些内容既刻薄又不公，可所有人还是被逗笑了。牛虻的文章虽然荒诞，但其中似乎蕴含着某种不可抗拒的东西，即使是那些最讨厌他的人，读过后也会笑得像他最狂热的支持者一样。尽管传单的语气惹人厌恶，但它还是被刻进了民众的情绪里。蒙塔内利的声誉太高了，任何嘲讽，无论多么巧妙，都很难对其造成严重的损害，但有那么一会儿，舆论几乎要开始向对他不利的方向发展了。牛虻知道怎么攻击最有效，那段时间里，虽然狂热的人群还是会聚集在红衣主教的房子前，目送他的马车进进出出，但沸腾的欢呼和祝福声中夹杂了“耶稣会的傀儡！”和“圣信会的间谍！”这样的叫喊。

不过，蒙塔内利可不缺支持者。小品发表后才两天，一份重要的神学期刊《教会人》，就发表了一篇名为《答〈圣母领报的奥秘〉》的文章，作者署名为“教会之子”。这篇文章相当精彩，慷慨激昂地反驳了牛虻的诽谤，并为蒙塔内利进行了辩护。这位匿名作者以极大的热情，对教义中和平向善的内容进行了详尽的阐释，并表示新教皇就是福音的传播者，要求牛虻为他的诽谤拿出证据，最后还郑重地呼吁公众，不要轻信那个只会造谣的卑鄙小人。不论是观点的说服力还是遣词造句的文学功底，这篇文章都远超一般水平，立刻就在镇上引起了广泛的关注，但作者的身份一直是个谜，就连期刊的编辑都猜不出是谁。这篇文章很快就以小册子的形式单独再版了，“匿名辩护人”成了话题的焦点，佛罗伦萨的每个咖啡馆里都有人在讨论他的名号。

牛虻也迅速做出了回应，他猛烈地攻击了新教皇和其支持者，特别是蒙塔内利，并委婉地暗示，是蒙塔内利暗中授意了那篇歌颂他的文章。对此，那位匿名辩护人在《教会人》中愤怒地做出了否认。在蒙塔内利逗留期间，这两位作者之间的争论吸引了公众的绝大部分注意力，甚至都没人再去关注蒙塔内利本人了。

一些自由党的成员曾试着劝说牛虻，希望他能减少一些对蒙塔内利的敌意，但牛虻并没有给出让他们满意的答复。他只是和蔼地笑了笑，有点结巴地慢悠悠地回答道：“说、说真的，先生们，你们这么说太不公平了。当我向博拉夫人妥协时，我明确地表达过，等蒙塔内利来的时候，我可以尽情找、找点乐子。契约上可是这么写的！[1]”

十月底，蒙塔内利返回了他在罗马涅的教区。在离开佛罗伦萨之前，他做了一次告别布道，在布道中提到了这场争论，他用温和的语气谴责了两位作者过于激烈的言辞，并恳求他的那位匿名辩护人树立一个榜样，做个大度的人，结束这场无用的口舌之争。第二天，《教会人》刊登了一则启事，声明遵循蒙塔内利的愿望，“教会之子”将退出这场争论。

1 “契约上可是这么写的”，引自莎士比亚的《威尼斯商人》。

于是，最后的话语权就落在了牛虻手中。他制作了一份小传单，在其中，他宣称自己被蒙塔内利那基督徒特有的温顺感化了，他要放下武器，并准备与他见到的第一个圣信会成员紧紧相拥，洒下象征和解的泪水。“我甚至愿意，”在文章末尾，他写道，“去拥抱我那位不知名的对手，如果我的读者们知道——像主教大人和笔者一样知道此举意味着什么，一样理解为何他一直保持匿名，那读者们也一定会相信我皈依的诚意。”

十一月下旬，牛虻告知文学委员会，他要去海边度假两周。很显然，他是要去里窝那。里卡多医生不久后也去了那里，他希望能和牛虻谈谈，可找遍了全城，都没有找到他。十二月五日，沿着整个亚平宁山区，教皇领地内爆发了极端的政治示威，这让人们开始猜测牛虻在这时突然躲起来度假的原因。骚乱平息后，牛虻回到了佛罗伦萨，在街上遇到了里卡多，他亲切地说道：

“我听说你在里窝那找我了，我当时在比萨来着。那儿真是个漂亮的古镇！给我一种田园牧歌的感觉。”

在圣诞节那周的一个下午，文学委员会在里卡多医生的住处举行了会议。他的住处就在十字架门旁，牛虻也去参加了。会场上座无虚席，牛虻姗姗来迟，他带着歉意鞠躬微笑，房间里似乎已经没有空位了。里卡多站了起来，想去隔壁房间拿一把椅子给他，但牛虻阻止了他。“不用麻烦了，”他说，“我坐这儿就挺舒服的。”他穿过房间走到窗前，挨着琴玛，在窗台上坐了下来，还懒洋洋地把头靠在了百叶窗上。

牛虻低下头，半闭着眼睛，带着微笑看着琴玛，神情中带着斯芬克斯般的敏锐，让他看起来像达·芬奇画中的人物。琴玛对他有一种本能的不信任，而现在，那股不信任正在变成一种没来由的恐惧。

这次会议的议题是一本将要发行的小册子，现在托斯卡纳公国正面临着食物短缺，委员会需要在这本册子里表明自己的态度，并提出解决问题的方法。册子的内容很难决定，因为像往常一样，委员会在这个议题上产生了很大的分歧。琴玛、马蒂尼和里卡多所属的激进派建议积极呼吁政府和公众立即采取措施，来救济农民。温和派——其中当然包括了格拉西尼——则担心过于激烈的言辞不仅不会说服政府，反而会激怒他们。

“先生们，想要人们立即就得到救助，这固然很好。”格拉西尼目光中带着怜悯，环视着那群争得面红耳赤的激进分子，平静地说道，“人们总是会渴望自己得不到的东西，如果我们一开始就采用你们所建议的那种语气，很可能会刺激到政府，让他们在真正的饥荒来临之前拒绝采取任何行动。但如果我们能劝说政府对农作物的收获情况进行调查，起码可以将事情往前推动一步。”

坐在炉边角落里的加利跳了起来，开始反驳他的宿敌。

“往前推动一步——说得对，我亲爱的先生。但如果饥荒真的来临，它可不会等我们一步一步地推进。在真正有效的救济到来之前，人们可能就已经饿死了。”

“如果能知道——”萨科尼也加入了讨论，但好几个人的声音打断了他。

“大点声，我们听不见！”

“声音大了也没用，是街上的声音太吵了。”加利烦躁地说道，“里卡多，窗户关好了吗？我快要连自己的声音都听不到了！”

琴玛回头一看。“关好了，”她说，“关得好好的。好像有一个杂耍团，或者其他什么游行队伍，正在从这里经过。”

嘈杂的声音从下面的街道上传来，混着喊叫声、笑声、叮叮当当的铃铛声、踏地的脚步声，还有个吹奏得很烂的铜管乐队，其中还夹杂着恼人的敲鼓声。

“没办法，这几天就是这样。”里卡多说道，“毕竟是圣诞节，街上多少都会很吵的。你刚才在说什么，萨科尼？”

“我刚才想说，不知道比萨和里窝那的人是怎么看待我们这件事的，也许里瓦雷士先生可以跟我们讲讲，毕竟他刚从那边回来。”

牛虻没有回答。他盯着窗外，似乎没有听到萨科尼的话。

“里瓦雷士先生！”琴玛冲牛虻喊道。她是唯一坐在他身边的人，但牛虻却还是沉默着，琴玛只好把身体往前倾，碰了碰他的胳膊。牛虻这才慢慢地把脸转向了她，看到他脸上僵硬的神情，琴玛吃了一惊。有那么一会儿，牛虻的脸色看起来像是个死人，他的嘴唇以奇怪的方式动了起来，看起来了无生气。

“是的。”他低声说道，“一个杂耍团。”

琴玛生出的第一个念头是要护着他，不让别人看到他现在的样子。虽然不明白他到底出了什么问题，但琴玛还是意识到，此刻的牛虻陷入了某个可怕的回忆中，这一刻，他的身体和灵魂都被那幻觉摆布着。琴玛迅速站了起来，挡在了牛虻和众人之间，她打开窗户，假装向外看去。除了琴玛，没有人注意到牛虻的失态。

一个旅行杂耍团正从街上经过，有骑着驴子的江湖艺人，还有穿得五颜六色的参加节日化装游行的人们，和小丑们互相推搡着，雨点般的纸丝带缓缓飘下，所有人都置身其中，一袋袋地朝坐在花车里的科伦拜恩[1]扔着糖球。科伦拜恩身上装扮着金属箔和羽毛，额前挂着人造的卷发，嘴上的口红也勾勒出一抹人造的笑容。花车后则跟着各式各样的人物——流浪汉、乞丐、翻着筋斗的小丑和叫卖的商贩。他们推搡着欢呼着，还在为一个琴玛看不清的人影鼓掌喝彩。直到他们走近，琴玛才清楚地看到，那人影是一个驼背的角色，又矮又丑，穿着怪异的衣服，头上戴着纸帽，身上挂着铃铛。这人很显然也是游行队伍的一分子，正在用夸张的表情和扭曲的动作取悦围观的人群。

“外面发生了什么？”里卡多走到窗前，问道，“你都快看入迷了。”

里卡多很好奇，是什么样的杂耍团可以让这两个人完全忘却委员会的存在。这时，琴玛转过了身来。

“没什么好看的。”她说，“只是个普通的杂耍团，听他们声音那么大，我还以为会有什么特别的东西呢。”

琴玛手搁在窗户上，站在那里，突然间她感觉到牛虻用冰冷的手指用力地握住了她的手。“谢谢你。”牛虻轻声说道，他关上了窗户，又在窗台上坐了下来。

“不好意思，”他气定神闲地说道，“打断你们开会了，先生们。我只是被外面的杂耍吸引住了，真的是非常有趣的表演。”

1　科伦拜恩，女性喜剧角色。

“刚刚萨科尼问了你一个问题。”马蒂尼没好气地说道。在他看来，牛虻无疑是在装腔作势，更令他恼火的是，琴玛居然也学起了他的样子，这太荒唐了，一点也不像琴玛的作风。

牛虻表示自己对比萨的情况一无所知，他说自己“只是在那里度假而已”。之后他又投入激烈的讨论中，先是对庄稼收成的预测，然后又开始谈小册子的问题。他虽然结巴，说起话来却滔滔不绝，直到所有人都精疲力竭了，他也没有要停下来的意思。倒像是听着自己的声音自娱自乐一样。

会议结束，参加者纷纷起身离开时，里卡多走到马蒂尼面前，问道：“能请你留下来和我共进晚餐吗？法布里齐和萨科尼也会留下来。”

“谢谢你，但我得送博拉夫人回家。”

“你是怕我自己一个人找不到回家的路吗？”琴玛问道，起身披上了围巾，“他当然会留下了，里卡多医生。西塞尔早就该改改了，总是闷在家里对他可不好。”

“如果你不介意的话，让我来送你回家吧。”牛虻插话道，“我正好也要往那边走。”

“如果你真的顺路的话——”

“我想你晚上应该没空再回这里了吧，里瓦雷士？”里卡多为他们打开了门，问道。

牛虻回头看了一眼，笑着说道：“亲爱的朋友，你是在说我吗？我一会儿要去看杂耍表演！”

“真是个奇怪的人，居然喜欢看杂耍！”里卡多回到了屋里，对还留在房间里的客人说道。

“可能是同类相吸吧。”马蒂尼说道，“我看他自己就是个表演杂耍的。”

“我倒希望他只是个玩杂耍的。”法布里齐一脸严肃地说道，“就算他是，那他也是个非常危险的艺人。”

“为什么这么说？”

“嗯，我不喜欢那些神神秘秘的小旅行。你知道，这次已经是第三次了，而且我觉得他根本就没有去比萨。”

“他是跑进山里了，这事基本上已经是公开的秘密了。”萨科尼说道，“在萨维尼奥起义时，他结识了很多走私贩，到现在跟他们都还有联系，他甚至都懒得否认这一点。很显然，利用这层关系可以很轻易地把他那些传单送进教皇领地。”

“说到这里，”里卡多开口道，“我想跟你们谈的正是这事。我觉得，我们应该请里瓦雷士来负责我们的走私工作。皮斯托亚那边的印刷厂效率太低了，他们将传单运过边境时，总是得先把传单卷进雪茄里，这种方法太原始了。”

“可这个方法一直行之有效。”马蒂尼不服气地说道。加利和里卡多总是把牛虻当作榜样，他已经受够了。马蒂尼觉得，没有这个“玩世不恭的浪人”出来搅和，世界不也一直好好的嘛。

“一直行之有效，我们对它很满意，所以我们才不求进取，可你知道我们有多少人被逮捕，多少东西被没收了吗？我相信，如果这事让里瓦雷士来干，类似的情况一定会减少很多。”

“你为什么这么觉得？”

“首先，对那些走私贩来说，我们只是跟他们有生意往来的陌生人而已，是可以任他们宰割的羔羊，而里瓦雷士是他们的朋友，说不定还是他们的领袖，他们敬仰他、尊重他。他可是参加过萨维尼奥起义的人，我敢肯定，亚平宁山区中的每一个走私贩都会为他赴汤蹈火，对我们可就不一样了。其次，我们之中没有一个人像里瓦雷士那样，能对山里的情况了如指掌。别忘了，他逃亡的时候可一直都躲在山上避难，走私的路线他一定早就烂熟于心了。正因如此，就算有这个想法，也没有哪个走私贩敢去骗他，而且，即使有人敢，也一定骗不过他。”

“那么，你是建议我们把所有事情都交给他，那些印刷品，从分发到投送，还有藏匿，全都由他负责，还是说，只要求他帮我们把东西运过边境？”

“是这样，我们的那些投送地址和藏匿点，估计他早就知道了，而且我觉得，他手里可用的地方可能要比我们知道的还要多。在这方面他可比我们强多了。至于分发，这个就要看其他人的意见了。在我看来，最重要的问题还是走私这事本身。一旦我们的书安全到达博洛尼亚，剩下的事情就好办很多了。”

“就我个人而言，”马蒂尼开口道，“我反对这个计划。首先，你刚才说他在这方面经验丰富，但这只是猜测而已，我们并没有实际见过他从事那些工作，谁知道他在关键时刻还能不能保持镇静。”

“哦，你不需要怀疑那些！”里卡多说道，“他在萨维尼奥起义中的表现就足以证明，在任何情况下他都能保持镇静。”

“还有，”马蒂尼继续道，“就我目前对里瓦雷士的了解，我不太愿意把我们的秘密全都交给这个人。在我看来，他这人脑袋空空，行事轻浮。把我们的私运工作全都交给他，这可不是件小事。法布里齐，你觉得呢？”

“马蒂尼，如果你的反对意见只是上述两点的话，”法布里齐教授回答道，“我觉得它们站不住脚。毫无疑问，像里卡多说的那样，里瓦雷士有能力来做这个事情。我也相信里瓦雷士，对他的勇气、真诚和智慧，我毫不怀疑。而且他既了解山中的情况，又熟知其中的居民，这一点他也早就证明给我们看了。但我还有一点担忧，我不确定他进山只是为了运送那些小册子，我怀疑，除此之外他还有别的目的。当然了，这话我也就私下说说，毕竟我也没有什么证据。我觉得，他可能跟某个组织有联系，而且还是个极其危险的组织。”

“你是指哪个组织——红带会吗？”

“不，是短刀会。”

“短刀会！可那是个亡命徒组成的团体——他们中大多数都是农民，既没有受过教育，也没有什么政治经验。”

“在萨维尼奥造反的也都是这种人，其中还是有一些受过教育的，正是这些人领导了那场起义。短刀会中可能也有这样的人。别忘了，罗马涅地区那些暴力组织的主要成员都是萨维尼奥起义的幸存者。他们意识到自己的实力不足以跟教会的人公开宣战，于是就躲进了暗处，以暗杀为手段跟他们对抗。他们使不上枪，就用起了刀。”

“你为什么觉得里瓦雷士跟他们有联系？”

“没什么证据，我只是单纯怀疑而已。无论如何，我觉得在把走私的工作交给他之前，我们最好能确定一下这事。如果他确实跟那种组织有联系，同时又帮我们工作的话，我们的声誉会被毁掉的。那样只会成事不足，败事有余。但这件事我们还是留到下次再说吧。罗马那边来了消息，我想跟你们谈谈，据说他们要成立一个委员会，准备起草一部地方自治宪法。”

第六章

琴玛和牛虻沿着阿诺河静静地走着。牛虻的话好像全都说完了，从他们迈出里卡多家门的那刻起，他就一句话都没有说过，这种沉默让琴玛由衷地感到高兴。跟牛虻在一起时，她总是会觉得很不自在，而今天，因为牛虻在会议上反常的表现，那种不自在的感觉比往常更甚了。

走到乌菲兹宫门前时，牛虻突然停了下来，转向琴玛，问道：

“你累了吗？”

“不累，你问这个干什么？”

“那你今晚还有别的事情要忙吗？”

“没有。”

“那，不知道能不能请你陪我散会儿步。”

“去哪儿呢？”

“哪儿都行，只要你喜欢。”

“你为什么需要我陪呢？”

牛虻愣了一下。

“我——说不上来——这种事情，我很难说出口，但如果可以的话，请务必陪我一会儿。”

牛虻突然抬起了一直盯着地面看的眼睛，让琴玛看到了他脸上奇怪的神情。

“你这个人真奇怪。”琴玛轻轻地说道。牛虻从插在衣服扣眼里的花上扯下来一片叶子，慢慢地把它撕成了碎片。琴玛总觉得他的这个动作和一个人很像，但一时间又想不起来是谁，那个人和牛虻一样，每当感觉紧张时就会开始撕手里的东西。

“我有些苦恼。”牛虻低头看着自己的手，用几不可闻的声音说道，“我——今晚不想一个人待着。你能陪陪我吗？”

“当然了，除非你更想到我家去。”

“不用，和我一起去吃晚饭吧。西尼亚那边有一家不错的餐厅。请不要拒绝，你已经答应过要陪我了。”

他们走进了一家餐厅，牛虻点了菜，但几乎没碰自己的那份，他依然固执地保持着沉默，把面包都揉碎在桌布上后，又开始握起餐巾的一角发呆。琴玛感到非常不自在，早知如此，自己一开始就应该拒绝他。沉默让二人之间的气氛越发尴尬，琴玛想要说点什么，但牛虻似乎已经忘记了她的存在。最后，牛虻终于抬起了头，开口说道：

“你想去看杂耍吗？”

琴玛吃惊地看着他，这人怎么满脑子都是杂耍？

“你之前看过杂耍表演吗？”还没等琴玛开口，他又接着问道。

“没有，从没看过，我一直觉得那些表演没什么意思。”

“还是很有意思的。我觉得，只有看过了，才能了解人们真正的生活是什么样的。我们回十字架门那边去看吧。”

等他们到达时，卖艺的人们已经在那儿搭好了帐篷，刺耳的提琴音和敲鼓声响了起来，宣告着表演开始了。

这是一场粗俗的娱乐活动。几个小丑、一些喜剧丑角和杂技演员、骑着马钻铁圈的马戏团骑手、彩绘的科伦拜恩，还有个驼背的人，各自表演着滑稽的动作，看起来既无聊又愚蠢，就像其他所有的表演一样。总的来说，这些喜剧表演不算粗俗下流，但也实在太平庸了，净是些陈腐的笑料，整场演出都叫人感到乏味。由于托斯卡纳人生来就很礼貌，所有的演出都有观众拍手叫好，但唯一真正受欢迎的，似乎是那个驼背的表演。而琴玛，则认为他的表演不过就是在奇怪地扭来扭去而已，没什么水准，也完全不好笑。但观众却争相模仿着他的动作，还把孩子扛在肩膀上，好让小家伙们也能看一看这个“丑八怪”。

“里瓦雷士先生，你真的觉得这些表演有趣吗？”琴玛转向牛虻，说道，“在我看来——”

牛虻站在她身边，用手臂搂着一根支撑帐篷的木桩。琴玛愣了一下，止住了自己的话，只是静静地看着牛虻。牛虻脸上的表情既沉重又绝望，琴玛上一次看到这样痛苦的神情，还是在里窝那。那时候，蒙塔内利站在她家花园的门口，脸上也是同样的神情。牛虻的样子让她想到了但丁笔下的地狱。

这时，驼背被一个小丑踢了一脚，翻了个筋斗，以奇怪的姿势倒在了舞台旁边。下一场表演是两个小丑之间对话，这时牛虻才回过神来，如梦初醒。

“我们走吧？”牛虻问道，“还是你想再多看看？”

“还是走吧，不看了。”

他们离开了帐篷，穿过深绿色草地，走到了河边。有那么一会儿，他们二人都沉默着。

“你觉得这场表演怎么样？”过了一会儿，牛虻才开口问道。

“我觉得很无聊，其中有段表演甚至有些令人不快。”

“哪一段？”

“嗯，就是那些奇怪的表情和扭曲的动作。那样的表演一点水准都没有，只是在扮丑而已。”

“你是指那个驼背的表演吗？”

琴玛知道牛虻对自己的身体缺陷特别敏感，所以她一直避免在谈话中提及那个驼背，但既然牛虻自己问了出来，琴玛也干脆地回答道：“是的，我一点也不喜欢他的表演。”

“那可是观众最喜欢的部分。”

“所以才更让我觉得糟糕。”

“因为它没有艺术性可言？”

“不，不是艺术的问题。我是觉得——它很残忍。”

牛虻笑了：

“残忍？你是说对那个驼背吗？”

“我的意思是——当然了，他本人对别人的嘲笑倒是很无所谓的样子，我知道，对他来说这只是一种谋生的手段罢了，就像马戏团的骑手和装扮成科伦拜恩的人一样。但这种事情还是让我感到很不舒服。它是一种羞辱，是对人格的贬低。”

“他的人格在做这行之前也不一定能高尚到哪里去。其实大多数人都一样，人格总是在以各种各样的方式慢慢贬低。”

“是这样没错，但这个——你也许会觉得我的观点很荒谬，但对我来说，人的躯体是神圣的，我不喜欢看到他被这样作践，就好像他是什么丑陋的东西一样。”

“那人的灵魂呢？”牛虻停了下来，一只手撑在岸边的石栏上，眼睛直视着琴玛。

“人的灵魂？”琴玛重复道，停下了脚步，惊奇地看着他。

牛虻突然伸出双手，看起来充满了激情。

“你有没有想过，那个可悲的小丑可能也有一个灵魂——一个活生生的、挣扎着的、人类的灵魂，困在那个扭曲又笨重的身体里，被奴役着？你对一切都如此温柔——你怜悯那具躯体，就因为他穿得像个傻子，身上还挂着铃铛，难道你就没有想过那个可怜的灵魂吗？它甚至连一块遮蔽自己的破布都没有。想想它，在围观的众人面前冷得发抖，在羞愧和痛苦中一言不发，就那样承受着像鞭子一样甩来的嘲笑，他们的笑声就像火热的烙铁压在它皮肤上一样！你想想那个灵魂，它环顾四周，无比绝望，山都不愿挡住它，石头都不忍掷向它，它甚至嫉妒老鼠，因为它们可以钻进洞里躲起来，而它不能。它想呐喊，却想起灵魂是不能说话的。它连哭泣都做不到，只能忍受、忍受，不停地忍受。啊！你看我，又开始胡言乱语了，你怎么都没有笑？你的幽默感哪儿去了？”

琴玛慢慢地转过身，一言不发地沿着河边继续走着。整个晚上，她一次都未曾想过，把牛虻的苦恼——不管是什么苦恼——和杂耍表演联系起来。而现在，牛虻那突如其来的失态让琴玛窥探到了他内心世界的一角。琴玛只觉得他也是个可怜的人，却找不到合适的话来安慰他。而牛虻只是跟在琴玛身边，默默地走着，他的脑袋转向一旁，目光全落在了河水上。

“我希望你能知道，”牛虻转头看着琴玛，眼睛里带着高傲，开口道，“我刚才对你说的一切都只是我的想象而已，我比较喜欢沉湎在这些东西里，但我不希望别人把我的话当真。”

琴玛没有回答，只是默默地走着。当他们经过乌菲兹宫的大门时，牛虻径直穿过了马路，对着栏杆旁一团好像是个黑色包裹的东西弯下了腰。

“小家伙，你怎么了？”牛虻问道，琴玛第一次听到他的声音如此温柔，“你为什么不回家？”

那团黑影动了动，似乎是回答了些什么，但那低沉的声音听起来倒更像是呻吟。琴玛走上前去，看到了一个六岁左右的孩子，他衣衫褴褛，浑身脏兮兮的，蹲在人行道上，就像一只受了惊吓的动物。牛虻弯着腰，一只手抚摸着他蓬乱的头发。

“你说什么？”为了听清他的回答，牛虻把腰弯得更低了，“你现在应该回家睡觉，小男孩是不能在晚上出门瞎跑的，你会被冻坏的！把你的手给我，站起来，像个男子汉一样！你家在哪里？”

牛虻拉住孩子的胳膊，想让他站起来，那孩子却尖叫了一声，迅速向后缩去。

“怎么了，你还好吗？”牛虻问道，跪在人行道上，“啊！夫人，看这里！”

那孩子的肩膀和外套上都沾满了血迹。

“告诉我，发生了什么事？”牛虻温柔地轻声问道，“总不是摔跤摔的吧？有人打了你吗？我就知道！是谁？”

“我叔叔。”

“啊，原来是这样！是什么时候的事？”

“今天早上。他喝醉了，而我、我——”

“你碍了他的事，对吗？小家伙，你不该去招惹喝醉的人，那些人可不喜欢这样。可怜的孩子，我们该拿他怎么办呢，夫人？来这边，孩子，让我看看你的肩膀。把你的手搭在我脖子上，我不会弄疼你的。对，就这样！”

牛虻把那孩子抱在怀里，带着他穿过街道，把他放在宽大的石栏上面。然后，牛虻拿出一把小刀，熟练地划开了那孩子的袖子，用胸口支撑着孩子的脖颈，而琴玛则在一旁扶着孩子受伤的手臂。孩子的肩膀上有严重的瘀青和擦伤，手臂上还有一道深深的伤口。

“真够狠的，对这么小的孩子下手这么重。”牛虻说着，用手帕把伤口裹了起来，以免外套蹭疼他，“他是用什么打你的？”

“铁锹。我想跟他要一索尔多[1]，好去街角的商店买点玉米粥，刚开口，他就用铁锹打了我。”

牛虻打了个寒战。“啊！”他轻轻地说道，“小家伙，那一下一定很疼吧？”

“他用铁锹打我——然后我就跑了——我跑了出来——因为他打我。”

1　索尔多，意大利铜币。

"然后你就一直四处游荡，是不是连饭都还没吃？"

那孩子没有回答，只是止不住地抽泣了起来。牛虻把他从栏杆上抱了起来。

"没事，没事！一切都会好的。不知道能不能叫来一辆马车。我估计马车这会儿都在剧院边上等着呢，毕竟今晚有一场大的演出。不好意思，夫人，今晚麻烦你了，但——"

"我还是和你一起走吧。你一个人可能忙不过来。你抱他走那么远没问题吗？他是不是很重？"

"哦，抱得动的，谢谢你。"

他们到达剧院时，门口只剩下几辆马车了，可就连这些剩下的马车也全被人预订了。演出已经结束，大部分的观众已经离开了。剧院墙上的广告牌上面显眼地写着丽塔的名字，她在这里的剧团中表演芭蕾舞。牛虻让琴玛等一会儿，然后径直走到剧院的演员入口处，找到一名服务生，问道：

"莱尼小姐走了吗？"

"还没有，先生。"那人困惑地看着眼前这个衣着考究的绅士，他怀里抱着一个衣衫褴褛的流浪儿，他回答道，"莱尼小姐刚刚结束演出，她的马车还在外面等着他。啊，她来了。"

丽塔挽着一位年轻军官的胳膊，徐徐走下楼来。她看起来非常美丽，晚礼服外面披着一件火焰般鲜艳的天鹅绒斗篷，腰间别着一把用鸵鸟羽毛制成的大扇子。在入口处看到牛虻，她停下了脚步，把手从军官的手臂里抽出来，带着惊喜的神情向他走来。

"费利斯！"她小声感叹道，"你怀里抱的是谁？"

"这孩子是我在街上捡到的。他受伤了，还饿着肚子，我想尽快把他带回家。到处都找不到马车，所以我想借用你的。”

“费利斯！你该不会是想把这孩子带回你家吧，他看起来像个乞丐似的！我们可以找警察，让他们把他带去收容所或者别的什么适合他的地方。你不能把城里所有的穷人都 ——”

“他受伤了。”牛虻重复道，“如果有必要，明天再送他去收容所也不迟，但我必须得先确保他没事，起码让他先吃点东西。”

丽塔的脸上露出了厌恶的神情：“他的脑袋就这么靠着你的衬衣！你怎么能这样？他那么脏！”

牛虻抬起头来，脸上闪过一丝怒气。

“他很饿。”他气冲冲地说道，“可你并不知道饥饿是什么感觉，对吗？”

“里瓦雷士先生，”琴玛上前插话道，“我的住处离这儿很近，我们先把孩子带去我那里吧。如果之后你还是找不到马车，就让他在我那里过夜也行。”

牛虻迅速转过身：“你不介意吗？”

“当然不介意。晚安，莱尼小姐！”

吉卜赛女孩僵硬地鞠了一躬，带着怒气耸了耸肩，随后又再次挽起了军官的胳膊，她撩起裙摆，从他们身边掠过，向那辆马车走去。

“里瓦雷士先生，如果你愿意，我之后再让马车回来接你和孩子。”丽塔在马车的踏板上停了下来，说道。

“很好，我这就把地址给他。”他走到人行道上，把地址给了车夫，之后又抱着孩子走回了琴玛身边。

凯蒂一直在等着夫人回来，听到发生的事情后，她立刻跑去端来了热水和其他的所需品。牛虻把孩子放在椅子上，跪在他身边，熟练地脱下了他身上褴褛的衣服，给他洗完澡后又包扎了伤口，动作既娴熟又温柔。完成清洁后，他找了条暖和的毯子，把孩子裹了起来，这时琴玛走了进来，手中端着一个托盘。

“你的这位病人准备好吃晚饭了吗？”她微笑地看着那个焕然一新的小身影，“我已经给他做好了。”

牛虻站起来，把脏兮兮的破衣服卷到了一边。“不好意思，把你房间搞得这么乱。”他说，“至于这些东西，我看还是直接烧了吧，明天我再给他买些新衣服。夫人，你家里有白兰地吗？我觉得他应该喝上一点。如果你不介意的话，我想先去洗洗手。”

吃完晚饭后，那孩子立刻就倒在牛虻的怀里睡着了，乱蓬蓬的头发靠在他的白色衬衫上。琴玛帮凯蒂收拾好杂乱的房间后，在桌前坐了下来。

“里瓦雷士先生，你得吃点东西再回去——你晚饭几乎什么都没吃，而且现在已经这么晚了。”

“如果可以的话，我想喝杯英式的茶。很抱歉，打扰你们到现在，影响你们休息了。”

“哦！没关系的。把孩子放到沙发上吧，一直抱着他你会很累的。稍等，我把床单铺上。你准备拿这孩子怎么办？”

“明天吗？去找找看除了那个酗酒的浑蛋他还有没有别的亲戚，如果没有的话，我就不得不听从莱尼小姐的建议，把他送去收容所了。也许最仁慈的做法是在他脖子上拴一块石头，再把他沉进河里去，但这么做会让我背上罪名。他睡得可真沉！真是个倒霉的小家伙——还不如一只流浪猫，起码猫还有能力保护自己。”

当凯蒂端来茶点时，男孩睁开了眼睛，睡眼惺忪地坐了起来。他认出了牛虻，经过这晚的事情，他已经自然而然地把牛虻当成了自己的守护者，身上裹着的毯子限制了他的行动，但他还是歪歪扭扭地从沙发上爬了下来，走过去依偎在了牛虻身旁。他的精神恢复了不少，变得好奇起来。见牛虻残缺的左手里拿着一块蛋糕，他便指着问道：

“那是什么？”

“这个？这是蛋糕，你想吃吗？你今晚吃得够多了。等到明天再吃吧，小家伙。”

“不是，那个！”小男孩伸出手，摸了摸牛虻残缺的手指和手腕上硕大的伤疤。牛虻放下了手中的蛋糕。

“哦，这个啊！这和你肩膀上的伤是一样的，是被一个比我强壮的人打的。”

“那是不是很疼？”

“哦，我也说不好——和其他事情比起来也没疼到哪儿去。好了，现在你该继续睡觉了，都这么晚了，你就少问几个问题吧。”

当马车到达时，男孩已经又睡了过去，牛虻没有叫醒他，只是轻轻地把他抱了起来，走到了门口的台阶上。

“你今天就像个天使一样，帮了我很多忙。”牛虻在门口停住了脚步，回头对琴玛说道，“但我想我们今后还是会尽情地争个够。”

“我不想与任何人争吵。”

“啊！但我想，如果没有争吵，生活得多难以忍受啊。精彩的争吵是生活的调味剂，可比杂耍表演好看多了。”

说罢，他径自走下了台阶，自顾自地轻声笑着，孩子则依然在他的怀里熟睡着。

第七章

一月初的一天，马蒂尼发出了请柬，邀请文学委员会的成员来参加每月的集会。随后他便收到了牛虻简短的回复，上面用铅笔潦草地写道：“抱歉，去不了。”这让马蒂尼有些恼火，他明明在邀请函上写明了“有重要事务”，牛虻的回应却还是如此轻率，实在是太无礼了。除此之外，他今天还收到了三封信件，里面全都是坏消息。外面刮起了东风，让马蒂尼浑身不舒坦，情绪也跌到了谷底。因此，在会议上，当里卡多问他“里瓦雷士没来吗”时，他的回答相当生硬：“没来，他有比跟我们一起开会更有意思的事情要做，来不了了，就算能来，估计他也不想来。”

“说真的，马蒂尼，”加利不耐烦地说道，“你真是全佛罗伦萨最有成见的人，一旦你不喜欢谁，那就不管他做什么都是错的。里瓦雷士生病了，根本就出不了门。”

“谁告诉你他病了？”

“你不知道吗？他已经卧床四天了。”

“他怎么了？”

“我也不清楚。我本来约好了周四跟他见面，那时候他就因病没来，昨晚我去别人家，听说牛虻已经病重到不能见人了。我还以为里卡多会去照看他呢。”

“我对这事一无所知。我今晚就去转转，看看他是否需要些什么。”

第二天一早，里卡多走进了琴玛的小书房，他面色苍白，脸上满是疲惫的神情。琴玛正坐在桌前，对马蒂尼读着一串串单调的数字，马蒂尼则一手拿着放大镜，一手握着削好的铅笔，在书页上做着细小的标记。琴玛做了个手势，要里卡多先不要说话。见他们正在书写密文，里卡多便在琴玛背后的沙发上坐了下来，他打了个哈欠，看起来就快要睡着了。

“2，4；3，7；6，1；3，5；4，1。”琴玛用机器般平缓的声音说道，“8，4；7，2；5，1。这个句子就是这样，西塞尔。”

琴玛往纸上插了颗图钉，标记好了位置，然后便转过身来，说道：

“早上好，医生，你看起来很憔悴。你还好吗？”

“哦，我很好——只是有点累。我在里瓦雷士那里熬了一整夜。”

“里瓦雷士？”

“是的，我整晚都在看护他，可现在我必须得回医院去了，那里也有病人需要我。我来是想问问，能不能麻烦你们照顾他几天？他的状况很糟糕。当然了，我一定会尽我所能，但我的时间真的非常有限，他又坚决不让我派护士去照顾他。”

“他这是怎么了？”

“嗯，情况相当复杂。首先——”

“首先，你吃过早饭了吗？”

“吃过了，谢谢你。说回里瓦雷士——毫无疑问，他的神经系统出了很大的问题，但他病成这样主要还是因为旧伤复发，看得出他一开始就没有好好治疗。总而言之，他现在的状况非常糟糕，他应该是在南美的那场战争中受了伤，当时只是随便包扎了一下，之后也没有认真处理，可能是那边的医疗环境不允许吧，能活下来已经是万幸了。然后就留下了后遗症，有点像慢性炎症，一点小刺激就可能会让伤势发作——”

“那很危险吗？”

“不、不。危险的不是病情本身，而是病人可能会在绝望之下服毒自杀。”

“他的伤让他很痛苦吗？”

“是的，非常可怕，我都不知道他是怎么忍过来的。我没办法，不得不给他一剂鸦片，他才睡着——我不喜欢对神经质的病人用鸦片，但为了给他止痛，不这么做不行。”

“他确实有些神经质，我觉得。”

“是的，但也非常有毅力。昨晚他没疼晕过去的时候，依旧冷静如常，非常惊人。但到最后实在是顶不住了，我才不得不出此下策。你们知道他这样多久了吗？五天了。除了那个蠢房东，他身边一个人也没有，那个房东又跟个聋子似的，就算房子塌了她都不一定能注意到，而且，就算她知道了，也完全帮不上什么忙。”

“那个跳芭蕾舞的女孩呢？”

“对啊，我也觉得很奇怪，牛虻根本不让那个姑娘接近他。态度中像带着一种病态的恐惧。说真的，牛虻真是个让人费解的人，处处都充满了矛盾。”

他掏出手表，心事重重地说道：“去医院要迟到了，不过这也没办法。今天副手得独自开诊了。我要是能早点知道牛虻的情况就好了——他的伤势太严重了，不该那么久都放任不管。”

“可他为什么不托人来告诉我们他的病情？”马蒂尼插话道，“他病得这么厉害，我们肯定不会置之不理的。”

“医生，我觉得，”琴玛说道，“你昨晚就该叫我们去帮忙的，这样你也不会把自己累成现在这样。”

“亲爱的夫人，我想过要去找加利来帮忙，但里瓦雷士一听我这么说就急了，我就没敢去叫。后来我又问他，想不想找别人来帮忙，他直勾勾地盯着我看了一分钟，就像是被吓坏了一样，然后用双手捂住了自己的眼睛，说：‘别告诉他们，他们会笑话我的！’他好像已经产生了幻觉，坚信别人都会嘲笑他。我也不清楚到底是怎么回事，他一直在说西班牙语，不过话说回来，生病的人确实会时不时地说一些胡话。”

“现在有人陪着他吗？”琴玛问道。

“只有房东太太和他那个女佣。”

“那我现在就过去。”马蒂尼说。

“谢谢你。晚上我会再去看看的。注意事项我都写好了，就放在那扇大窗户旁边的抽屉里，鸦片在隔壁房间的架子上。如果他又开始疼，你就给他一剂，一剂就好，不要多给。无论如何，都不要把鸦片放在他能够到的地方，他可能会忍不住多吃。”

当马蒂尼走进那阴暗的房间时，牛虻迅速转过了头，向他伸出了一只发烫的手，想像往常一样摆出轻浮的姿态，但不是很成功。

“啊，马蒂尼！你是来催我改稿的吧。你不用骂我，昨晚的会议我不是故意不去的，事实上，我感觉不太舒服，而且——”

“别管委员会的事了。我已经见过里卡多了，我是来帮忙的。”

牛虻的脸色僵硬得像块石头。

“哦，说真的！你也太客气了，不用这么麻烦的。我只是有点不舒服而已。”

“里卡多也是这么告诉我的。毕竟他昨天陪了你一整夜。”

牛虻使劲咬着自己的嘴唇。

“谢谢你，我挺好的，什么都不需要。”

“很好，如果你想一个人待着，那我就去隔壁房间坐着了。我会给门留条缝的，有需要你可以随时叫我。”

“不用那么麻烦，我真的什么都不需要。你这样只会浪费自己的时间。”

“别胡说了，伙计！”马蒂尼粗暴地打断了他，“你这样骗我有什么用？你以为我没长眼睛吗？你就躺着别乱动了，尽量休息一会儿。”

马蒂尼没有关门，他走进隔壁的房间，捧着本书坐了下来。不一会儿，他就听到牛虻在隔壁不安地动了两三下。他放下书，仔细听着。先是一阵短暂的沉默，然后是一阵不安的翻动，接下来是快速又沉重的喘息声，听起来像是他在咬紧牙关，好让自己别叫出声。于是，马蒂尼走到牛虻的卧室。

“有什么我能帮上忙的吗，里瓦雷士？”

牛虻阴沉着脸，面色铁青，一句话也没有说。马蒂尼穿过房间走到了他的床边，看了他一会儿，默默地摇了摇头。

“要不要我给你点鸦片？里卡多说如果你疼得厉害，就给你一剂。”

“不用了，谢谢你。我还能再忍忍，过会儿可能会疼得更厉害。”

马蒂尼耸了耸肩，在床边坐了下来。在似乎是漫长的一个小时里，他只是默默地看着牛虻，然后起身去拿来了鸦片。

“里瓦雷士，我不能再让你继续疼下去了。就算你能忍住，我也看不下去了。你必须用一些鸦片。”

牛虻一言不发地服下了药，然后便转过身去，闭上了眼睛。马蒂尼再次坐下来，静静地听着，直到他的呼吸逐渐变得均匀平缓。

牛虻已经被疼痛折腾得精疲力竭了，一旦入睡就睡得很沉，很难轻易醒来。一个小时又一个小时，牛虻都一动不动地躺在那里。从天亮到入夜，马蒂尼会不时地走近查看那个静止的身影。除了呼吸，牛虻身上完全没有任何其他的生命迹象，就连他的脸色都是那么苍白，一丝血色也没有。看着他，一股恐惧突然攫住了马蒂尼，要是给他的鸦片太多了怎么办？马蒂尼轻轻地摇晃着牛虻露在被子外的胳膊，试图唤醒这个沉睡的人。牛虻的袖子并没有扣好，受到轻微的晃动便解开来了，露出了胳膊上深深的伤疤，这些可怕的痕迹从手腕一直延伸到肘部。

“没有这些伤疤的话，这倒是条不错的胳膊。”马蒂尼的背后响起了里卡多的声音。

“你终于来了！里卡多，你来看看，这个人该不会一睡不醒了吧？我差不多十个小时前给了他一剂鸦片，那之后他就再没动过了。”

里卡多弓下腰听了一会儿。

“不会，他的呼吸很正常，他只是太累了——昨天折腾了一晚上，现在这样很正常。天亮之前疼痛可能还会再发作一次。我希望今晚有人能一直守着他。”

“加利会来守夜，他说他十点前会过来。”

“马上就要十点了。啊，他醒了！麻烦让女佣把汤热一下。轻点——轻点，里瓦雷士！好了，伙计，你现在不用战斗，我又不是主教！”

牛虻睁开了眼睛，直视着前方，仿佛是被吓到了，一副惊慌失措的样子。“轮到我了吗？”他用西班牙语着急地说道，“再让他们乐一分钟吧，我——啊！里卡多，我刚才没看到你。”

牛虻环视了一下房间，一只手扶着额头，脸上充满了困惑的神情。“马蒂尼！你也在，我还以为你早就走了。我一定是睡着了。”

“你睡了十个小时，睡得跟睡美人一样沉。你得先喝点汤，喝完再接着睡。”

“十个小时！马蒂尼，难道这段时间里你一直都在这里？”

“是的，你睡了那么久，我都开始担心是不是给你的鸦片过量了。”

牛虻狡黠地瞥了他一眼。

“你可没那么好的运气！我以后还得继续搅乱你们的会议呢，想安静地好好开会可没那么容易。里卡多，你到底想干什么？你就发发慈悲让我安静一会儿吧，我最讨厌医生烦我了。”

“可以，喝了这个，我就让你休息。不过，我过一两天还会再过来，给你做个彻底的检查。你现在应该已经挺过了最危险的时期，看起来不那么像个死人了。”

“哦，谢谢你，我很快就会好起来的。那是谁——加利？看来今晚我真是幸运。”

“我是来陪你过夜的。”

“胡闹！我谁都不需要，你们都回去吧。就算我再发作，你们也帮不上什么忙，我不会继续用鸦片了。那玩意儿也就偶尔才顶用。”

“你说得没错。”里卡多说道，“但坚持不用可不容易。”

牛虻抬起头来，微笑着开口道：“别担心！要是我那么容易就屈服，我很早之前就把自己吃死了。”

“不管怎么说，你今天都不能单独过夜。”里卡多严肃地说道，然后对加利说，“加利，跟我到另一个房间去一下吧，我有事想和你谈谈。”离开房间时他说道，“晚安，里瓦雷士，我明天再来看你。”

马蒂尼跟着他们，正准备走出房间时，听到有人轻轻地叫了他的名字。他转过头，看到牛虻向他伸出了一只手。

“谢谢你！”

“哦，少废话！快睡觉吧。”

当里卡多离开后，马蒂尼又在外间和加利聊了几分钟。当他打开前门准备离开时，一辆马车停在了花园门口，随后，一个人下了车，看身形是位女性。是丽塔，她沿着小道走来。很显然是刚参加完什么夜间娱乐活动。马蒂尼摘下帽子，站在一边等她通过后，才走进那条通往帝国庄园的黑暗小巷。突然，大门咔嗒了一下，一阵急促的脚步声从他背后传来。

“等一下！”丽塔喊道。

见马蒂尼转过了身，丽塔停住了脚步，沿着树篱慢慢地向他走去，一只手背在后面。拐角处有一盏路灯，借着它的光线，马蒂尼看到丽塔一直低着头，不知是因为尴尬还是因为羞愧。

“他怎么样了？”丽塔问道，依然没有抬头。

“比早上好多了。他今天大部分时间都在睡觉，看起来没那么累了。我觉得他已经脱离危险了。”

丽塔的眼睛仍然盯着地面。

“他这次发作很严重吗？”

“非常严重。”

“我想也是。他不让我进屋，就意味着情况很糟糕，每次都是。”

“他经常这样发作吗？”

“也不一定——他的病情发作没什么规律。去年夏天，在瑞士的时候，他还很好，但到了冬天，我们在维也纳的时候，情况就变得很糟糕了。连续好几天，他都不让我靠近他。他不想让我看到他生病的样子。”

她抬头看了一眼，然后又垂下眼睛，继续说道：

“当他觉得自己病情要发作的时候，总会找这样那样的借口让我去参加舞会、音乐会或者其他什么活动，然后他就把自己锁在房间里。我常常溜回来，在门外坐着——如果他知道了，一定会很生气。要是条狗在外面叫，他会放它进去，但我就不行。跟我比起来，他可能更关心狗吧。”

她的声音低沉，语气中带着不满的愤恨。

“不管怎样，我希望他之后不要再这么痛苦了。”马蒂尼和善地说道，“里卡多医生很负责，也许这次能让他彻底痊愈。最起码，目前的治疗已经缓解他的症状了。如果他再发作，你最好能马上通知我们。要是我们早点知道，他也不会像现在这样受这么多苦。晚安！”

马蒂尼伸出了手，但丽塔却后退了一步，拒绝了他。“我不明白你为什么想和一位情妇握手。”

“没关系，不握也行。”马蒂尼尴尬地说道。

丽塔往地上使劲跺了一脚。“我讨厌你们！”她嚷道，一对眼睛就像烧红的煤炭，“我讨厌你们所有人！你们到这里来和他讨论政治，整夜陪着他，还给他止疼的药，我却连从门缝里偷看他都不行！他是你们什么人？你们有什么权利把他从我身边偷走？我讨厌你们！我讨厌你们！我讨厌你们！”

丽塔控制不住地抽泣了起来，她飞快地转身跑回了花园，当着他的面使劲关上了大门。

“天哪！”马蒂尼走在小路上，自言自语道，“那个女孩是真心爱着他的！这也太不可思议了——”

第八章

牛虻的身体恢复得很快。第二周的一个下午，里卡多去看他的时候，他就已经下了床，身上裹着睡袍，躺在沙发上，和马蒂尼、加利聊着天。他甚至还想下楼去走走，听到这个提议，里卡多笑了笑，说他不如先徒步穿越山谷到菲耶索尔去一趟试试。

“或者，你也可以去拜访一下格拉西尼。”他邪恶地补充道，“我相信他的夫人见到你一定会很高兴的，特别是现在，你脸色这么苍白，她一定会觉得很好玩。”

牛虻带着悲伤的神情握紧了自己的双手，顺着他的话继续说道：

“上帝保佑！我之前居然没想到去见她！她会把我当成意大利的烈士，跟我讨论爱国精神。我得尽力配合她表演，告诉她我在地牢里被砍成了碎片，然后又被粘起来，但粘得不是特别好。她一定会好奇被砍碎又被粘好到底是个什么感觉。里卡多，你觉得她会相信我吗？我可以用我的印第安匕首和你书房里的那瓶绦虫打赌，不管我编出什么样的话她都会信。那可是把好匕首，我建议你最好和我赌一赌。”

“谢谢，不过我不像你，对杀人的工具不感兴趣。”

“好吧，但你知道，绦虫和匕首一样，都可以杀人，而且绦虫还没有匕首好看。”

“但很不巧，我亲爱的伙计，我不想要匕首，只想要绦虫。马蒂尼，我得走了。能麻烦你来照看这个任性的病人吗？”

“我只能待到三点。加利和我得去一趟圣米尼亚托，我回来之前，博拉夫人会来看着他。”

“博拉夫人！”牛虻不安地重复道，“马蒂尼，这可不行！我可不能因为自己的小病就去麻烦她。而且，她坐在这里也不适合，这里会让她不自在的。”

“你什么时候开始在意这些繁文缛节了？”里卡多笑着说道，“好伙计，对我们来说，博拉夫人就像护士长一样。她自小就开始照顾病人了，水平可比医院的那些人强多了。你不想让她进你房间？为什么？你是不是把她当成格拉西尼夫人了？马蒂尼，如果是博拉夫人来的话，我连医嘱都不用留了。已经两点半了，我得走了！”

“好了，里瓦雷士，在她来之前先把药吃了。”加利说着，拿着药杯走到了沙发前。

“该死的药！”牛虻已经进入了康复期，他心情烦躁，并且也没打算让照顾他的人好过，“我、我都已经不疼了，怎么还让我吃、吃这些乱七八糟的东西？”

“就为了不让你继续疼呀。等会儿要是晕倒了，博拉夫人就得给你吃鸦片了，那你肯定更不乐意。”

“伙、伙计，如果疼痛要复发，那不管我吃不吃药它都会复发，这又不是牙、牙疼，用这些混乱的药根本没用，就像用玩具水枪灭火一样。不过，既然你这么坚持，我还是吃了吧。”

牛虻伸出左手，拿过了药杯。看到他胳膊上那些可怖的伤疤，加利又想起了以前的话题。

“对了，”他问道，“你是怎么受的伤？打仗的时候吗？”

“我刚不是说了吗，是在一处秘密的地牢里和——”

“对，那是你为了格拉西尼夫人现编的版本。说真的，这些伤是你在巴西的时候受的吗？”

“是的，我在那儿受了些伤，之后又在那些荒蛮的地方打猎，这儿受点伤，那儿再受点伤，就成了现在这样。”

“啊，你跟着探险队去考察了。好了，你可以把扣子扣回去了，身上的药我也涂好了。你在那边的生活好像还挺刺激的。”

“嗯，当然了，在那些荒蛮的地方生活，总免不了要冒一些险。”牛虻淡淡地说道，“并不是每一次都能平安无事。”

“不过，我还是想不通，你怎么能把自己搞得这么惨，难道你是跟野兽搏斗过吗？比如说你左臂上的那些伤疤。”

“啊，那是在狩猎美洲狮的时候。当时我已经扣了扳机——”

话说到一半，外面响起了敲门声。

“马蒂尼，房间够整洁吗？能会客是吗？那就请你把门打开吧。你真是太好了。”门开了，琴玛走了进来，牛虻说道，“夫人，原谅我不能起身迎接你。”

“你不必起来，我又不是来做客的。”琴玛说完转向马蒂尼，“西塞尔，我怕你急着走，就提前来了。”

“我还可以再待一刻钟。我去把你的披风放到旁边房间吧，要我顺便把篮子也拿过去吗？”

“小心点，这些是刚下的鸡蛋，是凯蒂今天早上从奥利维托山带回来的。”说完她看向牛虻，“里瓦雷士先生，这里有一些圣诞玫瑰，是给你的，我知道你喜欢花。”

她在桌子旁边坐了下来，开始修剪花茎，把它们插进了花瓶里。

“好了，里瓦雷士，”加利说道，“给我们继续讲讲你那个捕猎狮子的故事吧，你刚刚才刚开始说。”

“啊，对！夫人，刚刚加利问我在南美的生活，我正准备告诉他我是怎么把胳膊搞成这样的。那是在秘鲁。我们涉水过河，准备去猎杀美洲狮，当我向那头野兽开枪时，枪却没有响，因为火药被水溅湿了。当然了，那头狮子可没有耐心等我重新装填，于是我的胳膊就这样了。”

“那一定是一次精彩的经历。”

“哦，确实不算坏！当然了，没有什么事情是完美的，生活总是有喜有忧，但总的来说，那段日子还是很有趣的。比如说，有一次我去捕蛇——”

他滔滔不绝地讲了一个又一个故事，一会儿是阿根廷战争，一会儿是巴西的探险，又说起了他的狩猎故事，以及碰上土著人和野兽的故事。加利听得入迷，就像个在听童话故事的孩子，不停地问东问西。他是个非常传统的那不勒斯人，总是会被这些离奇的故事吸引住。琴玛则从篮子里拿出了一些工具，她低垂着眼睛，一边做着针线活，一边静静地听着。马蒂尼则皱着眉头，有些坐立不安。在他看来，牛虻太自以为是了，故事也讲得很夸张。在过去的一周里，牛虻以惊人的毅力忍受着肉体上的痛苦，让马蒂尼不情愿地对他产生了些许钦佩，但总的来说，他还是不喜欢牛虻，不喜欢他的故事，也不喜欢他讲故事的方式。

“你的生活太精彩了！”加利叹了口气，语调中带着单纯的羡慕，“我都不知道你怎么舍得离开巴西。对比起来，在其他国家的生活一定显得很平淡吧。”

“我觉得，我在秘鲁和厄瓜多尔的那段时间是最快乐的。”牛虻说，“那真是个神奇的地方。当然了，那里非常热，特别是厄瓜多尔的沿海地区，气温几乎叫人难以忍受，但那边的风景美得超乎想象。”

“我觉得，”加利说，“在那些荒蛮的地方生活，一定可以感受到绝对的自由，这对我来说比任何美景都棒。这里的城镇太拥挤了，很难感受到做人的尊严。”

“是的。”牛虻赞同道，“那是——”

做着针线活的琴玛抬起了眼睛，看了一眼牛虻。他的脸突然涨得通红，说到一半的话也停了下来。

“不会是又发作了吧？”加利焦急地问道。

“哦，没有，多亏了你给我的药、药，我之前不应该说它没、没用。马蒂尼，你这就要走了吗？”

“是的。走吧，加利，我们要迟到了。”

琴玛跟着他们一起走出了房间，不一会儿就端着一杯牛奶回来了，牛奶里还打了一个鸡蛋。

“请把这个喝了。”她轻轻地说道，语气中带着不可抗拒的威严，然后又坐下来开始忙自己的了。牛虻接过杯子，温顺地喝了下去。

足足半个小时，两人谁都没有说话。过了很久，牛虻才终于开口，他的声音很低：

“博拉夫人！”

琴玛抬起头，看到牛虻正垂着眼睛，撕扯着沙发上的流苏。

“你不相信我刚才说的是真的。”牛虻说道。

“你说的全是假话，这一点我毫不怀疑。”她平静地回答道。

“你说得对。那些事情都是我编的。”

“你是说你参加战争的事情吗？”

“所有的事情都是。我根本没有参加那场战争，至于探险，我确实是冒过几次险，那些故事大多是真的，但我并不是那时候受的伤。我想，既然你已经识破了一个我的谎言，我也不妨多告诉你一些实话。”

“你不觉得编那么多假话很浪费精力吗？”琴玛问道，“我觉得你没必要这样。”

“那你觉得我应该怎么做呢？你也知道，你们英国有句谚语：‘不问问题，就不会有人告诉你谎言。’我也不想这样骗人，但他们问我是怎么落下残疾的，我总得想个办法回答他们。既然要编故事，我不如编得精彩一些。你也看到了，加利是多么高兴。”

“你宁愿讨加利欢心，而不愿说真话吗？”

“真话！”牛虻抬起头来，手里拿着被扯下来的流苏，“让我跟那些人讲真话？我宁愿把自己的舌头割下来！”他说着，突然尴尬了起来，仿佛是有些害羞，“我还没跟任何人说过实话，但你要是愿意听的话，我就告诉你。”

琴玛默默放下了手里的东西。这个强硬、神秘又不讨喜的人，突然要把自己的秘密倾诉给一个他几乎不了解也不喜欢的人，琴玛觉得他有些可怜。

紧接着是长久的沉默。琴玛抬起头来，看到牛虻把左臂支在桌子上，正用那只残缺的手捂着眼睛，他的手指紧绷，手腕上的伤疤也在抽搐着。琴玛走到他面前，轻轻地叫了他的名字。仿佛被吓到了，牛虻猛地抬起了头。

"我忘、忘了，"牛虻结结巴巴地道歉道，"我正、正准备要告诉你——"

"那场意外——那场让你变得一瘸一拐的事故。但如果你还有顾虑——"

"事故？哦，我的骨头是怎么碎的！对，只不过那不是意外，是个拨火棍。"

琴玛茫然地看着牛虻。而牛虻用明显在颤抖的手向后推了推头发，微笑着抬头看着琴玛。

"你不坐下来吗？请把你的椅子挪得近一点吧。抱歉，我没法帮你挪。说真、真的，现在回想起来，如果当时里卡多在的话，他一定会对我的情况非常感兴趣的，他们外科医生对断掉的骨头总有种奇怪的热爱。而当时，我身上所有能断的东西都断了——除了脖子。"

"还有你的勇气也完好无损。"琴玛轻轻地插了一句，"但也许你本来就没把它算作能断的东西。"

牛虻摇了摇头。"不，"他说道，"我的勇气和其他部分一样，也是在后来才被修补起来的。在当时它碎得也很彻底，就像个被摔碎的茶杯，这才是最可怕的地方。啊——对，我在跟你说拨火棍的事情。”

“那是——让我想想——差不多十三年前，在利马的时候。我之前说，秘鲁是一个很宜居的国家，但对我这种穷人来说，情况可就不一样了。我去过阿根廷，然后又到了智利，饿着肚子四处流浪。在瓦尔帕莱索时，我在一艘运牲口的船上打杂。在利马找不到活干，就去了码头——你知道的，卡亚俄的码头——打算在那里碰碰运气。航运港口嘛，下层都会有一些聚集地，专供出海的人打发时间。没过多久，我就找到了一份工作，在那里的赌场做用人。我为他们做饭，给台球计分，为那些水手和他们的女人端酒，还有些其他乱七八糟的事情。并不是什么好工作，但我还是挺庆幸的，起码那里有吃的，每天还能见见人，和别人说说话。你可能觉得这没什么，可我那时刚得过黄热病，一个人住在一个很远的破烂的茅棚里，那里真的很可怕。有一天晚上，有个印度拉斯卡的水手喝醉了，在赌场闹事，赌场的人要我去把他赶走，那人上岸后把钱都输光了，正在大发脾气。如果我不去的话，我就得丢掉工作，丢掉工作就意味着要挨饿，所以我就去了。但那个人比我强壮得多，他的力气起码是我的两倍——那时我还不到二十一岁，刚刚大病初愈，虚弱得像只小猫一样。而且，他手里还有根拨火棍。”

牛虻停了下来，偷偷地瞥了琴玛一眼，然后才继续说道：

“很显然，他当时是打算把我搞死的，但不知怎的，他工作没做彻底——那些拉斯卡人总这样。他没有把我全敲碎，留下了一部分，让我苟延残喘。”

“那其他人呢，他们都不管吗？难道所有人都害怕那个水手吗？”

牛虻抬起头，突然大笑了起来。

“其他人？那些赌徒和运营赌场的人吗？他们为什么要管？你不明白他们中有黑人、有亚洲人，还有其他乱七八糟的天知道是什么人，而我是他们的仆人——他们的财产。他们就只是站在一旁，看得津津有味。我身上发生的事情对他们来说就只是个笑话而已。只要你不是那个被笑的人，这事就确实很好笑。”

琴玛打了个寒战。

“那后来呢？”

“这个我也记不太清了。一般来说，一个人被打成那个样子，之后的好几天都不太能记清楚的。附近有一个随船的医生，好像有人发现我没死，就去把那个医生叫来了。他给我包扎了一下——里卡多似乎觉得他包扎得很烂，但我觉得这是出于同行间的嫉妒。总之，当我清醒过来的时候，当地的一个老妇人收留了我，她说是出于她身为基督徒的慈悲心——听起来很奇怪，不是吗？她经常缩在房间角落里，拿着根黑烟斗抽着。她总是往地上吐痰，还喜欢自言自语。但不管怎样，她是个善良的人，她跟我说，我本可以不受打扰，就那样平静地死去，但是我有股想要反着来的劲儿，偏想要活下去。活下去可真难啊，有时候我会想，也许这么挣扎根本不值得。但那个老妇人真的很有耐心，她收留了我——多久来着？将近四个月。那段时间里我就躺在她家，时不时就像个疯子一样大吼大叫。我不叫的时候，整个人也凶得像头受伤的熊。我疼得非常厉害，而且我的脾气也很糟——从小就被惯坏了。”

“再后来呢？”

“哦，后来——等我能动了，我就想办法爬了出去。不，我并不是自尊心太强，不愿接受那个可怜的女人的施舍，我已经不在乎那些了，我只是受不了那个地方了。你刚才说我有勇气，你要是能看到我当时的样子，肯定就不会那么说了。每天傍晚，差不多黄昏的时候，那些疼痛都会加剧。我就一个人躺在那儿，看着太阳慢慢地落下去——哦，你不会懂的！即使是现在，我一看到日落也还是会浑身难受！”

接下来是一阵沉默。

“总之，接下来我就往北走了，看看我能不能在别的地方也找到工作——继续留在利马我会疯掉的。我一直走到了库斯科，在那里——说真的，我不知道我为什么要把这些陈年旧事硬讲给你听，这些东西都很无趣。”

琴玛抬起头看着他，目光深邃又严肃：“请不要这样说。”

牛虻咬了咬嘴唇，又扯下来一片流苏。

“你还想听我继续说吗？”过了一会儿，他问道。

“如果——如果你愿意的话。回忆往事对你来说是不是太痛苦了？”

“你以为只要不讲出来我就会忘记吗？憋在心里的感觉更糟糕。但请不要以为我还在被那些事情困扰着，真正让我痛苦的是，我失去了控制自己的能力。”

“我——我不太明白你是什么意思。”

“我的意思是，当我的勇气耗尽后，我发现自己只是个懦夫。”

“可是，我相信任何人的承受能力都是有极限的。”

“是的，知道那个极限在哪里后，你就会开始担心，不知道自己什么时候又会达到那个极限。”

“你能不能告诉我，”琴玛犹豫地问道，“你二十岁的时候为什么会孤身一人到处流浪？”

“很简单，还在老家的时候，我的生活中出现了一个很好的机会，我抓住了它，逃了出来。”

“为什么？”

牛虻以他特有的方式笑了起来，声音急促又刺耳。

“为什么？因为我是个自命不凡的小崽子。我在一个过于富有的家庭里长大，一直都被人呵护着，以至于我认为整个世界都是由粉红的棉絮和裹了糖的杏仁组成的。然后有一天，我发现我信任的人欺骗了我。怎么了，你怎么这么吃惊？发生什么了？”

“没什么。请继续讲吧。”

“我发现我被骗了，一直以来都相信着一个谎言，当然了，这也不是什么大事，谁还没被骗过呢？但是，就像我刚才说的，我当时太年轻了，又自以为是，那时候我还相信说谎的人都会下地狱呢。于是我就离家出走了，一口气跑到了南美，口袋里没有一分钱，嘴里一句西班牙语也不会讲，只有一双白净的手和奢靡的生活习惯，一点糊口的本事也没有，就这样在那边闯荡。结果是，我再也不用幻想地狱是什么样的了，因为我见到了真正的地狱。我在那地狱里彻彻底底地走了一遭——直到五年后，杜普雷兹探险队才来把我拉了出来。”

“五年！太可怕了！难道没有别的朋友帮你吗？”

“朋友！我——”牛虻突然看向琴玛，恶狠狠地说道，“我从来就没有过朋友！”

下一秒，似乎是对自己刚才过激的行为感到羞愧，他迅速调转话头继续说道：

“我说的话你也别太当真，我刚才把一切都描述得太糟糕了，事实上头一年半里我过得还行，那时候我年轻力壮，混得还算不错，直到那个水手在我身上留下了这些伤。在那之后我就找不到活计做了。没想到拨火棍用得巧，能有这么强的效果。总之，没有人会愿意雇一个瘸子。”

“那你之后都做了些什么工作呢？”

“能做什么就做什么。有一段时间，我靠给蔗糖园的黑奴打杂为生，帮他们取点东西，拿这拿那的。说来奇怪，即使是奴隶，也总是会想方设法地拥有自己的奴隶，有我这个白人供他们欺负，那些人可开心了。但即使是这样的工作我也做不长，那些监工总是会想办法把我赶走。我瘸着腿，跑不快，还搬不了重东西。那时候我也总是会得些奇怪的炎症，或者其他什么乱七八糟的病。

“之后我又去了银矿场，试图在那里找些活干，但一无所获。工头根本就不想要我，而那些矿工，他们可没对我手下留情。”

“那是为什么？”

“哦，可能这就是人类的本性吧，他们看到我只有一只手可以用来反抗。还有那些苦力，他们也很可怕！最后我终于受够了，开始四处流浪，这儿跑跑那儿跑跑，到处碰运气。”

“流浪？带着只受伤的脚！”

牛虻突然抬起头来，可怜兮兮地喘了口气。

“我——那时候我经常挨饿，不四处走的话就更没东西吃了。”他说道。

琴玛稍微侧了侧头，用手托住了下巴。沉默了好一会儿，牛虻才继续开口，他的声音越来越低：

“总之，我四处游荡，不停地走啊走啊，走得我都快要发疯了，生活却还是没有任何转机。后来我到了厄瓜多尔，那里的情况更糟。有时我会靠帮人补锅赚点小钱——我的手艺相当不错——或者给别人打打杂，清理一下猪圈什么的。有时我还——哦，那些年我都不清楚自己干了些什么活。再后来，有一天——”

牛虻那只纤细、棕色的手突然紧握成了拳头，琴玛抬起头，焦急地看着他。在牛虻的侧脸上，琴玛看到，他太阳穴上的血管快速地跳动着，像是有一把锤子正在他的穴位上不规则地敲击着。她倾过身，把手轻轻地放在了牛虻的胳膊上。

“不用继续说了，这对你来说太痛苦了。”

牛虻看着琴玛放在自己身上的手，露出了犹豫的神情，接着，他摇了摇头，恢复了平静，又开口道：

“后来有一天，我遇到了个杂耍班子。你还记得吗，就是我们那天晚上见到的那种，只不过我遇到的那个更粗俗也更野蛮。那些人可不像佛罗伦萨人这么温和，越下流、越残忍，他们越喜欢。比如斗牛，就很受欢迎。一天晚上，他们在路边露营，我走到他们的帐篷跟前，想讨口饭吃。当时天气很热，我又太久没吃东西了，所以我就晕倒在了帐篷门口。我当时总是会突然晕倒，就像束胸系得太紧的女学生似的。他们把我抬了进去，给我喝了些白兰地，还拿来了吃的，然后——第二天早上——他们邀请我——”

又是一阵沉默。

“他们想要个驼背，只要是个畸形就行，好让那些男孩手里的果皮有个地方砸——顺便还能让人笑笑——那天晚上我们见到的那个小丑——我干的就是那个——干了两年。你可能觉得那些奴隶和劳工都是可怜人，但等你落在他们手里的时候就不会这么想了！

“总之，我学到了一些诀窍。我畸形得不算厉害，他们就给我做了一个驼背，再加上我本就有伤的胳膊和脚——那边的观众并不挑剔，只要有个活物供他们折磨就够了——而且我当时的服装也很应景。

“唯一的问题是，我太容易生病了，经常没法上台表演。如果赶上当家的心情不好，就算我病了他也会把我赶出去表演。我还记得，观众们最喜欢看这种夜场了。有一次，我在台上痛得晕了过去，等我恢复意识时，那些观众已经把我团团围住了——他们一边踢我一边对着我大喊大叫，还朝我扔——”

“别说了！我听不下去了！看在上帝的分儿上，别说了！”

琴玛捂住耳朵站了起来。牛虻停了下来，抬起头，看到琴玛的眼中闪烁着泪光。

“该死，我真是个白痴！”牛虻小声说道。

琴玛走到房间的另一头，冲着窗户站了好一会儿。当她转过身时，看到牛虻又把胳膊支在了桌子上，一只手捂着眼睛，显然已经忘记了琴玛的存在。琴玛走过去，静静地坐在了他身边，沉默良久后，她开口道：

“我想问你一个问题。”

“什么问题？”牛虻一动不动。

“你为什么不干脆自杀算了呢？”

牛虻抬起头，眼中满是惊讶。“我没想到你会问这个。”他说道，“如果我死了，那些工作怎么办？谁会替我完成？”

“你的工作——啊，我明白了！你刚才说自己是个懦夫，但我觉得，即使经历了这么多，你却还在为自己的目标奋斗着，你是我见过的最勇敢的人。”

牛虻又捂住了自己的眼睛，另一只手激动地紧紧握住了琴玛的手。他们一同沉入了无边的寂静之中。

突然，楼下的花园里响起清脆的女高音，用法语唱着笨拙的小调：

嘿，皮埃罗！跳吧，皮埃罗！
跳个舞吧，我可怜的吉诺特！
尽情地跳吧，尽情地唱吧！
让我们享受这美丽的青春！
如果我哭泣，如果我叹息，
如果我露出悲伤的表情，
朋友，那也只是因为好玩。
哈！哈，哈，哈！
朋友，那只是因为好玩！

歌声一响起来，牛虻就急忙松开了琴玛的手，身体缩了回去，他忍着疼痛，压住了一声低沉的呻吟。琴玛用双手紧紧地按住了他的胳膊，她很用力，仿佛是在按着一个正在做手术的病人一样。歌声停止，花园里传来了一阵掌声，其中还夹杂着听众的笑声，牛虻抬起头望着琴玛，像是一只受尽折磨的动物。

“嗯，是丽塔，”牛虻缓缓地说道，“和她的那些军官朋友。那天晚上，在加利来之前，她也想进来。如果她像这样碰着我，我一定会疯掉的！”

“但她并不知道你的想法。”琴玛轻声抗议道，“她怎么能猜到自己会让你这么痛苦呢。”

“她就像个天生的白人似的。”牛虻颤抖着说道，“你还记得那天晚上我们把那个小孩带来时，她脸上的表情吗？那些看我表演的人笑起来也是那个样子。”

花园里又传来一阵笑声。琴玛站起来，打开了窗户。丽塔的头上缠着一条镶着金丝的围巾，她站在花园的小径上，手里举着一束紫罗兰，看起来风情万种，她周围有三个年轻的骑兵军官，似乎在争夺那束紫罗兰的所有权。

“莱尼小姐！”琴玛喊道。

听到声音，丽塔的脸色立刻阴沉了下来，看起来就像一片乌云。“夫人有什么事？”她转过身说道，抬起的眼睛里充满了挑衅的味道。

“能不能请你的朋友们说话小声一点儿？里瓦雷士先生需要休息。”

丽塔把紫罗兰扔在了地上。“请走吧！”她猛地转过身，用法语对一脸惊愕的军官们说道，“你们让我觉得很烦，先生们！”

见丽塔慢慢地走出了花园，琴玛关上了窗户。

“他们走了。”她转身对牛虻说道。

“谢谢你。对——对不起，麻烦你了。”

“这没什么。”琴玛说道，但牛虻在她的声音里听出了一丝迟疑。

“是不是还有个‘但是’？”他说道，“夫人，你的话还没有说完，你还有一句‘但是’憋在心里没讲出来。”

“既然你知道我心里的想法，就不应该为我的话生气。我知道这不关我的事，但我实在是理解不了——”

“我为什么不喜欢莱尼小姐？只有——”

“不，我理解不了的是，你明明受不了她，却还和她一起生活。我觉得，这是对她女性身份的一种侮辱，就像——”

“女性？”牛虻发出一阵刺耳的笑声，“你管她叫女性？夫人，别开玩笑了！”

“这不公平！”琴玛说道，“你凭什么这么说她，特别是还当着另一个女人的面！”

牛虻转过身，睁大眼睛躺在那里，看着窗外西沉的太阳。琴玛放下窗帘，关上了百叶窗，以免他看到日落，然后在另一扇窗户的桌子旁坐了下来，再次做起了针线活。

“要点盏灯吗？”过了一会儿，琴玛问道。

牛虻摇了摇头。

天色渐暗，已经让人看不清楚了，琴玛把手里的工具都收了起来，放进了篮子。有那么一会儿，她就只是十指交叉，静静地看着牛虻那一动不动的身影。昏暗的暮光照在他脸上，似乎融化了他坚硬的外壳，戏谑的表情和自负的面容都消失了，只剩下嘴角那看起来有些悲伤的纹路。不知为何，眼前的场景勾起了琴玛的回忆，为了纪念亚瑟，她的父亲竖起了一座石制的十字架，上面刻着这样的铭文：

“你的波浪洪涛漫过我身。”

他们就这样在沉默中度过了一个小时。最后，琴玛轻轻地站起来，走出了房间。再回来时，她的手里拿着一盏灯。她站在那里，以为牛虻已经睡着了。可当灯光落在他的脸上时，牛虻转过了身。

“我给你冲了一杯咖啡。”琴玛放下灯，说道。

“先放在一边吧。能请你过来一下吗？”

牛虻握住了琴玛的双手。

“我一直在想，”他说道，“你说得很对，我的生活现在就是一团乱麻。但别忘了，一个男人并不是每天都能遇到一个他能——去爱的女人，而我——我已经陷得太深了。我很害怕——”

“害怕？”

“害怕黑暗。有时候我都不敢在晚上独处，必须得有人在我身边才行——一个我能抓住的人。外面太黑了，那里——不，不！不是外面，那只是个拙劣的翻版地狱而已，我害怕的是内在的黑暗，那里没有哭泣，也没有咬紧的牙关，只有寂静——寂静——”

牛虻瞪大了眼睛。琴玛则一动不动，几乎连呼吸都停了下来。牛虻继续开口道：

“这对你来说都很难理解吧？你很幸运。我的意思是，如果我自己一个人生活，在黑暗中独处的话，我很可能会发疯——你不要把我想得太坚强了，我并非你想象中的那种无所畏惧的人。”

“我没有资格评判你。”琴玛说道，“我没有经历过你那样的磨难。但——我也曾陷入过深深的痛苦，我觉得——我相信——如果你受恐惧驱使，去做了冲动的、残忍的、不公的事情，你一定会后悔的。至于其他的，如果你屈服于恐惧——如果我是你，我肯定会屈服的——我一定会在对上帝的诅咒中死去。”

牛虻依然抓着琴玛的手。

“告诉我，”他轻声说道，“你这一生中，有没有做过残忍的事情？”

琴玛没有说话，但她低下了头，两颗大大的泪珠滴在了牛虻的手上。

“告诉我吧！”牛虻热切地说道，他的手握得更紧了，“告诉我吧！我已经把我的痛苦都告诉你了。”

“做过——有一次——那是很久以前了。他曾是我在这个世界上最爱的人。”

牛虻的手剧烈地颤抖了起来，但还是紧紧地抓着琴玛的手。

“他是我的战友。”琴玛继续说道，“我听信了谣言——那是个明显的谎言，是那些警察编出来的。我打了他一耳光，说他是个叛徒，他转头走开，投河自尽了。两天之后，我发现他是无辜的。这段记忆太痛苦了，也许比你的那些记忆还要痛苦。如果能重来一遍，我宁愿砍下我的右手。”

牛虻的眼睛里突然闪过一丝光芒——光芒中带着一丝危险——那是一种琴玛以前从未见过的神情。似乎是为了不让琴玛看到自己的表情，牛虻突然低下了头，亲吻了她的手。

琴玛一脸惊愕地缩回了手。“别这样！”琴玛委屈地喊道，“请不要再这样做了！你让我很难过！”

“你觉得你让被你害死的那个人好过了吗？”

“被我——害死的那个人——啊，西塞尔到门口了！我——我得走了！”

当马蒂尼走进房间时，只看到牛虻独自躺在那里，旁边放着一杯没碰过的咖啡，他正在小声地咒骂着自己，看起来无精打采的，好像不管怎么骂都没法解气似的。

第九章

几天后，牛虻走进了公共图书馆的阅览室，来查看蒙塔内利主教的布道稿。他还没有完全康复，脸色依然苍白，走路也显得比平时更加一瘸一拐。正在他附近的桌子上看书的里卡多抬起了头，他非常喜欢牛虻，但却一直无法理解牛虻身上那股奇怪的对蒙塔内利的敌意。

“你准备对那个倒霉的红衣主教再开一炮吗？”里卡多半开玩笑地问道。

“我亲爱的朋友，你为什么总、总、总是会觉得我的动、动机不纯呢？这可不是基督徒该有的表现。我准备为那份新报纸写一篇关于当代神学的文章。”

“什么新报纸？”里卡多皱起了眉头。新的出版法有望出台，反对派正在筹备一份可能会震惊全城的内容激进的报纸，这事可能是个公开的秘密，但不管怎么说，依然是个秘密。

“当然是《骗子公报》了，或许也叫《教会历报》。”

“嘘！里瓦雷士，我们这么大声会打扰到别人的。”

“那好，你继续读你的医学书吧，我猜你现在正在看的是那方面的内容。让我、我继续研究我的神、神学，我也不、不会管你治疗骨折，虽然在这方面我的经验比你丰、丰富多了。”

他坐了下来，专心地翻阅起了布道稿。这时，一位图书管理员向他走了过来。

“里瓦雷士先生！你之前是不是跟杜普雷兹探险队一起探索过亚马孙河的支流？不知道你能不能帮我们一个忙。有位女士想查询那次探险的记录，可记录被拿去装订了。”

“她想知道什么？”

“很简单，就是探险队是哪一年出发的，还有你们是什么时候经过厄瓜多尔的。”

“一八三七年秋天从巴黎出发，一八三八年四月经过厄瓜多尔的首都基多。我们在巴西待了三年，然后又去了里约，最后在一八四一年夏天返回巴黎。那位女士想知道每次探险的具体日期吗？”

“不用了，谢谢你，只知道这些就好了。我已经把它们记下来了。”他转向身旁的人，说道，“贝波，请把这张纸拿给博拉夫人。”然后又对牛虻说道，“非常感谢，里瓦雷士先生。很抱歉，给你添麻烦了。”

牛虻靠在椅子上，疑惑地皱着眉头。她要这些日期做什么？他们经过厄瓜多尔的时候……

琴玛手里拿着那张字条回到了家。一八三八年四月，亚瑟是在一八三三年五月去世的。这之间隔了五年……

琴玛在房间里来回踱着步。这几天她都没有睡好，脸上已经有了明显的黑眼圈。

五年……还有那个“过于富有的家庭”……以及他信任的人欺骗了他……欺骗了他……而且他发现了……

她停了下来，双手捂着头。天啊，这也太疯狂了……怎么可能……太荒唐了……可当时他们把那个码头翻了个底朝天，都没有找到尸体！

五年——被那个水手打伤时，他“还不到二十一岁”——那么他离家出走的时候一定是十九岁。他自己也说过“一年半”这样的话……他的眼睛也是蓝色的，紧张的时候手指的动作也一样，他又为什么那么憎恨蒙塔内利？五年——五年——

如果她能确定亚瑟已经淹死了，如果她能看到他的尸体，那么，总有一天，那道伤口会愈合，那段回忆也不会再让她感到恐惧。说不定再过二十年，她可以不再畏惧回首过去。

她的整个青春都在懊悔中度过，懊悔自己的所作所为。这份自责成了她心中的恶魔，日复一日，年复一年，她都坚定地与那可怖的恶魔做着斗争。她总是不断地提醒自己，未来还需要她去工作。她总是会闭上眼睛、捂住耳朵，试图摆脱过去的阴影。可日复一日，年复一年，亚瑟的尸体漂浮在大海中的画面从未离开过她的脑海。“我杀了亚瑟！亚瑟死了！”她总是在心里呐喊着，那痛苦无法平息。有时候，琴玛觉得自己快要撑不下去了，这负担对她来说实在太过沉重了。

可现在，她愿意付出任何代价来继续背负那份痛苦。如果她杀了亚瑟——起码她熟悉这种悲痛，她跟那痛苦相处了太久，已经不再会被吞没了。可如果，如果她没有把亚瑟驱向死亡，而是把他驱向……琴玛坐下来，用双手捂住了眼睛。亚瑟的死亡给她的生活蒙上了一层阴影，因为他死了！可如果，她带给他的不是死亡，而是比死亡更可怕的事情——

琴玛逼着自己，一步一步回顾起牛虻那段地狱般的过去。那些情景都真切地展现在了她面前，就像她也经历过一般，那赤裸的灵魂无助地颤抖着，那比死亡还要苦涩的嘲弄，那在孤独中生出的恐惧，那不断累积的痛苦和没完没了的煎熬。那些画面，那些感受，对她来说都无比真切，仿佛她也陪他一起坐在那个肮脏的茅棚里，同他一起在银矿场、在蔗糖园、在那可怕的杂耍团里受尽折磨——

在杂耍团的表演——不，她不能再想下去了，那样的画面，光是想想就能让人发疯。

琴玛打开了写字台上的一个小抽屉，里面放着一些私人纪念品，都是她不忍扔掉的小东西。琴玛并不喜欢囤积这些物件，但她的性格中也有脆弱的一面，虽然极力抑制，也还是纵容自己留下了这几样东西，即便平日她很少允许自己去翻看这些东西。

而现在，一个接着一个，她把那些纪念品都拿了出来。乔瓦尼写给她的第一封信、在他葬礼上握在手中的花、她死去的孩子的一绺头发，还有她父亲坟前的一片枯叶。抽屉的最里面有一张小小的肖像，上面是十岁的亚瑟——那是他仅存的画像了。

琴玛捧着它坐了下来，盯着肖像上那漂亮的孩童，直到亚瑟真正的相貌开始在她眼前浮现，每一处细节都是那么清晰！嘴角那敏感的弧度，大大的眼睛和其中真挚的眼神，还有那天使般纯洁的面容——这一切都深深地刻在琴玛的记忆中，仿佛他是昨天才死去一般。泪水慢慢涌了上来，那张画像在她的视线里变得模糊了起来。

天啊，自己怎么生出了这样的想法？那个耀眼的灵魂已经远去了，光是想象他被束缚在污秽的生活中经历苦难，都是一种亵渎。上帝一定是爱着他的，才让他早早地就离开了这个世界！即便死后只有无尽的虚无，也比牛虻经历的生活要好上千万倍——牛虻，那个总是打着整齐的领带、满嘴俏皮话的牛虻，那个言语辛辣、身边还带着个芭蕾舞女的牛虻！不，不！这太可怕了，这一定都是些愚蠢的幻想，这样沉湎下去毫无意义。亚瑟已经死了。

“我可以进来吗？”一个柔和的声音在门外问道。

琴玛吓了一跳，画像从手中跌落下来，牛虻一瘸一拐地走过房间，捡起来递给了她。

“你吓了我一跳！”琴玛说道。

“非常抱歉。我是不是打扰到你了？”

“没有，我只是在翻看一些旧东西。”

琴玛犹豫了一下，然后把手中的画像递给了牛虻。

“你觉得这个人怎么样？”

牛虻看着肖像时，琴玛则紧张地看着牛虻的脸，仿佛她的生死取决于他的表情，可牛虻只是皱了皱眉，不置可否。

“这可难说了。”牛虻说道，“这幅画已经褪色了，再说，小孩子的面相总是很难判断。但我觉得，这个孩子长大后会变成一个不幸的人，对他来说，最明智的做法是干脆不要长大成人。”

“为什么？”

“你看他下嘴唇的线条，能看出他是那、那种天生就对痛苦与不公特别敏感的人。这个世界容不下这种人，它需要的是那些什么都不去感觉，只为了工作而活着的人。”

“你会不会觉得他很眼熟？”

牛虻把画像拿近，更仔细地端详了起来。

“像。真是件怪事！太像了。”

“像谁？”

“蒙塔内、内利主、主教。不知这位品行高洁的主教是不是有个侄子？如果你不介意的话，我能不能问一下，这个画像里的人是谁？”

“这是我朋友小时候的肖像画，就是我跟你说过的那个——”

“被你害死的那个？”

琴玛不由自主地皱起了眉头。真是个残忍的人，他把这个可怕的词说得如此轻巧！

“是的，就是被我害死的那个——如果他真的死了的话。”

“如果？”

琴玛的视线一直没有离开过牛虻的脸。

“有时我会怀疑，”她说道，“我们一直都没有找到他的尸体。说不定他像你一样，也离家出走了，去了南美。”

“但愿不是。南美可不是什么好地方，那些糟糕的回忆会跟你一辈子的。我以前参加过不少战斗，把很多人送去了地狱，要是我把那些活人送去的不是地狱，而是南美，我的良心一定会不安——”

“那你觉得，”琴玛打断了他的话，紧握着双手向牛虻走近了几步，“如果他没有淹死——如果他经历了你经历的一切——他还会放下过去，再次回到这里吗？还是说他永远都不会忘记这里发生的事情？别忘了，那件事也让我付出了一些代价，看——”

琴玛把额上浓密的黑发撩了起来，在其中有一缕明显的白发。

紧接着是一阵沉默。

“我认为，”牛虻缓缓地开口道，“既然死了，就应该好好做个死人。忘记是一件很难的事情。如果我是你那位死去的朋友，我是不、不会回来的。没人想见到归来的亡魂。”

琴玛把画像放回抽屉，重新上了锁。

“真是个冷酷的理论。”琴玛说，“我们还是谈点别的吧。”

“我这次来是想跟你谈件事情，是件私事，我脑子里有个计划。”

琴玛拉开一把椅子，在桌子旁坐了下来。“你对新的出版法有什么看法？”牛虻说道，他一贯的结巴消失了。

“我的看法？我估计新法案也好不到哪儿去，但半块面包总比没有好。”

“是这样没错，但还是有不少人准备借机发行新报纸，你打算和他们一起工作吗？”

“我有这样的想法。创办报纸需要做很多实际工作——印刷、发行，以及……”

“你打算一直这样浪费你的才智吗？”

“为什么说是‘浪费’？”

“因为这就是一种浪费。你很清楚，你的头脑比那些和你一起工作的男人好多了，而你却让他们把你当成一个普通的苦力，每天都在给他们打杂。你比格拉西尼和加利加起来都聪明，跟你比起来他们就像是小学生一样，但你却像个学徒工似的，整天忙着给他俩做校对。”

“首先，我不会把所有的时间都花在校对上。其次，你夸大了我的能力。我没那么聪明，并不是什么天才。”

“我没觉得你是天才。”牛虻平静地说道，“但我知道你思虑周全，是个可靠的人，这才是最重要的。在那些无聊的会议上，你总是能指出他们想法上的缺陷和逻辑上的错误。”

“你这样说对其他人不公平。比如马蒂尼，他的头脑就非常清晰，想法也有逻辑；法布里齐和莱加的能力也是毋庸置疑的；还有格拉西尼，他对意大利经济状况的了解，可能比这个国家里所有的官员都要全面。”

“好吧，但这并不能说明什么，他们的能力如何我们先不谈。无论如何，事实是，以你的能力，明明可以做更重要的工作，承担更多的责任，而不是像现在这样。”

“我对自己现在的处境相当满意。我的工作也许没什么价值，但我们都在做自己力所能及的事情。”

“博拉夫人，我们已经认识这么久了，不用再搞那套假恭维、假谦虚的把戏了。请实话告诉我，你有没有意识到，你现在的工作换个不如你的人一样也能做？”

“既然你非逼我回答——是的，在某种程度上，是这样。”

“那你为什么还要让这种情况继续下去呢？”

没有回答。

“为什么还要让它继续下去呢？”

“因为——我无能为力。”

“为什么？”

琴玛抬起头，苛责地看着牛虻：“这不公平——你这样逼我也太刻薄了。”

“不管怎么样，你要告诉我为什么。”

“如果你一定要我说的话，那么——因为我的生活已经支离破碎了，我现在没有精力去做任何真正重要的事情。我很适合做一个拖着革命这辆车的马，做一些苦工，干一点杂活，最起码，我是认真在做的，这些工作总得有人来做。”

“确实，总得有人来做，但不用总让你做吧。”

“我就适合干这个。”

牛虻半闭着眼睛，用高深莫测的眼神看着她。琴玛也抬起了头，说道：

“我们又回到了老话题上，你不是还有事要跟我谈吗？不要再跟我说那些我能干别的工作的话了，我向你保证，你说再多也没用，我不会改变我现在的工作的。但我可以帮你出出主意，你不是有个计划吗？”

“你先是告诉我，我的建议没意义，然后又问我有什么计划，我的提案不需要你的想法，它需要你的行动。”

“先让我听听是什么，行不行动之后再来讨论。”

“你先告诉我，关于威尼托的起义计划，你都知道些什么。”

“自从大赦以来就谣言四起，全是关于那场起义的密谋，还有圣信会的阴谋，但说实话，我对这两件事的真实性都持怀疑的态度。”

“通常情况下，我也不会信这些谣言。但起义是真的，为了反抗奥地利人，会有一场波及全省的起义，很多人都在认真地做着准备。教皇国——特别是四大教省里——有很多年轻人正在暗中准备，要穿过边境，以志愿兵的身份加入起义。我在罗马涅的朋友跟我说——”

“告诉我，”琴玛插话道，“你的这些朋友，你确定他们可以信任吗？”

“十分确定。我跟他们都有私交，而且我们还一起共事过。”

“也就是说，他们跟你同属一个‘组织’了？请原谅我的疑虑，但这些来自秘密结社的情报很难让我信任。我觉得，他们习惯——”

“谁告诉你我属于一个‘组织’了？”牛虻尖锐地问道。

“没有人，我猜的。”

“啊！”牛虻靠在椅背上，皱着眉头看着琴玛，过了一会儿，他说道，“你总是这样猜测别人的私事吗？”

“经常这样。我很会观察，而且喜欢把事情联系在一起看。我告诉你这些，是为了提醒你，你如果有不想让我知道的事情，得藏得再深点。”

“你知道什么我都不介意，只要不传出去就好。你应该还没有告诉过其他——”

琴玛一脸惊讶地抬起头来，似乎被他的话冒犯到了：“当然没有了，你没必要担心这个！”

“我知道你不会对外人说什么，但我怕，也许你会跟别的

党员 ——”

“党务要处理的是事实，而不是我个人的猜测和想象。你放心，我从未向任何人提起过这件事。”

“谢谢。那你是不是碰巧也猜到了我属于哪个组织？”

“我希望 ——那我就直说了，希望你不要生气，毕竟是你先问我的 ——我希望你加入的不是‘短刀会’。”

“为什么不希望？”

“因为以你的能力，可以做一些更有意义的事情。”

“这一点我们都一样。你看，我们又回到了老话题上。可惜你猜错了，我不属于‘短刀会’，我加入的是‘红带会’。他们的行事更沉稳些，对待工作也更认真。”

“你是说他们刺杀起来很认真吗？”

“是的，但其他方面也一样。当你目的正确、宣传得力的时候，武力可以变得很有用。这也是我不喜欢其他组织的地方，他们觉得只要拿起刀就能解决世界上所有的问题。这种理解是错误的，武力的确可以解决很多问题，但不是全部。”

“你真的相信问题可以用武力解决吗？”

牛虻抬起头，惊讶地看着琴玛。

“当然了。”琴玛继续道，“靠刺杀除掉一些间谍和阻碍我们的官员，可以暂时解决我们眼前的困难。但我觉得，这么做，也许会创造出另一个比之前更大的麻烦来。就像寓言里说的那样，打扫干净屋子，却引来了七个魔鬼。每一次暗杀，都会让警察变得更加凶狠，也会把暴力和残酷的种子种进人们的心里，让整个社会的情况变得比以前更糟。”

“那你觉得革命到来时会发生什么？那时候就不会有暴力吗？战争就是战争。”

“是的，但革命和暗杀不一样。革命只是人们生活中的一个时刻，是为了进步必须付出的代价。毫无疑问，可怕的事情会发生，每场革命都是这样。但这些事情是孤立的，并不发生在日常的生活中——是特殊时期的特殊事件。但暗杀是一种随机的暴力，这种事情会渐渐变多，最后成为一种习惯，人们会把它当成一种每天都会发生的事情，会失去对生命的敬畏。我只在罗马涅待过一小段时间，但就在短短几天的时间里，我已经感觉到，那边的人们似乎已经机械式地习惯了暴力，正在变得麻木不仁。”

“那也比习惯了屈服和顺从要好。”

“我不这么认为。机械式的习惯没有哪个更好，它们都让人变成了奴隶，顺从和暴力一样恶劣。当然了，如果你认为革命者的主要任务就只是跟政府讨价还价，让他们做出妥协的话，那么对你来说，秘密组织和暴力手段无疑是最好的武器，因为它们都是政府最害怕的东西。但我认为，让政府妥协只是一种手段，而不是最终结果，我们真正要变革的是人与人之间的关系，如果是这种变革，那就必须换一种方式进行。让无知的人们习惯流血，并不能让他们认识到生命的价值。”

“那宗教的价值呢？”

“我不明白你的意思。”

牛虻笑了笑。

“对于造成当今问题的根源，我觉得我们的看法不同。你认为问题出在人们不重视生命的价值上。”

“说是人性的神圣更合适些。”

“随你怎么说吧。在我看来，造成这些混乱和苦难的根源，是一种叫作宗教的精神疾病。”

“你是在特指哪个宗教吗？”

“哦，不！宗教只是外部症状，真正的疾病是人们的宗教心态。那是一种病态的欲望，总想要竖立起一个神圣的东西，然后跪倒在那东西面前去崇拜它。跪拜的是耶稣也好，佛祖也罢，哪怕是棵树，都没什么区别。我知道，你肯定不同意我的观点。你可能觉得自己是个无神论者，或者是不可知论者，又或者是其他别的什么，但我远远地就能闻到你身上那股浓浓的宗教味。不管怎样，讨论这些对我们没什么用。但你若认为我把武力当作铲除那些我不喜欢的官员的手段，那你可就错了——我的确是把武力当作一种手段，对我来说甚至是最好的手段，但不过是用来破坏教会的威信的手段，就为了让人们渐渐看清那些神的代理人也不过只是害虫罢了。”

“当你达成你的目的，唤醒了人们心中沉睡的野兽，让那野兽去撕咬教会，之后——”

“之后我人生的使命也就达成了。”

“这就是你那天说的要完成的工作吗？”

“是的，就是这个。”

琴玛哆嗦了一下，转过了身。

“你对我很失望吗？”牛虻抬起头，微笑着说。

“不，不是失望，我——我觉得——我有些怕你。”

过了一会儿，琴玛转过身，用她平日里谈工作时才会用到的口吻说道：

“这样讨论没有意义。我们的立场差别太大了。就我而言，我相信宣传、宣传、再宣传，当你的理念深入人心时，再去起义。”

“那就让我们回到我的计划上来，计划跟宣传有关，更和起义有关。”

“是吗？”

“就像我刚才说的，有很多志愿者正在从罗马涅进入威尼托。我们还没法确定暴动的具体时间。可能是秋天，也可能是冬天，但亚平宁半岛的志愿兵需要武装，这样在起义开始时他们就能直接前往需要他们的地方。我要负责帮他们把枪支和弹药运进教皇国——”

“等一下。你怎么会跟那边的人合作？伦巴第和威尼托那边的革命者们都支持新教皇。他们正在与教会合作，一起推进自由主义的改革。像你这样一个毫不妥协的反教会的人士是怎么和他们打成一片的？”

牛虻耸了耸肩：“他们喜欢摆弄那个布娃娃，跟我有什么关系？只要他们能做好自己的工作就行。我知道，他们一定会把教皇当作傀儡领袖，但我要的只是起义能顺利进行。不管是什么棍子，只要能打狗就行。只要能让人们站起来反抗奥地利，他们喊什么口号我都不在乎。”

“那你希望我做什么呢？”

“帮我把枪支运过去。”

“我怎么行呢？”

“恰恰相反，你是最合适的人选。我想在英国购买武器，可要把武器运过去很难。教皇国的海关森严，想把它们从港口运进去根本不可能。所以只能从托斯卡纳走，然后再穿过亚平宁山区。”

“这样一来，就有两个边境需要跨越了。”

“是的，但海运根本行不通。教皇国没有开放通商，大量武器根本没法运进港口，而且你也知道，奇维塔韦基亚全部运输力量约等于三条划艇和一艘渔船。只要武器能运到托斯卡纳，我就能想办法把它们送进教皇国，我的人对山里的每一条路都了如指掌，而且我们还有很多藏匿点。货物必须得走海路才能到里窝那，这是我最犯难的地方，我跟那边的走私贩没什么往来，但我相信你有。”

“让我考虑五分钟。”

琴玛身体前倾，一只胳膊支在膝上，托住了下巴。沉默片刻后，她抬起了头。

“这个工作，我说不定可以派上些用场。”她说，“但在我们进一步讨论之前，我想先问你一个问题。你能向我保证，这些武器不会被用于暗杀和其他秘密的暴力活动吗？”

“当然可以。我不说你也知道，我是不会让你参加你不认同的活动的。”

“你希望我什么时候答复你？”

“时间很紧，但我可以再等你几天。”

“你下周六晚上有空吗？”

“我看看——今天是星期四，有空。”

“那到时候就来我这儿吧。我会好好考虑，到时候给你一个最终答复。”

周日的时候，琴玛向马志尼党在佛罗伦萨的分部提交了一份声明，说她准备去参加一个特殊的政治工作，如此一来，在未来的几个月里她将无法履行自己在党内的职责。

虽然大家都对她的声明感到惊讶，但委员会并没有提出反对意见。几年来，琴玛在党内一直都被认为是一个值得信赖的人，大家都相信她的判断。委员会的成员们一致认为，即使琴玛的行动出乎了他们的意料，她也一定有充分的理由。

琴玛对马蒂尼倒很是坦率，她说自己要帮牛虻完成一些“边境上的工作”。马蒂尼是她的老朋友，最起码，她也要把这些告诉他，以免他们之间产生不必要的误会。对琴玛来说，说这番话代表着自己对马蒂尼的信任。马蒂尼听后只是一言不发，虽然不知道为什么，但琴玛还是感觉到，自己要帮牛虻工作的消息深深地伤害了马蒂尼。

他们坐在琴玛家的阳台上，望着菲耶索莱方向的红色屋顶。沉默良久之后，马蒂尼站了起来，双手插在口袋里，轻声吹着口哨，来回地踱步——他心情烦躁的时候就会这样。琴玛就这样静静地盯着他。

“西塞尔，我知道这件事会让你很担心。”琴玛开口道，“我也不想看到你如此沮丧，但我觉得这件工作是我应该去做的。”

“不是工作的事。”马蒂尼闷闷不乐地说道，“你工作的内容我一无所知，但我相信你的判断，既然你决定要去做，我觉得那工作应该没什么问题。只是我信不过那个人。”

“我觉得你对他有误解，在了解他之前我也是这样。他远不是一个完美的人，但他身上的优点比你想的要多。”

“可能是吧。”

马蒂尼又在沉默中来回踱步了好一会儿，然后突然走到了琴玛面前：

“琴玛，别干了！趁现在还不算太晚，别干了！你之后可能会后悔的，不要让那个人把你拖进去了。”

“西塞尔，”琴玛轻轻地说道，“你知不知道你在说什么。我没有被任何人拖进任何事里。这是我在深思熟虑之后，以自己的意志做出的决定。我知道，你不喜欢里瓦雷士，但我要做的是政治工作，和谁一起做并不重要。”

“夫人，退出吧！那个人太危险了，他浑身都是秘密，行事残忍又不择手段——而且他还爱上了你！”

琴玛往后退了一步。

“西塞尔，你在胡思乱想些什么？”

“他爱上你了。”马蒂尼重复道，“夫人，离他远点！”

“亲爱的西塞尔，我做不到，原因我不能跟你说。但我和他已经被绑在一起了，这不是出于我们个人的愿望或行动——”

“既然这样，那我也没什么好说的了。”马蒂尼说道，他的声音里充满了疲惫。

马蒂尼借口说自己还有别的事情要忙，就离开了。他在泥泞的街道上踯躅了好几个小时。那天晚上，整个世界在他的眼中都显得无比黑暗。这么一只可怜的羔羊……而那个狡猾的家伙却闯了进来，偷走了她。

第十章

二月中旬，牛虻去了一趟里窝那，琴玛把他介绍给了一位英国青年。那是琴玛和她的丈夫在英国时结识的一位年轻的航运商，一个自由派的英国人，曾多次帮助过马志尼党佛罗伦萨支部的成员，有时是借钱给他们应急，有时是借地址给他们送信，如此等等。他每次都是通过琴玛的私交、作为朋友来帮忙的。按照党内的规矩，琴玛可以自行决定自己如何利用这份交情，但用不用得上就是另外一个问题了。于是，要朋友借出地址收发来自西西里的信件，或在账房的保险箱里藏几份文件是一回事，而要他帮忙走私用来起义的武器，就是另一回事了。对于后者，琴玛不抱什么希望。

“你可以试试请他帮忙。”琴玛对牛虻说道，“但我不觉得他会同意。如果你拿着我的推荐信，让他给你五百个斯库多[1]，他一定会二话不说就把钱拿出来——他是个非常慷慨的人——如果情况紧急的话，他说不定还会把自己的护照借给你。如果你是逃

1 斯库多，十九世纪以前在意大利流通的硬币。

犯，他也会想办法把你藏进地窖。但如果你跟他提枪支的事，他一定会瞪着你，觉得写信的我和提要求的你都疯了。”

“说不定他会告诉我一些别的路子，比如把我介绍给别的愿意帮忙的水手。”牛虻回答道，“不管怎么说，这事起码值得一试。”

月底，牛虻走进了琴玛的书房，他穿得没有平时那么讲究，琴玛一眼就从他脸上看出来，他有好消息。

“啊，你回来了！我都开始担心你是不是出事了。”

“我本来想写信的，但那样不安全，而我又赶不回来。”

“你刚到？”

“是的，我下了马车就直接过来了，想告诉你事情都已经安排好了。”

“贝利真的同意帮忙了？”

“不只是帮忙，他把所有的工作都承包了——包装，运输——所有工作。他会把枪支混在商品里，直接从英国打包运来。他还有个合伙人，也是他的好朋友，名叫威廉姆斯，会在南安普敦那边帮忙起运，贝利则会负责把它们运过里窝那的海关。威廉姆斯要出发去南安普敦，我一路把他送到了热那亚，所以用了这么长时间才回来。”

“你们是在路上谈了工作的细节吗？”

“谈了，只要我没有晕船晕到什么话都说不出来，我们就谈。”

“你很容易晕船吗？”琴玛迅速问道，她记得亚瑟也是这样，有一次父亲带着她和亚瑟一起出海，亚瑟可吃了不少苦头。

“虽然我经常出海，但还是每次都会晕船。不过他们在热那亚装货的时候，我们还是趁机好好谈了一次。你应该也认识威廉姆斯吧？他真是个好人，值得信赖，也很理智，贝利也一样，而且他们都很谨慎，不会随随便便就走漏风声。”

“不过，我还是觉得贝利这样做太冒险了。”

“我也是这么跟他说的，结果他反而不高兴了，还说：‘关你什么事？’这确实是他们英国人的作风。如果我在廷巴克图遇到他，我估计会用‘早上好，英国人’去跟他打招呼。”

“你是怎么让他们同意帮忙的？尤其是威廉姆斯，我没想到他也会同意。”

“没错，他一开始也不同意，不过倒不是因为风险太大，而是因为‘这事也太不像做生意了’。我花了些时间，想办法说服了他。现在，我们来谈谈细节吧。”

当牛虻回到自己的住处时，太阳已经下山了，花园的墙上盛开着马醉木，花朵的颜色也跟着天光一起渐渐暗了下来。牛虻采了几枝花，向屋里走去。当他打开书房的门时，丽塔从角落的椅子上跳了起来，向他跑来。

“啊，费利斯，我还以为你不会回来了！”

牛虻的第一个念头是责问她在他的书房里干什么，但一想到他们已经三周没见面了，他只是伸出了手，冷淡地说道：

“晚上好，丽塔，最近怎么样？”

丽塔抬起脸，想要一个亲吻，但牛虻就像没看到一样，径直走了过去，找了个花瓶，把刚摘的花放了进去。就在这时，门被推开了，那只牧羊犬冲了进来，在牛虻身边激动地转着圈，欢快地吠叫着。他放下花，弯腰拍了拍狗。

“好了，小恶魔，老伙计，你好吗？对，我回来了。来握个手，真乖！”

丽塔的脸色阴沉了下来，显然是有些生气。

“我们去吃饭吧？”她冷冷地说道，“你写信说你晚上回来，我就订了吃的，就在我的地方。”

闻言，牛虻迅速转过了身。

“非、非常抱歉，让你等了这么久！我收拾一下，马上就过去。麻烦你给花瓶里倒些水吧。”

当牛虻走进丽塔的饭厅时，她正对着镜子，往裙子上别了一枝花。显然，丽塔已经下定了决心，要摆出一副心情很好的样子。她拿着一簇深红色的花蕾走到了牛虻面前。

“这是给你的，我来帮你把它别在衣服上吧。”

吃饭的时候，牛虻尽力表现出亲切的样子，不断地跟丽塔聊着闲话，丽塔也总是以灿烂的笑容回应他。牛虻没想到自己的归来让丽塔这么开心，这让他有些尴尬，他总是觉得丽塔有她自己的生活，自己不在的时候，她会跟她那些趣味相投的朋友做伴，他从没想过丽塔会思念自己。看她现在这么兴奋，一定是她在自己不在的这段时间里过得很无聊。

“我们去阳台上喝咖啡吧。”丽塔说，“今晚很暖和。”

“好啊。要我帮你把吉他拿上吗？也许你会想唱歌。”

丽塔高兴得满脸通红，牛虻对音乐很挑剔，平时很少请她唱歌。

沿着阳台的墙壁，有一圈宽大的木凳。牛虻选择了一个视野开阔的角落，可以看到远处的山丘，丽塔则脚踩着长凳，直接坐在了阳台的矮墙上，背靠着支撑屋顶的柱子。她不太关心风景，更喜欢望着牛虻。

“给我一支烟吧。”丽塔说，“你离开的这段时间里我还一次都没有抽过。”

“好主意！我现在已经很高兴了，再抽支烟就是极乐了。”

丽塔往前倾了倾身体，认真地看着他。

“你真的开心吗？”

牛虻扬起了眉毛。

“当然了，怎么会不开心呢？我吃了顿很棒的晚餐，全欧洲最、最美的景色正摆在我面前，还有咖啡喝，有匈牙利民谣听，我的心我的胃都好好的，甚至都想不出还能再要些什么了。”

“我倒能想出来一个。”

“什么？”

“这个！”丽塔把一个纸盒扔进了牛虻手里。

“炒杏仁！你怎、怎么不早点跟我说？我嘴里都叼上烟了。”牛虻略带责备地说道。

“你怎么像个小孩似的！抽完烟再吃也一样。咖啡来了。”

牛虻一边喝着咖啡一边吃着炒杏仁，满脸专注地享受着，看起来就像一只正在舔食奶油的猫。

“还是这里的咖啡好喝，我在里窝那喝的那是什么玩意儿！”牛虻像只猫似的，拖长了音调咕噜着。

“那你更应该在这里多待待了。”

“那可难了，我明天就又得走了。”

丽塔脸上的笑容消失了。

“明天！为什么？你要去哪儿？”

“哦！有两三个地方要去，有工作要干。”

牛虻已经和琴玛商量好，他需要亲自去亚平宁山区，和那边的走私贩会面，安排运送武器的事情。对牛虻来说，穿越教皇国的边境也是一件十分危险的事情，但为了做成此事，他不得不去。

“你总是在工作！”丽塔暗暗叹了口气，然后大声问道，“你这次要去很久吗？”

“不会，只去两三周，大概。”

“又是那种工作吧？”丽塔不客气地问道。

“哪种？”

“会害你被砍头的那种——没完没了的政治工作。”

“这次确实和政、政、政治有些关系。”

丽塔扔掉了手中的烟。

“你又在糊弄我。”她说，“这次的工作一定很危险吧？”

“我要直、直接闯进地狱去。”牛虻慢悠悠地说道，“你、你抓那么紧是想把常春藤摘下来送给那边的朋友吗？你也没、没必要把整根柱子都薅光啊。”

丽塔用力从柱子上扯下一把藤蔓，一脸怒气地朝牛虻砸去。

“你又要冒险了，”她说，“可你甚至都不愿意说句实话！你觉得我什么都不懂吗？我只配得到你的谎言被你愚弄吗？总有一天你会害自己被绞死，连句告别的话也来不及和我说。总是政治、政治——我讨厌政治！”

“我也是。”牛虻懒洋洋地打了个哈欠，说道，“所以让我们谈点别的吧——要不你唱首歌吧。”

“好吧，把吉他给我。你想听我唱什么？”

“那首《失马之歌》吧，那首歌很适合你的嗓音。”

丽塔吟唱起了那首古老的匈牙利民谣，唱的是一个人失去了他的马，失去了他的房子，最后连自己的爱人也失去了，他安慰自己说“在摩哈赤战役中人们失去的东西比这更多”。牛虻特别喜欢这首歌，跟那些柔和缠绵的歌曲不同，这首歌激昂又悲壮的旋律，和副歌中饱含的苦涩和坚韧深深地吸引着他。

丽塔今晚的状态很好，她唱出的音符清晰有力，充满着生命力和对生活的渴望。她不适合唱意大利语和斯拉夫语的歌，德语的也唱得不太好，可却能把匈牙利民谣唱得非常好。

牛虻微张着嘴，睁大眼睛仔细听着，他以前从未听过她这样唱歌。可当丽塔唱到最后一句时，她的声音突然颤抖了起来。

“啊，没有关系！更多的东西已经失去了——”

丽塔抽泣了起来，她把脸藏进了藤蔓的枝叶中，不再唱歌。

“丽塔！”牛虻起身从她手里接过了吉他，“你怎么了？”

丽塔双手捂着脸，哭得更厉害了。牛虻轻轻地碰了碰她的胳膊。

“告诉我，怎么了？”他温柔地问道。

“别管我！”丽塔哭着向后退去，“你别管我！”

牛虻坐了回去，静静地等待。突然，抽泣声消失了，丽塔跪在他身边的地板上，双手搂住了他的脖子。

“费利斯——不要走！不要离开！”

“这个问题我们以后再谈。”牛虻轻轻地移开了丽塔的手臂，说道，“先告诉我你怎么了，是在害怕什么吗？”

丽塔摇了摇头，一句话也没说。

“是我让你难过了吗？”

“不是。”丽塔伸出手，抚摸着牛虻的喉咙。

“那是为什么呢？”

“你会死的。”过了一会儿，丽塔低声说道，“前几天我听一个到这儿的男人说，你要有麻烦了——可我问你的时候，你却笑话我！”

“哦，亲爱的，”牛虻惊讶地一滞，然后说道，“你想得太夸张了。没错，我很可能会死——因为我是一个革命者，干这一行总是有风险的。但我没理由现在就死啊，我冒的风险并不比其他人大。”

“其他人——我不在乎其他人。如果你真的爱我，你就不会总是这样一走了之，留我在这儿，整晚都睡不着，想着万一你被他们抓住了怎么办。即便做梦，也总是会梦见你死了。你对我的关心还不如那条狗！”

牛虻站起来，缓缓地走到了阳台的另一边。他没想到今晚会出现这样的场面，一时之间不知该如何回答才好。是的，琴玛说得对，他把自己的生活搞得像一团乱麻，想要解开这些纠葛，不好好下一番功夫可不行。

“你先坐，让我们好好谈谈。”牛虻走了回来，说道，“我觉得我们都误解了对方，如果我知道你的担心是认真的话，我一定不会笑的。直接告诉我吧，你有什么烦恼。如果还有什么误解，我们现在就把它解开。”

“没有什么可说的。我看得出来，你对我一点也不关心。”

“亲爱的，我们还是好好说话吧。我一直都在努力地和你诚实相处，我自认为从没欺骗过你——”

“哦，对！你确实很诚实，你甚至连样子都不装，就只是把我当成个妓女而已——一个毫无用处、被很多男人拥有过的二手装饰品——”

“别这么说，丽塔！我从没这么想过，我不会这么对待另一个人的。”

“你从来都没有爱过我。”丽塔用闷闷不乐的语气坚持说道。

“对，我从没爱过你。你听我说，先不要把我想得那么坏。”

“我从没觉得你不好，我——”

“稍等，我想说的是，我不相信那些传统的道德准则，也从没尊重过它们。对我来说，男人和女人之间的关系没那么复杂，仅仅是个人的喜好和意愿——”

“还有钱。”丽塔冷笑着打断了他的话。牛虻吓了一跳，迟疑了一会儿。

“当然了，还有钱，那是男女关系里丑陋的部分。但请相信我，如果我认为你不喜欢我，或者感到你排斥我，我一开始就不会建议你和我在一起，也不会利用你的处境逼你跟着我。我这辈子从没对任何女人做过那种事，关于我自己的感情，我也从没对她们撒过谎。相信我，我说的都是实话——”

牛虻停顿了一会儿，但丽塔什么话都没有说。

“我原本以为，”牛虻继续说道，“如果一个男人感到孤独，并且需要——需要一个女人的陪伴，如果他能找到一位喜欢他而他又不讨厌的女人，他就可以带着感激，接受这个女人带给他的快乐，他们也不必进入比这更亲密的关系。只要二人对彼此真诚，不侮辱也不欺骗对方，我觉得就没什么坏处。至于在我遇到你之前，你和其他男人有过的关系，我毫不在意。我只是觉得，我们之间的关系应该让彼此都感到愉快，一旦这段关系开始变得让人不悦，那我们任意一方都可以决定终止它。如果我误会了——如果你对我们的关系已经有了别的看法——那么——”

牛虻又停了下来。

“那么什么？”丽塔低着头，轻声问道。

“那么是我不好，非常抱歉。我不是故意要让你难过的。”

“你‘不是故意’的，你‘以为’——费利斯，你是铁铸的吗？你这辈子就从没爱过吗？你难道看不出我爱你吗？”

牛虻突然感到一阵悸动，“我爱你”这三个字，已经很久没有人对他说过了。丽塔跳了起来，双臂环抱住了他。

“费利斯，和我一起离开吧！离开这个可怕的国家，离开这些人和他们的政治！我们和他们有什么关系？走吧，让我们一起幸福地生活。我们可以去南美，你曾经生活过的地方。”

“南美”这两个字所带来的恐惧让牛虻恢复了自制，他把她的胳膊放下，紧紧握住她的手。

“丽塔！你好好听我说。我不爱你，而且就算我爱你，我也没法跟你走。我在意大利还有工作要做，还有我的同志们——”

“还有一个你真正爱的人！”丽塔狠狠地吼道，“哦，我真想杀了你！你关心的才不是你的那些同志，而是——我知道是谁！”

“别说了！”牛虻轻声说道，“你太激动了，已经开始胡思乱想了。”

“你是不是觉得我想说博拉夫人？我可没那么容易上当！你只和她谈政治，你对她的关心不比对我多。我想说的，是那个红衣主教！”

牛虻大惊失色，就像被枪击中了一样。

“红衣主教？”他机械地重复道。

“就是去年秋天的时候，来这里布道的蒙塔内利主教。他的马车经过时，你以为我没有看到你的脸吗？你当时的脸色就像我的口袋里的手帕一样白！你现在抖得像片树叶一样，就因为我提到了他的名字，不是吗？”

牛虻站了起来。

“你知不知道你在说什么。”他缓缓地开口道，声音很低，“我——恨那个主教。他是我最大的敌人。”

“不管是不是敌人，你都爱他，胜过爱这世界上的任何一个人。你敢不敢看着我的眼睛，告诉我那不是真的！”

牛虻转过身，向花园里望去。丽塔偷偷地盯着他，担心自己说得太过火了。牛虻的沉默令人害怕。最后，她像个受惊的孩子一样，悄悄地走到牛虻身边，轻轻地拉了拉他的袖子。牛虻转过身。

“是真的。”他说。

第十一章

“可我们就不、不、不能在山里找个地方见面吗？布里西盖拉对我来说太危险了。”

“罗马涅的每一寸土地对你来说都是危险的，但目前来看，布里西盖拉可比其他地方要安全多了。”

“为什么？”

“等下再说。别让那个穿蓝色衣服的人看到你的脸，他很危险——是的，那场风暴真的好大，葡萄藤全被吹坏了，好久没出现这种情况了。”

牛虻把胳膊摊在桌上，把脸埋了进去，让自己看起来像个疲惫的醉汉。那个穿着蓝衣服的危险人物刚刚进门，他迅速扫视了一圈，只看到两个正对着一壶酒讨论收成的农民，旁边还有个正伏在桌上酣睡的山民。在马拉迪这样的小地方，这样的场景随处可见，那人见状，显然是觉得继续听他们聊天也没什么意义，便一口干掉了手中的酒，大步走去了外间。他站在吧台前，有一搭没一搭地和老板闲聊，内间的门敞开着，他不时用余光瞥着里面坐着的三个人。两个农民还在喝着酒，用方言讨论着天气，牛虻则像个没心没肺的人一样，打起了鼾。

最后那密探终于认定，不值得在这酒馆继续浪费时间了，便付了钱，慢悠悠地走了出去，在狭窄的街道上渐渐走远。牛虻伸了个懒腰，打着哈欠，抬起头来，用亚麻罩衫的袖子揉了揉惺忪的睡眼。

“眼神真好。”牛虻说着，从口袋里掏出一把小刀，从桌上切了一大块黑麦面包，“米歇尔，那些密探最近经常烦你吗？”

“他们比八月的蚊子还讨厌，搅得人不得安宁，不管走到哪儿，总能看到这些密探在周围转悠。就连山上也是，他们以前可不敢去那边冒险，可现在他们都三四个人一组过去。吉诺，对吧？所以我们才安排你和多梅尼基诺在镇上见面。”

“好吧，可为什么是布里西盖拉？那边靠着边境，肯定到处都是密探。”

“布里西盖拉现在可热闹了，全国各地的朝圣者们都在往那边去。”

“为什么？布里西盖拉那么偏僻。”

“那地方离罗马不远，许多复活节的朝圣者都要到那边去参加弥撒。”

“我倒是不知道布里西盖拉有、有什么稀罕的。”

“那儿有那位红衣主教啊。他去年十二月还去佛罗伦萨布道了，你还记得吗？就是那个蒙塔内利。据说他引起了不小的轰动呢。”

“大概是吧，我从来不去听布道。”

“嗯，这人声望很高，他们都说他是个圣人。”

“他这名声是怎么来的？”

“我也不知道。可能是因为他把自己的收入全都捐出去了，过得像个小神父一样，一年就只靠四五百斯库多过活。”

“啊！”那个叫吉诺的人插话道，“他不光捐钱，还把全部精力都用在照顾穷人上了，他想方设法地给他们治病，从早到晚都在听人申冤诉苦。米歇尔，我和你一样，不喜欢那些神父，但蒙塔内利和其他主教真的不一样。”

“哦，他是不坏，倒是有点蠢！”米歇尔说道，“不管怎么说，人们都在疯狂地追捧他，甚至还会专门绕路过去，就为得到他的祝福。多梅尼基诺准备扮成小贩去，再带上一篮便宜的十字架和念珠。那些信众就爱买这些东西，买来后再请蒙塔内利摸一下，挂在小孩的脖子上给他们辟邪。”

“等等，那我要怎么去——继续用现在这个朝圣者的身份吗？这个身份倒是很、很适合我，但就这样去布里西盖拉不、不太好吧，如果我被抓住，会成为对你们不利的证、证据。”

“你不会被抓的，我们给你找了个新身份，护照什么的都有。”

“什么身份？”

“一个老人，来自西班牙的朝圣者——在山上当过土匪，现在已经悔过自新了。他去年在安科纳病倒了，我们的人发善心，把他带上了货船，送去了威尼斯他朋友那儿。为表感谢，他就把他的证件全都留给了我们，正好可以拿来给你用。”

“一个悔过自新的土、土匪？不、不会被警察盯上吗？”

“哦，不用怕那个！他几年前就服完刑了，在船上当了很久的苦役，之后就一直在耶路撒冷和其他地方赎罪呢。他错把自己的儿子当成别人给杀了，在悔恨之余便向警察自首了。”

“他很老吗？”

“对，但给你搞个假发，再贴上点白胡子就行了，那人其他的特征简直和你一模一样。他是个老兵，一条腿是瘸的，脸上也有条跟你一样的刀疤，加上他还是个西班牙人——这样一来，就算你遇到其他西班牙的朝圣者，也可以轻易和他们交谈。”

“我要在哪儿和多梅尼基诺见面呢？”

“我待会儿在地图上把路指给你，到时候你就在十字路口加入朝圣者的队伍，你就说你在山里迷了路。当你跟着他们走到镇子后，也一起进集市，那地方就在红衣主教的宫殿前面。”

“哦，他都住在宫殿里了，别人还管他叫圣人？”

“他只住其中的一间侧房，其余的地方都被他改成医院了。到了之后，你就和大家一起等他出来为你们祝福，这时候多梅尼基诺就会挎着篮子走来，他会问：‘老人家，你是来朝圣的吗？’你就回答：‘我是个苦命的罪人。’然后他会放下篮子，用袖子擦脸，你就给他六索尔多，买一串念珠。”

“之后他就会告诉我见面的地点？”

“对，那时候人们的注意力都会集中在蒙塔内利身上，他会有充足的时间告诉你见面地点。这就是我们的计划，你要是觉得不合适，我们可以转告多梅尼基诺，重新安排别的。”

“不用了，这样就行，只要胡子和假发看起来够自然就好。”

“老人家，你是来朝圣的吗？”

牛虻坐在主教宫殿前的台阶上，闻言，他抬起了藏在白发下的眼睛，带着浓重的外国口音，用沙哑、颤抖的声音说出了暗号。多梅尼基诺卸下肩带，把装满宗教饰品的篮子放在了台阶上。那些农民和朝圣者，有的坐在台阶上，有的在集市里闲逛，没有人注意到他们。但牛虻还是很谨慎，他和多梅尼基诺一直聊着无关紧要的闲话，多梅尼基诺说着当地的方言，牛虻则以蹩脚的意大利语回应着，还不时蹦出一两句西班牙语。

“主教阁下！主教阁下出来了！”门边有人喊道，“站到一边去！主教阁下要出来了！”

牛虻和多梅尼基诺都站了起来。

“给你，老人家。”多梅尼基诺说着，把一个包在纸里的小神像递给了牛虻，“请收下这个，到了罗马后别忘了为我祈祷。”

牛虻把神像塞进了胸前的口袋，转身看向那个穿着紫色法衣、戴着红色帽子的身影，那是为了大斋节特意准备的装束，他站在台阶的高处，伸出双臂祝福着人群。

蒙塔内利缓缓地走下台阶，人们簇拥在他身边，争相亲吻着他的手。许多人都跪了下来，在他经过时亲吻着他衣服的下摆。

“我的孩子们，祝你们一生平安！”

听到那熟悉的、清脆如白银般的声音，牛虻低下头，用白发遮住了自己的脸。多梅尼基诺看到牛虻手中颤抖的手杖，暗自佩服道：“演得真好！”

他们附近的一个女人弯下腰，从台阶上把自己的孩子抱了起来。“来，塞科，”她说，“主教阁下会保佑你的，就像上帝会保佑自己的孩子一样。”

牛虻向前走了一步，又停了下来。哦，这一切都让人难以忍受！这些外人——这些朝圣者和这些山民——都可以上前和他说话，而他则会把手放在那些孩子的头上。也许他还会管那个农家的男孩叫“亲爱的孩子”，他以前就是这么叫——

牛虻又在台阶上坐了下来，转过身去不想看见这一切。要是他能找个角落缩起来就好了！要是他能把耳朵堵住，把那个声音挡在外面就好了！这样的痛苦谁能忍受？离得这么近，近到只要伸出手就可以触碰到那亲爱的手。

“我的朋友，能请你进屋休息一下吗？”那个声音柔和地说道，“你看起来冻坏了。”

牛虻的心跳漏了一拍。有那么一瞬间，他只能感觉到体内的血液仿佛要把他的胸膛撕开一样，热血涌动，点燃了他的全身。他抬起了头。看到牛虻的脸，蒙塔内利深邃的目光突然变得温柔起来，充满了圣洁的怜悯。

“朋友们，请站开一点。”蒙塔内利转向人群说道，“我想和他说说话。”

人们低声交谈着，慢慢地退开了。牛虻还是一动不动地坐着，他紧咬着牙，眼睛盯着地面，感觉到蒙塔内利的手轻轻地搭在了他的肩膀上。

“你看起来很苦恼。我能帮你些什么吗？”

牛虻默默地摇了摇头。

“你是来朝圣的吗？”

“我只是个苦命的罪人。”

蒙塔内利的问题刚好跟他们的暗号一样，在绝望中，牛虻抓住了这根救命稻草，机械地答了出来。那只手轻轻地搭在他身上，但牛虻却感觉他的肩膀快要燃烧起来了，忍不住颤抖起来。

蒙塔内利俯下身来，靠得更近了。

“你是否愿意和我单独谈谈？如果我能帮你——”

牛虻恢复了自制，第一次平静地直视着蒙塔内利的眼睛。

“没有用的。”牛虻说，“已经没有希望了。”

一名警官从人群中走了出来。

“主教阁下，请恕我打扰。恐怕这位老人的神志不是很清醒。他不是什么坏人，证件也很齐全，所以我们就一直没有管他。他之前犯了大罪，已经服完苦役了，现在正在到处忏悔赎罪。”

“犯了大罪。”牛虻缓缓地摇着头，重复道。

“谢谢你，队长，请靠边站站。我的朋友，如果你是真心忏悔，那就不会没有希望。能请你今晚来见我吗？”

“阁下会接待一个害死自己亲生儿子的人吗？”

牛虻的语气中甚至带了一丝挑衅，被这么一问，蒙塔内利像被阴风刮过似的，不禁退了一步，颤抖了起来。

“不管你做了什么，我都不会谴责你的！”蒙塔内利郑重地说道，“在上帝的眼里，我们都是有罪的，我们所谓的正义，对他来说就像块肮脏的破布。只要你愿意来，我一定会接纳你，就像我祈祷上帝有一天也会接纳我一样。”

牛虻突然激动地伸出双手。

“听着！”蒙塔内利说道，“基督徒们，你们都听着！如果一个人杀了他唯一的儿子——那个爱他、信任他的亲生骨肉，如果他用谎言和欺骗将他的儿子诱入死亡的陷阱——那么这个人在人间还有希望吗？他还能去到天堂吗？我已经在上帝面前，在凡人面前，承认了我的罪，我已经承受了凡人对我的惩罚，他们也放过了我，但上帝什么时候才会说‘可以了’？什么样的祈祷才能从我的灵魂中消除上帝施加的诅咒？什么样的赦免才能赎清我犯下的罪孽？”

在死一般的寂静中，人们看着蒙塔内利，他胸前的十字架剧烈地颤动着。

最后，他终于抬起了眼睛，用颤抖的手为那位老人做了祝祷。

“上帝是仁慈的。”他说道，“在他的宝座前放下你的负担吧，因为《圣经》上说：‘忧伤悔恨的心，不该被看轻。’”

蒙塔内利转身离开，他穿过集市，不时停下来与人们交谈，抱起他们的孩子。

傍晚时分，根据神像包装纸上的信息，牛虻来到了指定的会面地点，那是在当地的一位医生家里，这位医生是“组织”中一位活跃的成员。大部分人都已经到了，看到牛虻进来，所有人脸上都露出了高兴的神情，足以证明牛虻是一位深得人心的领袖——如果他需要任何证明的话。

“能再次见到你，我们都很高兴。”医生说道，“但你要能离开的话我们会更高兴。这项工作太危险了，你知道的，我从一开始就不赞同这个计划。你确定今早在集市的时候那些警察都没有注意到你吗？”

“哦，他们注、注意到我了，但他们没有认出我。多梅尼基诺把这事安、安排得非常好。但他人呢？我怎么没看到他。”

“他还没到。这么说你那边一切顺利了？那位主教是不是还给你祝福了？”

“主教的祝福？哦，那不算什么。”多梅尼基诺一边进门一边说道，“里瓦雷士，你真像个圣诞蛋糕，里面充满了惊喜。你还有多少本领是我们不知道的？”

“我给你什么惊喜了？”牛虻懒懒地问道。他靠在沙发上，抽着雪茄，仍然穿着朝圣者的衣服，但白色的假发和胡须已经被他扔在了一边。

“我都不知道你这么会演。这么精彩的表演我这辈子还是第一次见到。主教大人都快被你感动哭了。”

“还有这回事？说来听听吧，里瓦雷士。”

牛虻耸了耸肩。他现在不太想说话，其他人见他不肯开口，便都去求多梅尼基诺来讲。当他讲述完集市上的那一幕后，所有人都笑了起来，除了一位年轻的工人，他不客气地评价道：“我承认，来这么一出很聪明，但我看不出你这一番表演能为我们接下来的行动带来什么好处。”

“有这么一点好处，”牛虻回应道，“接下来，在这个地区，我可以想去哪儿就去哪儿，想干什么就干什么了，没有一个人会怀疑我，不管是男人也好，女人也罢，甚至是小孩，他们连这个念头都不会有。明天这个故事就会传遍每个角落，那些密探看到我，只会想：‘这是那个疯子迭戈，他在集市上忏悔过。’这对我们来说可是个有利条件。”

“好吧，我明白了。不过，我还是觉得你不应该欺骗红衣主教。他是个好人，我们不该这么对他。”

“我也觉得他挺正派的。”牛虻懒洋洋地赞同道。

“桑德罗，你少胡说八道了！我们这里可不需要什么红衣主教！”多梅尼基诺说道，“而且，要是蒙塔内利当初接受了罗马的职位，里瓦雷士也骗不了他。”

“他没接受那个职位是因为他不想放下这边的工作。”

“我看是因为不想被兰布鲁斯基尼的人毒死吧。他们一直对他有意见，这一点你自己也清楚。一个红衣主教，尤其是这样一个受欢迎的红衣主教，更喜欢留在这样一个被上帝抛弃的小地方，我们都知道这意味着什么——对吧，里瓦雷士？”

牛虻正在吐着烟圈。“可能也是因、因为‘忧伤悔恨的心’吧。”他仰着头，看着烟圈徐徐飘散，说道，“好了，伙计们，我们该谈点正事了。”

大家热火朝天地讨论了起来，关于运输和藏匿武器，他们制订了很多计划。牛虻聚精会神地听着，不时地出言打断，尖锐地纠正一些不准确的说法和不谨慎的建议。当每个人都发言完毕，牛虻又提出了一些切实可行的建议，大部分未经讨论就被采纳了。随后会议结束了。他们决定，为了避免引起警察的注意，至少在牛虻安全返回托斯卡纳之前，开会不能开得太晚。十点一过，大部分人都散去了，屋里只剩下了医生、牛虻和多梅尼基诺，这三人又开了个小组会议，继续讨论一些具体问题。经过漫长而激烈的争论，多梅尼基诺抬头看了看表。

“十一点半了，我们得走了，不然会被巡夜人看到。”

“巡夜人什么时候会经过？”牛虻问。

“大约十二点，我想在他来之前回家。晚安，乔达尼。里瓦雷士，你要跟我一起走吗？”

“不了，我们还是分开走更安全。我们还会再见面吗？”

“会的，在博洛涅塞堡。我还不确定要扮成什么人，但你已经知道暗号了。你是明天离开吗？”

牛虻对着镜子，小心翼翼地戴上了胡须和假发。

“明早就走，和那些朝圣者一起。第二天我会装病，找个牧羊人的小屋住下，之后在山里抄个近路。我会比你早到那边的。晚安！”

当地有一座巨大的空谷仓，那里被当作朝圣者的临时住所，当牛虻站在谷仓敞开的大门前时，教堂的钟声正好响了起来，标志着十二点到了。谷仓的地板上横七竖八地躺满了人，不时传来响亮的鼾声，密闭的空气中弥漫着污浊的气味，叫人难以忍受。牛虻带着厌恶退了几步，他没法在这种地方睡觉，决定先在附近走一走，去找个安静的棚子或者草垛，那些地方起码比这儿要干净，也安静些。

这是个美好的夜晚，硕大的满月悬在紫色的天空中。牛虻漫无目的地在街上游荡着，沮丧地回想着上午的事情，当初就不该同意这个计划。如果那时候他能坚持说这里太危险，多梅尼基诺就会另选个地方和他碰头了，那样他和蒙塔内利也就不会有这次荒唐的会面。

神父的变化可真大啊！不过他的声音一点也没变，还和过去唤他“亲爱的孩子”的时候一样。

巡夜人的灯笼在街道的另一边亮起，看到光亮，牛虻拐进了一条弯弯曲曲的狭窄小巷。走了几码后，牛虻发现来到了教堂前的广场上，眼前就是主教宫殿的左翼。广场上洒满了月光，一个人影也没有，但牛虻注意到有扇侧门是虚掩着的。一定是教堂的司事忘了关门。这么晚了，估计也不会再有人来了，他还不如进去睡一觉，找个长椅躺着也比睡在那个谷仓里强，在司事早上来之前他就可以溜出去。即使有人发现他，也会觉得是疯子迭戈躲在角落里祈祷，不小心被关在了教堂里。

他在门口听了一会儿，然后悄悄地走了进去，即使瘸着腿，他的脚步也依然轻巧。月光透过窗户，在大理石的地板上铺出了一条条宽大的光带。礼拜堂里，一切都清晰可见，宛如白日。在祭坛的台阶下，红衣主教蒙塔内利独自跪着，没戴帽子的他双手紧握着。

牛虻退到了阴影之中。他要在蒙塔内利看到自己之前走开吗？这么做无疑是最明智的，也是最仁慈的。但走近一点，再看神父一眼，又会怎么样呢？现在这里只有他们两个人，没必要重演今晨的闹剧。这也许是他们的最后一面了——神父也不需要看到他，他可以悄悄地走过去，看一眼——就只看一眼，之后他就离开，去做自己该做的事情。

牛虻在柱子的阴影里，轻手轻脚地走近礼拜堂的栏杆，在靠近祭坛的侧门处停了下来。主教的宝座投下了宽大的阴影，足以遮住他的身形。牛虻屏住呼吸，在黑暗中蹲了下来。

“我可怜的孩子！哦，上帝啊，我可怜的孩子！”

那断断续续的低语中充满了无尽的绝望，牛虻不由自主地颤抖了起来。接下来是低沉的啜泣，蒙塔内利的声音如此沉重，好像连眼泪都已经哭干了。他看到蒙塔内利把双手紧紧地拧在一起，似乎正承受着巨大的痛苦。

他没想到神父的情况会如此糟糕。他曾无数次劝慰自己："神父的伤肯定早就愈合了，我无须为这个问题苦恼。"可现在，这么多年过去了，那个伤口被摆在了他面前，他这才看到，它非但没有愈合，甚至还在血流不止。而此刻，要治愈它是多么容易啊！他只需要抬起手——只需要向前迈一步，说："神父，是我。"还有琴玛，以及她头上的白发。哦，如果自己能放下过去就好了！如果他能跟过去的生活划清界限，剔除那些已经深深烙印在记忆中的往事——印度水手、蔗糖园和杂耍团——如果能做到，他就不会像现在这般痛苦了。他想要忘却，他渴望宽恕，可他知道这是不可能的——他不能忘记，也不敢忘记。没有比这更悲惨的事了！

最后，蒙塔内利站起来，在胸前画了个十字架，转身离开了祭坛。牛虻颤抖着，害怕被他看到，害怕自己的心跳被他听到，他往阴影里退了一步，随后才长长地松了一口气。蒙塔内利从他身边走过时，紫色的法衣拂过了他的脸颊，他们的距离是那么近——可他却没有看到他。

没有看到他——哦，他做了什么？那本是他最后的机会——那宝贵的一刻——他却让它就这么溜走了。牛虻站起来，走到了月光下。

"神父！"

牛虻听到自己的声音响了起来，那声音沿着屋顶的拱廊缓缓消散，勾起了他心中的恐惧，他再次退回阴影中。蒙塔内利在柱子旁停了下来，似乎是被恐惧攫住了，他惊恐地瞪大了眼睛，一动不动地听着。牛虻无法判断那沉默持续了多久，可能是一瞬，也可能是永恒。他猛地一惊，才清醒过来。蒙塔内利开始摇晃，仿佛要倒下了，他的嘴唇无声地动着。

“亚瑟！”蒙塔内利低语着，“是的，苦难深重——”

牛虻走了出来。

“请原谅我，主教阁下！我还以为你是哪个神父呢。”

“啊，你是白天那位朝圣者吗？”蒙塔内利立刻恢复了自制，但他戒指上的蓝宝石还在不规则地反着光，牛虻看得出，他仍然在颤抖。“我的朋友，你有什么需要吗？现在已经很晚了，教堂在晚上是不开门的。”

“主教阁下，如果我做错了什么，还请你原谅。我看到门开着，就进来祈祷了，我以为有个神父正在冥想，就等在一旁，想等他冥想完后为我祝福。”

牛虻拿出了从多梅尼基诺那里买来的锡制小十字架。蒙塔内利从他手中接了过来，拿着它重新走到祭坛旁，把十字架在祭坛上放了一会儿。

“拿去吧，我的孩子。”他说，“放心吧，主是悲悯的。去罗马吧，请他的使者——教皇陛下，为你赐福。祝你平安！”

牛虻弓下腰接受了祝福，然后便慢慢地转过了身，准备离开。

“等一下！”蒙塔内利说道。

他站在那里，一只手扶着礼拜堂的栏杆。

“等你在罗马接受圣餐时，”他说，“请为一个深陷在痛苦中的人祈祷——上帝放在他灵魂上的手，太沉重了。”

蒙塔内利的声音几乎带着哭腔，牛虻的决心动摇了。只要再多犹豫一秒钟，他就会忍不住坦白。可这时，在杂耍团的日子又浮现在了他的脑海里，就像约拿[1]一样，他的愤怒是出之有因的。

“上帝为什么会听我祈祷？我是个罪孽深重的人，活该被遗弃！我真希望我能够像主教阁下那样，在神的宝座前——毫无保留地奉上圣洁的一生和无瑕的灵魂——”

蒙塔内利突然转过了身。

“我能奉献给上帝的，”他说，“只有一颗破碎的心。”

几天后，牛虻乘着马车从皮斯托亚回到了佛罗伦萨。一下车他就径直去了琴玛的住处，但她不在。他便留言说自己会在第二天早上过来，之后才往家里走去，希望他的书房没有再次被丽塔入侵。她充满妒意的苛责总是让他头疼，那声音就像牙医在用锉刀打磨牙齿一样，而他今晚实在没有心情去听。

“晚上好，比安卡。”当女佣打开门时，牛虻问道，“莱尼小姐今天来过吗？”

比安卡茫然地盯着他。

“莱尼小姐？先生，这么说她回来了？”

“这是什么意思？”牛虻站在门口的垫子上，皱着眉问道。

“你一走，她也突然离开了，什么东西都没带，连去哪儿都没说。”

“我一走她就走了？那是，差不多两、两周前了吧？”

1　约拿是《圣经·旧约》中的一位先知，曾因觉得上帝的处罚不当而发怒，说：“我发怒以至于死，都合乎理。”

“是的，先生，她是跟你同一天离开的。她的东西还乱七八糟地堆在那儿呢，邻居们都在说这事。”

牛虻没有说话，转身离开了门阶，匆忙地沿着小路走到了丽塔的住所。她的房间里没有任何东西被动过，他送给她的所有礼物都还在原来的地方，屋里没有留信，也没有字条。

“打扰一下，先生，”比安卡的声音从门口传来，“有位老妇人——”

牛虻怒气冲冲地转过了身。

“你想要——你跟着我干什么？”

“有位老妇人想见你。”

“她想要什么？告诉她我不、不能见她，我很忙。”

“先生，你走后她几乎每天晚上都来，总是问你什么时候回来。”

“帮我问下她有什么事。算了，别管了，我还是自己去吧。”

那位老妇人正在他住处的门厅口等着他。她棕色的脸上布满皱纹，看起来就像颗欧楂果。她穿得很简陋，头上却缠着一条鲜艳的围巾。牛虻进来的时候，她站了起来，一双黑色的眼睛敏锐地盯着他。

“你就是那位跛脚的先生？”她从头到脚把牛虻打量了一遍，说道，“丽塔·莱尼有话要我转达给你。”

牛虻打开了书房的门，扶着门，待老妇人进去后，才在后面关上了门，以免比安卡听到他们的谈话。

“请坐。首先，告诉我你是谁。”

“我是谁不关你的事。我是来告诉你，丽塔·莱尼已经和我儿子一起走了。”

“和你儿子？”

“是的，先生，我知道她是你的情妇，但你没有好好珍惜她，现在她被别的男人带走这事，你也没什么资格抱怨。我儿子和你不一样，他是个真正的吉卜赛人，血管里流淌的是真正的热血，不像你，净是牛奶和水。”

“啊，吉卜赛人！这么说丽塔和自己的同胞在一起了？”

那妇人惊讶地看着牛虻，目光里充满了鄙夷。很显然，这些基督徒都没什么血性，被人当面羞辱，却连生气都不敢。

“你算什么东西，也配让她留在你身边？我们的姑娘可能会在你们身边短暂停留，但那不过是一时兴起罢了，也可能是因为你们给了很多钱，最终，吉卜赛的血脉都会回到自己的族人身边。”

牛虻的表情没有任何变化，还是一脸的冷漠。

他平静地说道：“原来她是跟整个吉卜赛营地私奔了，我还以为是跟你儿子一个人走了呢。”

那妇人突然笑了起来。

“你现在是不是想去找她，再把她赢回来？太晚了，先生，你早该想到的！”

“不，我只想知道真相，如果你愿意告诉我的话。”

她耸了耸肩，再讥讽下去也没什么意思，不管对这人说什么，他都听之任之。

“好吧，真相是，在你走的那天，她在路上遇到了我的儿子，用吉卜赛语和我儿子聊了起来。尽管她穿得太过精致，但一知道她也是吉卜赛人后，我儿子就爱上了她美丽的脸庞——那张脸没有男人会不爱，然后他把她带回了我们的营地。她坐在那里哭个不停，把她的苦恼都倾诉给了我们，可怜的小姑娘，我们所有人都为她心痛。我们尽可能地安慰她，最后，她脱下了自己那身华丽的衣服，换上了我们吉卜赛姑娘该穿的衣服，把自己交给了我儿子，做了他的女人。最起码，我儿子可不会对他说‘我不爱你’和‘我有别的事情要忙’这种话。年轻的姑娘都需要有个男人陪伴，可你呢？你算个什么男人？有那么漂亮的姑娘搂着你，你甚至连吻她都不愿意。”

“你刚不是说，”牛虻出声打断道，“你有话要转达给我吗？”

“是的，我们的营地已经搬走了，我留下来就是为了把口信带给你。她让我说，她已经受够了你们这些人，受够了你们的吹毛求疵和冷酷无情，她想跟自己的同胞在一起，自由地生活。‘告诉他，’她说，‘我是个女人，我爱他，正因为这样，我才不愿意继续当他养的妓女。’那姑娘做得对，她不该和你在一起。用美貌换点钱财没什么不好的——不然长那么漂亮又有什么用，但一个吉卜赛女孩可不该跟你们这种男人扯上关系，更别说爱了。”

牛虻站了起来。

“这就是她要说的吗？”他说道，“那么请告诉她，我认为她做得对，我希望她能得到幸福。我要说的就是这些。晚安！”

直到那妇人离开花园，牛虻都一动不动地站着，在听到大门关上的声音后，他才坐下来，用双手捂住了脸。

又是一记耳光！难道他连一丝尊严都不能剩下吗？他已经

承受了一个人所能承受的一切，他的心被拖进了泥沼，每个过路的人都要踩上一脚，他的灵魂上布满了耻辱的烙印，每一处都有被嘲弄过的痕迹。而现在，就连这个他在路边捡到的吉卜赛女孩——就连她也举起了鞭子。

狗在门口呜呜叫着，牛虻起身给它开了门。小恶魔冲到主人面前，像往常一样疯狂地表现着它的喜悦，但很快，狗也感受到了牛虻的心情，它趴在了一旁的地毯上，用凉凉的鼻子蹭着主人那无力的手。

一个小时后，琴玛走到了牛虻的住处门口。她敲了门，但没人回应。比安卡见牛虻无心吃晚饭，早就溜出去拜访邻居家的厨师了。她走的时候没关门，还在门厅里留了盏灯。琴玛在门口等了一会儿后，决定还是进去看看，说不定能在里面找到牛虻，贝利那边传来了要紧的消息，她想赶紧和他谈谈。琴玛敲了敲书房的门，里面传来了牛虻的声音："你走吧，比安卡，我什么都不需要。"

琴玛轻轻地推开了门。房间里很黑，借着从走廊里投来的光，她看到了独自坐着的牛虻，他的头垂在胸前，那条狗趴在他脚边，睡着了。

"是我。"琴玛说。

牛虻站了起来："琴玛——琴玛！哦！我太想你了！"

琴玛还没来得及开口，牛虻就跪在了地板上，把脸埋进了她的裙褶里。牛虻的整个身体都在止不住地颤抖着，这一幕让琴玛也跟着难过了起来。

她一动不动地站着。她没有办法帮他——她什么都做不到。

对琴玛来说，这才是最痛苦的事情。她只能站在一边，就这么旁观着——只要能让他不再痛苦，她连死都愿意。现在，她只需要弯下腰，抱住他，把他紧紧地贴在自己的胸口，保护他，哪怕是用自己的身体，让他忘却痛苦，让他不再受伤。只要她弯下腰，他就能变回她的亚瑟，天就会破晓，阴影就会消散。

啊，不，不！他怎么可能忘记过去？不正是她亲手把他推进了地狱吗——她，和她打了他的右手？

她任那一刹那溜走。牛虻匆匆地站了起来，坐在桌子旁，他一只手捂着眼睛，牙齿紧咬着嘴唇，几乎要咬出血来。

随后，他抬起头，轻声说道：

“对不起，刚才一定吓到你了。”

琴玛向他伸出双手。

“亲爱的，”她说，“我们现在的友情还不能让你信任我吗？出什么事了？”

“只是我自己的私事罢了，你没必要为这种事担心。”

“听着，”琴玛紧握着牛虻的手，试图平复他的颤抖，她继续说道，“我不想干涉不该我管的事。但既然你已经自愿地给了我那么多的信任，不妨再多给我一点——就把我当成你的姐妹吧。如果面具能给你慰藉，那没关系，你就继续把它戴在脸上好了，但是，就算是为了你自己，请不要给你的灵魂也戴上面具。”

牛虻把头垂得更低了。

“你得对我有耐心才行。”牛虻说，“我恐怕是那种最讨人烦的兄弟。你知道——上星期的事情差点让我发疯，就好像我又回到了南美洲一样。不知怎么回事，魔鬼又钻进了我的身体，

而且 ——”

他说不下去了。

“我可以分担你的苦恼吗？”过了一会儿，琴玛低声说道。

牛虻把头枕在了琴玛的手臂上，说：“上帝的手太沉重了。”

第三部

第一章

接下来的整整五周，琴玛和牛虻的生活全部被工作占据着，他们兴奋地忙前忙后，完全无暇顾虑私事。虽然所有武器都已被安全地偷运进了教皇国，但还剩下一件更危险也更困难的任务需要完成：把武器从山中的藏匿点秘密地运到各个城市的中心，然后再送到周围的村庄。教皇国内到处都是密探，负责弹药的多梅尼基诺派了一位信使到佛罗伦萨，牛虻那边迫切需要更多的人手，如果没有的话，就需要更多的时间。牛虻曾要求他必须在六月中旬前完成弹药的运输，可那边道路崎岖，物资沉重，再加上为了躲避无处不在的侦查，运送一再延期，多梅尼基诺渐渐绝望了。“我现在进退维谷，前有斯库拉，后有卡律布狄斯[1]，”他写道，“我不敢加快速度，活动太频繁的话会被发现，但以现在的速度没法按时完成工作。请给我增派一些人手，不然的话，就得跟威尼斯方面说，我们的准备工作要到七月初才能做完。”

牛虻把信拿给了琴玛，她皱着眉坐在地上，一边看一边胡乱

1 斯库拉为希腊神话中的海妖，卡律布狄斯是在海妖对面的像大漩涡一样的海怪。

抚弄着猫身上的毛。

“这可糟了。”她说，“我们可不能让威尼斯那边多等三个星期。”

“当然不能了，这事太荒唐了。多梅尼基诺应、应该也知、知道的，我们得跟着威尼斯那边的进度走，而不是让他们等我们。”

“我觉得这也不能怪多梅尼基诺，他显然已经尽力了，本就不可能的事情，换作谁也做不到。”

“错不在多梅尼基诺，要怪只能怪他不能变成两个人。那边起码需要两个人，一个负责看守货物，另一个负责运输。他说得对，他需要更多的人手。”

“但我们要怎么帮他呢？佛罗伦萨这边已经没人可派了。”

“那我只、只能自己去了。”

琴玛往后一倾，靠在椅子上，皱着眉头盯着他。

“不，那不行，太危险了。”

“没有别的办法了，只能这样。”

“那我们就去找别的方法。就这样定了，你不能去。”

牛虻露出了固执的笑容。

“我觉、觉得我能去。”

“你冷静点，好好想想。你看，你才回来五个星期，警察还在追查朝圣的队伍，正在到处寻找线索。是，我知道你很会伪装，但别忘了，很多人都看见过你，不管你当时是迭戈还是什么农民，你都跛着脚，脸上还带着疤，这些特征你可藏不住。”

“世界上跛脚的人多、多着呢。”

“是的，但像你这样跛着脚，脸上有刀疤，左臂有伤，眼睛又是深蓝色的人，整个罗马涅都找不出几个。”

“眼睛的颜色不重要，我可以用颠茄。”

“但你没法改变其他特征。不行，这行不通。你的特征太明显了，现在去就是往陷阱里钻，你一定会被他们抓住的。”

“但必须有、有人去帮多梅尼基诺。”

“现在是紧要关头，你被抓对他可没有帮助。你要是被捕了，我们的整个行动都会失败。”

但牛虻很难被说服，二人不停争论着，始终无法达成一致。琴玛意识到，牛虻的性格虽然安静，但其中却藏着无穷无尽的固执。要不是因为琴玛对这个问题的看法很坚定，她早就妥协，不跟他争了。琴玛实在是没有办法在这件事上让步，在她看来，就算让牛虻过去可以加快工作的进度，这点好处也远不值得让他冒那么大的风险。她不禁怀疑，牛虻这么想动身，并不是因为他的政治信念，也不是因为形势紧迫，而是因为对危险病态的渴望，牛虻追求刺激的体验。总是会拿自己的生命去冒不必要的险，这种事对他来说已经成了一种习惯。琴玛觉得，这种习惯就像一种瘾，一种必须坚决抵抗的瘾。于是，意识到再多的争论都没法动摇牛虻那顽固的决心后，琴玛使出了最后的手段。

“既然如此，我们就开诚布公地谈谈吧。”琴玛说道，“实话实说，你这么想去那边，并不是因为多梅尼基诺遇到了困难，而是因为你想见——”

“不是的！”牛虻猛地出言打断了她，“那个人对我来说什么都不是，就算再也见不到他，我也无所谓。”

牛虻停了下来，琴玛脸上的表情告诉他，自己的心思已经暴露了。他们的目光相遇了一瞬，之后又错开了。谁都没有说出那个名字。

“我、我并不是为了多梅尼基诺。”过了一会儿，牛虻把半张脸都埋在了猫毛里，结结巴巴地说道，“是为了工作，如果我、我不去帮他，整个任务都有失败的风险。”

琴玛无视了牛虻无力的托词，就好像从没被打断过一样继续说道：

“你想去是因为你想要冒险。你心情烦躁的时候总是渴望冒险，就像你病情发作时会渴望鸦片一样。”

“我可不渴望鸦片。”牛虻抗议道，“是别人非要给我吃的。”

“也许吧。你很坚强，并以此为傲。用药物缓解身体上的疼痛这种事会伤你的自尊，但冒险却相反了，你冒着生命危险，只求用那种刺激来缓解精神上的疼痛。然而，归根结底，这两者并没有什么差别。”

牛虻捧着猫的脑袋，低头看着那双圆圆的绿眼睛。“她说得对吗，帕斯特？”他说道，“你的主人对我说、说了很多过分的话，她说的都对吗？我是不是该大喊‘我有罪，我有大罪’？你这聪明的小家伙，你从不跟人要鸦片吃，是不是？你的祖先是埃及的神，没有人敢踩、踩它们的尾巴。不过，我很好奇，如果我抓着你的爪子，把它放在烛火上炙烤，你还能对人间的疾苦熟视无睹吗？你还会像现在这样漠然吗？你会想要鸦片吗？或者——你会想死吗？不，小猫咪，我们可不能为了让自己解脱就去寻死。我们可以咒骂，我们可以抱怨——如果这样能让我们心里舒服点的话，但我们不能把爪子撤走。”

“嘘！”琴玛把猫从他的膝上抱下来，放在了一个脚凳上，“这些东西我们之后有的是时间考虑。现在要紧的是怎么帮多梅尼基诺脱离困境。怎么了，凯蒂，有客人来了吗？我现在很忙。”

“夫人，是莱特小姐，她亲自送来了这个。”

凯蒂拿来了一个被包得严严实实的包裹，里面有一封还没被拆过的信，是写给莱特小姐的，上面贴着教皇国的邮票。莱特是琴玛的老同学，她也住在佛罗伦萨，为了安全起见，琴玛的重要信件都是用她的地址来收发的。

“这是米歇尔的记号。”琴玛快速扫了一眼信件，上面的内容似乎是关于亚平宁山区的一所寄宿学校的，写了些夏季班的事情，她指着信纸一角的两个小点，说道，“这是用化学墨水写的，试剂在写字台的第三个抽屉里。对，就是那个。”

牛虻把信纸放在桌子上铺平，用小刷子在上面涂了一遍，一行鲜艳的蓝字浮现了出来。看到信上真正的信息后，牛虻靠着椅背，大笑了起来。

“上面写了什么？”琴玛急切地问道。牛虻把信递给了她，上面写道：

多梅尼基诺被捕。速来。

琴玛揣着信件，坐了下来，绝望地盯着牛虻。

“怎么样？”过了一会儿，牛虻柔和地开口道，语气中带着讽刺，“你现在同意我走了吗？”

“是的，看来你不去不行了。”琴玛叹了口气，回答说，“我也要去。”

牛虻吃惊地抬起了头：“你也要去？可是——”

“当然要去。我知道，我一走，佛罗伦萨这边就没有人照应了，会很不方便，但现在要紧的是给那边提供人手，其他的事情以后再说。”

“我到了以后可以直接在那边找人手。”

“但不是你能完全信任的人。你刚才也说了，那边起码需要两个人，多梅尼基诺一个人都忙不过来，你肯定也不行。要知道，像你这样容易暴露的人，做这种困难的工作，更需要别人的帮助。本来是和多梅尼基诺搭档，现在就只能和我一起了。”

牛虻皱起眉头，思考着。

“是的，你说得对，”他说道，“我们越早出发越好，但不能一起走。如果我今晚动身的话，你可以坐……比如说，明天下午的马车走。”

“去哪里？”

“这个我们得讨论一下。我觉得我最好直接去法恩扎。如果我今晚就走的话，可以直接骑马到圣洛伦佐，在那里做好伪装，然后就可以直接过去了。”

“我们是应该早点去。”琴玛焦急地皱起了眉头，说道，“可是你如此匆忙，有点太冒险了，时间这么短，博尔戈那边的走私贩很难给你伪造好身份。我觉得你最好能抽出三天时间，掩盖好你的踪迹，再去穿越边境。”

“你不用害怕。”牛虻微笑着说道，“我之后可能会被抓住的，但在边境上肯定不会出问题。只要进到山里，我就绝对安全，像在这边一样安全，整个亚平宁山区没有一个走私贩会出卖我。比较难办的是，你要怎么过去。”

“哦，很简单！我拿着路易莎·莱特的护照，假装去那边度假就行了。在罗马涅没有人认识我，但每个密探都认识你。”

“幸好，每个走私贩也都认识我。”

琴玛拿出了表看了一眼。

“两点半了。如果你今晚就走的话，我们还有一下午的时间。”

“那我现在就回家做准备找匹好马，直接骑到圣洛伦佐，这样更安全些。”

“但租马一点也不安全，马主人可能会——”

“我不会租马的。我知道一个可以信任的人，他会借我匹马。他以前为我做过事。到了边境，会有牧羊人替我把马送回来。那我五点或者五点半的时候再过来，我走之后，希望你能去找马蒂尼，把这一切都解释给他听。”

“马蒂尼！”琴玛转过身来，惊讶地看着牛虻。

“是的，我们得让他也了解情况——除非你能想到别的人。”

“我不太明白你的意思。”

“以防万一，这边需要留一个我们信任的人留守，所有人中，我觉得马蒂尼最合适。当然了，里卡多肯定也愿意给我们帮忙，但我觉得马蒂尼做事更沉稳。不过，你比我更了解他，这事还是你来定吧。”

“我不怀疑马蒂尼的能力，他很可靠，做事也有效率，我觉得他应该不会拒绝我们。只是——”

牛虻一下子就明白了她的意思。

“琴玛，如果你发现，一个陷入困境的同志，就因为怕伤害你的感情，在本该向你求助的时候没有开口，你会怎么想？你真的会觉得那是体贴吗？”

“好吧。”沉默片刻后，琴玛说道，“我这就叫凯蒂去请他来，凯蒂一出门我就去找路易莎，去跟她要护照。她之前答应过我，只要有需要她就会借。那钱呢？要不要我去银行里取一些出来？”

“不用，不要在钱的问题上浪费时间，我账户上的钱够我们用一段时间了。等我没钱了再用你的也不迟。那我们就五点半见吧，到时候你会在屋里吧？”

“会的，我会在那之前回来的。”

牛虻回来的时候已经六点了，比约定时间晚了半个小时。一进屋，他就看到琴玛和马蒂尼都坐在阳台上。牛虻一眼就看出来，他们刚刚激烈地争论过，两个人看起来都还带着情绪，马蒂尼一言不发，看起来很是阴郁。

“你把事情都安排好了吗？”琴玛抬头问道。

“是的，我还给你带了一些路费来。夜里一点，马会在罗索桥的关口那边等我。”

“一点会不会太晚了？你得趁着没人醒来，在天亮前到圣洛伦佐才行。”

“来得及，那是一匹非常快的马，我离开的时候也不想被人注意。我不会再回家去了，有一个密探一直在门口监视，他以为我还在里面。”

“你出来的时候没被他看到吗？”

“为了躲开他，我从厨房的窗户钻到后花园，从邻居家果园的墙上翻了出来，所以我才迟到了。我让马主人替我坐在书房里，整夜点着灯。那个密探看到灯光和影子，自然会觉得我整夜都在家里写作。”

“那么你要在这里一直待到出发吗？”

“是的，我今晚不想被人在街上看到。抽根雪茄吧，马蒂尼？博拉夫人不会介意的。”

“我当然不介意了，我要下楼去帮凯蒂准备晚饭了，你们抽吧。”

琴玛离开后，马蒂尼站起来，背着手在房间里来回踱起了步。牛虻则坐在一边抽着烟，静静地看着窗外的细雨。

“里瓦雷士！”马蒂尼停在牛虻面前，眼睛盯着地面，开口道，“你究竟要把她拖进什么样的事情里？”

牛虻从嘴里抽出雪茄，呼出了一口长长的烟。

“这是她自己的选择。”他说道，“没人强迫过她。”

“是，是，我知道。但告诉我——”

马蒂尼没有继续说下去。

“我会把能说的都告诉你的。”

“好，那么——我不知道你们要去山里干什么——那些事会让她陷入险境吗？”

“你想听实话吗？”

“当然了。”

“那么——会。”

马蒂尼转过身去，又开始来回踱起了步。不一会儿，又停了下来。

“我还有一个问题想问你。你要是不想回答，就什么都别说，但如果你要回答，就告诉我实话。你是不是爱上她了？”

牛虻敲掉了雪茄上的烟灰，继续沉默地抽着烟。

“也就是说——你选择不回答是吗？”

“不，我只是觉得，我有权知道你为什么要问这个问题。”

“为什么？上帝啊，朋友，难道你自己看不出来吗？”

“啊！”牛虻放下雪茄，凝视着马蒂尼。

“是的。”过了一会儿，牛虻才缓缓地开口，用柔和的声音说道，“我爱上她了。但我不会向她坦白，你也不必为此担心。我到那边只是为了——”

牛虻的声音越来越低，渐渐变成一种奇怪的、微弱的耳语。马蒂尼走近了一步。

“只是为了——去——”

“去死。”

牛虻直勾勾地盯着前方，神情冷峻，仿佛已经死去了一般。当他再次开口时，语调怪异地平缓了，声音中一点生气也没有。

“你不用现在就替她担心。”牛虻说道，“我是不会活着回来了。这件事对参与其中的每个人来说都很危险，这一点我清楚，她也清楚，但那些走私贩会尽最大努力，确保没人能抓住她。他们虽然粗俗，但都是好人。至于我，绳子已经绕在我的脖子上了，对我来说，越过边境就等于拉紧绞索。”

“里瓦雷士，你这话是什么意思？我知道你们的行动很危险，尤其是对你来说，这点事我还是知道的。可你以前也经常穿越边境啊，而且每次都很成功。”

“是的，但这一次我会失败。”

“为什么？你怎么知道？”

牛虻疲惫地笑了笑。

“你还记得那个德国传说吗？说是有个人遇到了一个自己分身一般的幽灵，之后就死去了。不记得了？夜晚的时候，在一个偏僻的地方，那个幽灵出现在他面前，绝望地搓着手。好吧，上次进山的时候我也遇到了我的幽灵，也就是说，只要再越过边境，我就回不来了。”

马蒂尼走到牛虻面前，一只手搭在了他的椅背上。

“听着，里瓦雷士，这些怪力乱神的东西我一个字都听不懂，但我明白一件事：如果你的预感真的这么不祥，那就不要去了。如果你抱着自己一定会被抓住的念头出发，那你一定会被抓的。你是不是病了，或者哪里不舒服，才会胡思乱想这些？要不让我替你去吧？那边的工作我也能做，你可以给那边的人传个信，解释一下 ——”

“让你替我去死？真是个好主意。”

“哦，我可没那么容易死！他们都知道你长什么样，可没人认识我。而且，再说了，就算我 ——”

他停了下来，没有继续往下说。牛虻抬起头，疑惑地看着他。马蒂尼垂下了双手。

“她很可能不会像思念你那样思念我。”就像在陈述一件事实一样，马蒂尼平淡地说道，“此外，里瓦雷士，这是公事，我们得从实用的角度去考虑——最大化大多数人的利益。你的‘最终价值’——那些经济学家不是常说这个词吗——比我的高。虽然我不喜欢你，但我不笨，这一点我还是能明白的。我不知道我们俩究竟谁更好，但你比我更重要，你的价值比我高，你死比我死损失更大。”

马蒂尼的语气就像在交易所里谈论股票价值一样。牛虻抬起头，仿佛是太冷了一般，浑身发抖。

“你想让我活到我的坟墓自己打开，把我吞进去吗？‘如果我必须死，我将把黑暗当作新娘——’[1]”

“你看，马蒂尼，你和我都在胡说八道。”

“只有你在胡说。”马蒂尼愤怒地说道。

“是的，但你的话也没什么意思。看在上帝的分儿上，别老想着要搞那套浪漫的自我牺牲了，像唐·卡洛斯和罗德里似的[2]。现在已经是十九世纪了，该我去死的时候，就让我去死吧。”

“那你的意思是，如果我的死期还没到，我就得继续这样活下去吗？里瓦雷士，你可真是个幸运儿。”

“是的。”牛虻利索地同意道，“我一直都很幸运。”

二人默默地抽了几分钟烟，便投入对工作细节的讨论中。琴玛上楼叫他们去吃饭时，牛虻和马蒂尼脸色平淡、举止如常，让人完全看不出他们刚刚进行了一场不寻常的对话。晚饭后，他们

---

1 引自莎士比亚的喜剧《一报还一报》。

2 唐·卡洛斯和罗德里是席勒的戏剧《唐·卡洛斯》中的两位主要角色，罗德里为了救唐·卡洛斯牺牲了自己。

三人便坐在一起讨论计划，做出了一些必要的安排。直到十一点，马蒂尼才起身，拿起了帽子。

“我回家去取我那件骑马穿的斗篷，里瓦雷士。你这身轻装太容易被认出来了，穿上斗篷会好些。我出门也顺便侦查一下，确保我们行动前附近没有密探。”

“你要和我一起去关口那边吗？”

“是的，万一有人跟踪你怎么办，多双眼睛照看总是好的。我十二点就回来，你等我回来再一起出发。琴玛，把钥匙给我吧，这样我回来的时候就不用按门铃了，免得吵醒别人。”

马蒂尼接过钥匙时，琴玛抬眼看到了他的脸。她立刻就明白了，马蒂尼刚才只是编了个借口，他是在创造机会让她和牛虻单独相处。

“我们明天再谈。”琴玛说，“我打包完行李应该还能剩下不少时间。”

“哦，是的！时间很多。里瓦雷士，我还有几件小事想问你，但我们可以在去关口的路上再聊。琴玛，让凯蒂去睡觉吧，你们俩也尽量保持安静。我们十二点再见。”

马蒂尼点了点头，微笑着离开了，他使劲关上了门，让邻居们都听到博拉夫人的客人已经离开了。

琴玛到厨房去跟凯蒂道了晚安，然后用托盘端着咖啡走了回来。

“你要躺一会儿吗？”琴玛说道，“今晚你得赶路，可没什么时间休息了。”

“不了！我到了圣洛伦佐再睡，他们给我准备新身份也得花些时间，我就趁那段时间休息。”

“那就喝点咖啡吧。稍等，我去给你拿些饼干。”

琴玛正跪在橱柜前，牛虻却突然走过来，俯下了身。

“你拿的是什么？奶油巧克力和英国太妃糖！怎么这么丰盛？这些可都是国王才能吃的东西！”

琴玛抬起头，用淡淡的笑容回应了牛虻热情的话语。

“你喜欢吃甜食吗？这些都是给西塞尔准备的，他像个小孩似的，什么糖都爱吃。”

“真、真、真的吗？那你明天得给他另外再、再拿了，我要把这些都带走。啊，我要把太妃糖塞进口袋里，生活里失去了太多乐趣，这些糖能安慰我。我希、希望他们在绞死我之前也能让我吃上一颗。”

“啊，先别往口袋里塞，让我给你找个纸盒，省得你把自己搞得黏糊糊的。要不要把巧克力也一起放进去？”

“不用，巧克力我想现在吃，和你一起吃。”

“可我不喜欢巧克力，我希望你能坐过来好好跟我聊聊。说不定我们都会被杀，很可能不会再有这样能好好说话的机会了。而且——”

“她不喜欢巧克力！”牛虻小声嘟囔道，“看来我只能独自享受了。就当这是我临死前最后的晚餐吧，好吗？今晚你就配合一下我吧。首先，我想让你坐在这张摇椅上，既然你说我可以躺下，那我就躺在这里好了，这里舒服。”

牛虻躺在了琴玛脚边的地毯上，他胳膊肘挨着椅子，抬头看着琴玛的脸。

“你的脸色真苍白！”牛虻开口道，“一定是因为你的生活态度太悲观了，还不喜欢巧克力——”

“你严肃点吧，五分钟也行！接下来的事可是生死攸关的。”

“两分钟都不行，亲爱的，不管是生还是死，都不值得我去严肃。”

牛虻握住了琴玛的双手，用指尖抚摸着它们。

“心情不要这么沉重，密涅瓦[1]！你这样我会流泪的，你可不想看到我哭吧。我真希望你能再笑笑，你的笑容总是能给人带来意、意想不到的快乐。好了，亲爱的，别再责怪我了，让我们做两个好孩子，一起吃饼干吧，不要再争吵了——也许明天我们都会死。”

牛虻从盘子里拿起一块饼干，小心翼翼地把它掰成了两块，就连上面点缀的糖饰也被精确地分成了两半。

“这就像圣餐似的，教堂里那些人不都这么搞嘛。‘拿着，吃吧，这是主的身体。’我们还得喝从同一个杯子里倒出来的葡萄酒，你知道的——对，就是那个。‘为了纪念——’”

琴玛放下了杯子。

“别说了！”琴玛的声音中带着哭腔。牛虻抬起头，再次握住了她的手。

“不说了！那我们安静地待一会儿。如果我们中有人死了，另一个人还会回想起这一刻的。让我们忘记这个喧嚣的世界，手拉着手一起离开，走进死神的殿堂，躺在罂粟花中。先别说话！

1 密涅瓦，智慧女神，即希腊神话中的雅典娜。

让我们再多安静一会儿。”

他把脸埋进了琴玛的膝中。在寂静中，琴玛弯下腰，把手放在了牛虻的黑发上。时间就这样一点点过去了，他们既没有动也没有说话。

“亲爱的，马上就要十二点了。”过了许久，琴玛才开口道。牛虻抬起了头。

“我们只有几分钟的时间了，马蒂尼马上就会回来。也许这就是我们最后一次见面了。你就没什么话想对我说吗？”

牛虻慢慢地站起来，走到了房间的另一边，沉默了片刻。

“我有一件事想说。”牛虻用几乎听不见的声音开口道，“有一件事——要告诉你——”

他停了下来，坐在窗边，用双手捂住了脸。

“过了这么久，你终于决定要发慈悲了。”琴玛轻声说道。

“我这一生都没见过多少慈悲，我本以为——开始的时候——你不会在乎——”

“你现在不这么想了。”

琴玛等了一会儿，见牛虻没有开口，便走到房间那头，站在了他身边。

“告诉我真相吧。”琴玛低声说道，“想想看，如果你被杀了，我却活着——那我这辈子都没法知道——永远都不能确定——”

牛虻紧紧地握住了她的手。

“如果我死了——你知道，我去南美的时候——啊，马蒂尼！”

牛虻吓了一跳，猛地改变了话题，房间的门开了，马蒂尼正在垫子上蹭着靴子。

“真是准、准时，像往常一样！你简直就是个行走的时、时钟，马蒂尼。这就是那件斗、斗篷吗？”

“是的，还有点别的东西。我尽量没让衣服淋湿，可外面的雨实在是太大了。这段路要不好走了。”

“哦，那无所谓。街上没人盯着我们吧？”

“没人，密探们好像都回去睡觉了。这也正常，毕竟天气这么糟糕。那是咖啡吗，琴玛？他得喝口热的再出去淋雨，不然会感冒的。”

“这是黑咖啡，很浓。我去煮点牛奶吧。”

琴玛走进厨房，她咬紧牙关，双手拼命握成拳，好不让自己崩溃。当她端着牛奶回到房间的时候，牛虻已经披上了斗篷，正系着马蒂尼带来的皮革护腿。他喝了一杯咖啡，站起来，拿起了骑马时戴的宽帽。

“该出发了，马蒂尼，以防万一，我们去关口之前得先兜个圈子。要先跟你说再见了，夫人，如果没有意外的话，周五的时候我们就在弗利碰头。稍等，这是地址。”

他从口袋里掏出个本子，撕下了一张纸，用铅笔在上面写了几个字。

“地址我有。”琴玛闷声说道。

“你已经有、有了吗？好吧，可这份我都写好了，你也拿着吧。走吧，马蒂尼。嘘！小心点！别让门发出声音！”

他们蹑手蹑脚地走下了楼。当大门关上时，琴玛回到房间，木然地展开了牛虻放在她手里的字条。在地址的下面还有一行字：

“到那边之后我会把一切都告诉你。”

第二章

今天是布里西盖拉逢集的日子，农民们从各自的村庄赶来，带着成群的猪和家禽，还有各种乳制品和在山上放养的牛。集市上挤满了川流不息的人群，他们欢笑着、嬉戏着，为廉价的蛋糕、无花果干以及葵花籽不停地讨价还价。炙热的阳光下，棕色皮肤的孩子们光着脚丫，躺在人行道上，舒展着四肢，孩子们的母亲则坐在树下，身旁放着装满了黄油和鸡蛋的篮子。

蒙塔内利主教出来向人们道早安，他一出现，立刻就被一群孩子围了起来，他们手捧着从山坡上采来的花朵，有大捧的鸢尾花，有猩红的罂粟花，还有甜美的白水仙，吵闹着要把它们献给主教大人。蒙塔内利很是喜欢野花，人们也热情地接纳了他这个嗜好。身为智者，总得有些无伤大雅的小怪癖才好。蒙塔内利深受人们爱戴，要是换个人也像他这样在房间里种满杂草，就一定会被嘲笑了，但“有福的红衣主教”不一样，有这么个奇怪癖好也无伤大雅。

“你好啊，玛丽乌斯。”蒙塔内利停下来拍了拍一个孩子的脑袋，说道，“好久不见，你又长高了不少。你奶奶的风湿病怎么样了？”

“她最近好些了，阁下。但母亲现在的情况很糟糕。”

“我很抱歉，改天让你妈妈也过来一趟吧，也许乔达尼医生会有办法。我会找个地方让她住下来，换个环境说不定对她有好处。你看起来好多了，路易吉，你的眼睛怎么样了？”

蒙塔内利继续在人群中走着，不时跟山民们打着招呼。他记得每一个孩子的名字，记得他们的年龄，记得他们的烦恼，也记得他们父母的烦恼。他会停下来跟他们聊天，真诚地关心那只在圣诞节时生病的奶牛，也由衷地为上次赶集时被压在车轱辘下面的布娃娃担忧。

蒙塔内利回到宫殿后，集市就开始了。一个身穿蓝色上衣的瘸子出现在了人群中，那人左脸上有一条深深的疤，一缕黑发从额前垂了下来，遮住了眼睛，他慢吞吞地走到一个摊位前，说着一口蹩脚的意大利语，想讨杯柠檬水来喝。

“你不是本地人吧？”女摊主倒水时，抬头瞥了他一眼。

“不是，我是从科西嘉岛来的。”

“来找活儿干？”

“是的，马上就要到割干草的时候了，有位先生在拉文纳那边有个农场，前几天他路过我们那边，告诉我这边有很多活儿可以干。”

“我希望你能找到活儿，但这里的日子也不好过。”

“大娘，科西嘉那边的情况更糟。真不知道我们这些穷人该怎么过。”

“你是一个人来的吗？”

“不是，还有个朋友和我一起，他就在那儿，穿红衣服的那个。嗨，保罗！”

米歇尔听到有人喊自己，便双手插着兜，晃晃悠悠地走了过来。为避免被人认出，他用红色的假发遮住了原本的发色，扮科西嘉人扮得相当完美。至于牛虻，他的伪装可以说是天衣无缝。

他们一起在集市里闲逛，米歇尔吹着口哨，牛虻则扛着个包袱，拖着脚慢慢走着，好让自己的跛脚不那么明显。他们在等一位信使，以便传达重要的指示。

“我看到马尔科了，骑着马的那个，就在拐角那边。”米歇尔突然低声说道。牛虻闻言，背着他的包袱，拖着脚向那人走去。

“先生，你需要人帮你收干草吗？”牛虻开口道，他摸了摸自己的破帽子，用一根手指划过马的缰绳。这是他们商定好的暗号，那个骑马的人——他的装扮看起来像个乡绅的管家——下了马，随手把缰绳扔回了马背上。

“朋友，你都会干哪些活儿？”

牛虻摆弄着自己的帽檐。

“我会割草，先生，还会修剪树篱。”牛虻开口道，他没有停顿，也不结巴，“凌晨一点，在圆洞口。准备两匹好马和一辆马车。我会在洞内等着——我还会锄地，先生，还有——”

“那就行了，我只需要个帮忙割草的。你以前去过那边吗？”

“去过一次，先生。注意，你们一定要带好武器，我们可能会遇到巡逻的小队。不要从树林里穿过，走另一边更安全。要是碰到密探，别跟他废话，直接开枪——如果能让我去干活，我会很感激的，先生。”

“是，我也觉得你该感激，但我想要一个有经验的工人。你走吧，我今天没带零钱。”

一个衣衫褴褛的乞丐有气无力地朝他们走来，口中重复着单调的哀求。

“可怜可怜我这个瞎子吧，看在圣母的分儿上——快离开这儿，有一支巡逻队马上就要来了——最神圣的天后，贞洁的圣女——他们是来抓你的，里瓦雷士，再有两分钟他们就要到了——愿圣徒赐福于你——别管那么多了，直接冲出去吧，这里到处都是密探，不管怎样你都会被发现的。”

马尔科把缰绳塞到了牛虻的手里。

“快走！骑到桥上就把马放走，你可以躲在河谷里。我们都带了武器，可以拖他们十分钟。”

“不，我不会让你们被抓的。你们都站过来，站在一起，等会儿跟着我一起开火。先走向我们的马，它们就拴在宫殿的台阶那边，把刀也准备好。我们边打边撤，我一扔帽子，你们就砍断绳子，每个人都跳上离自己最近的马。这样一来我们都能逃进树林。”

他们说话的声音很小，就连站得离他们最近的路人都没有察觉，他们正在讨论的事情比割草危险多了。马尔科牵着自己的马，向其他人拴马的地方走去，牛虻低着头跟在他身边，那位乞丐则伸着手，跟在他们后面，不时哀求着。米歇尔吹着口哨向他们走来，擦肩而过时，乞丐把消息传给了他，他又悄悄把话传给了三个正在树下啃着洋葱的农民。三人立即起身，跟上了米歇尔。在有人注意到他们之前，七个人已经聚集在了一起，他们站在宫殿的台阶下，每个人的手都摁着藏在衣服里的枪，拴着的马匹就在他们身旁，触手可及。

“在我动手之前，都不要轻举妄动。”牛虻开口道，声音轻缓有力，“他们也许不会那么快就认出我们。等我开火，你们就按顺序接上。不要向人开枪，先把他们的马弄瘸——那样他们就没法追我们了。三个三个地开火，一组人开火的时候，另外三个人就重新装弹。如果有人拦在你们和马匹之间，就杀了他。我骑那匹沙色的马。我一扔帽子，就各自逃命，顾好自己，不管发生什么都别停下来。”

“他们来了。”米歇尔说道。牛虻转过身，装出一副天真愚蠢的样子，讨价还价的声音渐渐平息下来。

十五个全副武装的人骑着马缓缓进入了集市。他们在人群中艰难地行进着，所有人的注意力都集中在了这些士兵身上，要不是广场的角落里都布着密探，牛虻他们七人完全可以趁机悄悄溜走。米歇尔向牛虻靠近了一步。

“我们现在是不是可以悄悄溜出去了？”

“不行，周围都是密探，有一个已经认出我了。他刚已经派人去告诉那个队长我在哪儿了。我们唯一的机会就是把他们的马都打瘸。”

“哪个人是密探？”

“我开枪打的第一个就是。你们都准备好了吗？他们已经清好了路，马上就要冲过来了。”

“都让开！”骑兵的队长大喊着，“以教皇的名义！”

在惊讶和错愕中，人群开始向后退去，士兵们迅速朝着宫殿台阶下的站在一起的那七个人冲了过去。牛虻从上衣里抽出一把手枪，但枪口并没有对准朝他们冲来的骑兵，而是瞄向了正在悄悄接近马匹的密探，一声枪响，那密探被牛虻打断了锁骨，应声倒地。枪响过后，其余六人紧跟着牛虻开了火，他们七人稳步向拴着的马匹靠近着。

骑兵队中有匹马脚下一绊，倒在了地上，紧随其后，另一匹也哀嚎着倒了下来。市场上的人群惊慌失措地尖叫着，骑兵的指挥官踩着马镫站了起来，他把剑高高地举过头顶，嘹亮地高喊道：

"兄弟们，跟我冲！"

话音刚落，他就摇晃了一下，身子往后一沉——牛虻枪法奇准，射中了他。一股鲜血顺着他的军装淌了下来，但他紧紧抓着马的鬃毛，用力稳住了身体，拼命高喊道：

"那个跛脚的恶魔就是里瓦雷士！如果不能活捉就直接杀了他！"

"再给我把枪，快！"牛虻对他的同伴喊道，"就是现在，走！"

被激怒的士兵们挥着刀冲到了牛虻面前，千钧一发之际，牛虻扔下了手中的帽子。

"放下武器，所有人都放下！"

红衣主教蒙塔内利突然走进了战场。站在了牛虻和士兵之间。一名士兵吓了一跳，大喊道：

"主教大人！我的天啊！你会被杀死的！"

蒙塔内利却又走近了一步，直面着牛虻手里的枪。

七人中已经有五人上了马，沿着缓坡冲上街道。马尔科也跳上了马，在离开的瞬间，他回头望去，想看看牛虻是否需要帮助。那匹沙色马近在咫尺，只要再有一瞬间，所有人就都安全了，可当那个穿着红色法衣的人跨步向前时，牛虻却突然摇晃了起来，拿着枪的手也垂了下去。这一瞬间决定了事态的发展。牛虻立刻就被包围了起来，他被人摁倒在地，武器也被士兵用刀背敲落了。马尔科用马镫踢了一下母马的腹部，加快了速度，身后的山坡上传来了追兵的马蹄声，他已经无力去救牛虻了，现在唯一能做的就是不让自己也被抓住。他踩着马鞍转过身去，向离他最近的追兵开了最后一枪。他看到牛虻满脸是血，被马蹄和士兵、密探踩在脚下，他听到士兵们野蛮的咒骂声，还有胜利的呼喊和愤怒的吼叫声。

蒙塔内利并没有注意到发生了什么，他已经走到了远处，正在安抚惊慌的人群。当他俯身查看受伤的密探时，人群中突然传来一阵骚动，蒙塔内利抬起头，看到士兵们正拖着俘虏穿过广场。那人的双手被绳子绑着，铁青的脸上爬满了痛苦和疲惫，他大口地喘息着，但看到蒙塔内利时，他苍白的嘴唇却勾勒出了笑意，低声说道：

“恭、恭喜你啊，主教大人。”

五天后，马蒂尼到达了弗利。他收到了琴玛寄来的一捆传单，这是他们约定好的信号，表明事态紧急，需要他的帮助。他想起在阳台上和牛虻的谈话，立刻就意识到发生了什么。在路上，他不停地告诉自己，牛虻没理由会出事，那些都是自己的幻想，沉湎在幻想中太幼稚了。但他越告诉自己那只是个荒谬的幻想，那个幻想就越是不愿离开他的脑海。

“我猜到了，里瓦雷士被捕了，对吗？”马蒂尼走进琴玛的房间，问道。

“对，上周四，在布里西盖拉。他奋力抵抗，打伤了一个密探，还让抓捕队的队长也挂了彩，但最后还是被他们抓住了。”

“武装抵抗，这下可糟了！”

“武不武装都一样，他早就是个重案犯了，再多开几枪也影响不了他的处境。”

“你觉得他们会怎么处置他？”

琴玛本就苍白的脸色变得更加苍白了。

“我觉得，”她说道，“我们不能干等着让牛虻被他们处置。”

“你觉得我们能把他救出来吗？”

“我们一定得把他救出来。”

马蒂尼转过身去，背着双手，吹起了口哨。琴玛任由他思考，没有出声打扰，她把头靠在椅背上，安静地坐着，目光中带着悲伤，木然地直视着前方。琴玛脸上的神情，让她看起来像丢勒《忧郁》中的人物[1]。

“你们见过面了吗？”马蒂尼停下了脚步，问道。

“没有，他本来打算第二天早上跟我在这里碰头的。”

“对，我记得你们是这么商量的。他现在被关在哪里？”

“在城堡里，守卫森严，而且我听说，他还戴着镣铐。”

马蒂尼耸了耸肩，表示有没有镣铐都无所谓。

---

1 《忧郁》是德国的文艺复兴大师阿尔布雷希特·丢勒创作的一幅版画，画中主要人物是一名神情悲伤的女性。

“哦，那不要紧，只要有把好锉刀，再多的铁链都不是问题。他要是没受伤就好了——”

“他似乎受了点轻伤，但具体情况我们也不清楚。我想你最好还是去问问米歇尔，牛虻被捕时他也在场。”

“为什么他没有被捕？他是不是把里瓦雷士丢在一边自己跑了？”

“这不是他的错，他和其他人一样，一直都在战斗，他们都听从了里瓦雷士的命令。所有的人都是——除了里瓦雷士本人，他似乎忘了自己说过的话，要么就是在最后关头犯了错误。这事有点解释不清，稍等，我去把米歇尔叫来。”

琴玛走出房间，不一会儿就带着米歇尔走了进来，一同进屋的还有另一位壮硕的山民。

“这是马尔科。”琴玛开口道，“是个走私贩，你听说过他的。他也刚到，说不定能告诉我们些新消息。米歇尔，这位是西塞尔·马蒂尼，就是我跟你提过的那位。能不能把你看到的情况都告诉我们？”

米歇尔简短地讲述了他们与抓捕队发生的冲突。

“我不明白怎么会这样。”米歇尔总结道，“如果早知道他会被抓住，绝不会有一个人离开他，但是他的命令相当明确，他扔下帽子的时候，谁也没想到他会站在那里等着被包围。他明明就站在那匹马旁边——我看到他割断了拴马绳，我上马之前还亲手递给他一把上了膛的手枪。我唯一的猜测是，他上马时没踩稳——你知道，他是个瘸子。但即便如此，他也可以继续开枪啊。”

“不，不是那样的。”马尔科插话道，“他根本没有去骑马。我是最后一个走的，因为我的马被枪声吓到了，走之前我环顾了四周，那时候他还是很安全的。要不是因为那个红衣主教，他本来是可以脱身的。”

“啊！”琴玛轻声喊了出来。马蒂尼也惊讶地重复道：“红衣主教？”

“是的，那个主教就直接站在了枪口前——他真该死！我想里瓦雷士一定是被吓到了，他放下了拿枪的手，把另一只手像这样举了起来。”马尔科用左手腕的背面遮住了自己的眼睛，“接着所有人都冲向了他。”

“我实在是搞不懂，”米歇尔说道，“这不像是里瓦雷士的作风，再大的危机也没让他失去过理智。”

“他之所以放下枪，可能是因为不想杀害一个手无寸铁的人。”马蒂尼插话道。

米歇尔耸了耸肩：“手无寸铁的人就不该走进战场。战争就是战争，里瓦雷士不该像只兔子一样，乖乖地等着被人抓住。如果他能向主教开枪，这世界就多了一个正直之人，还能少一个神父。”

他转过身，紧咬着自己的胡须，气得快要落下泪来。

“不管怎么说，”马蒂尼说道，“事情已经发生了，再怎么深究原因也没用。现在的问题是，我们怎么才能把他救出来。我想你们都愿意冒这个险吧？”

这个问题太多余了，米歇尔甚至都懒得屈尊回答。而马尔科只是微微一笑，说道：“要是有人不愿意，就算他是我的亲兄弟，我也会打死他。”

“很好，那么——第一件事，你们有城堡的图纸吗？”

琴玛打开抽屉，拿出了几张平面图。

“每一层的图纸我都有。这是城堡的第一层，这是塔楼的上层和下层，这是城墙的情况。这些是通往山谷的道路，这里是山中的小路和可以藏身的地方，还有地下通道。”

“你知道他在哪座塔里吗？”

“东边那座，一间圆形的牢房，窗户被铁栏封住了。我已经在图纸上标出来了。”

“你是怎么拿到这些情报的？”

“一个绰号叫‘蟋蟀’的人，他是那里的守卫。他的表兄——吉诺，是我们的人。”

“你行事真的很迅速。”

“我们没多少时间了。他被捕后吉诺马上就去了布里西盖拉，其中有些图纸是我们本来就有的。那些藏身处是里瓦雷士自己标出来的，上面的标记也是他自己画的。”

“在那里看守的都是些什么士兵？”

“这个我们还没搞清楚，蟋蟀也是刚刚调去那边，跟其他人还不是很熟。”

“起码我们得让吉诺告诉我们蟋蟀的情况。你们对政府的意向了解吗？里瓦雷士会在布里西盖拉受审，还是会被带到拉文纳？”

“这个我们也不知道。拉文纳是这个教区的首府，根据法律，重要的案件必须在那边的初审法庭进行审判。但你也知道，法律在这里没什么用，在哪里审判全看当权者的个人喜好。”

“他们不会把他带去拉文纳的。”米歇尔插话道。

“为什么这么说？”

“我敢肯定。布里西盖拉的军事总督弗拉里上校，是被里瓦雷士打伤的那个军官的叔叔，他是个恶棍，报复心极强，不会放弃这次复仇机会的。”

“你觉得他想把里瓦雷士关在这里？”

“我认为他会想办法绞死里瓦雷士。”

马蒂尼迅速瞥了一眼琴玛。她的脸色依然苍白，但并没有为刚才那番话动容。显然，这个说法对她来说并不新鲜。

“就算是他，想绞死里瓦雷士也得走一些形式。”琴玛平静地说道，“但他可能会找个借口设立军事法庭，之后只要声称自己是为了城市的和平不得已而为之就可以了。”

“那红衣主教呢？他会同意这种事吗？”

“他无权过问军队的事务。”

“是没有，但他的影响力很大。没有得到他的同意，就算是总督也不敢肆意妄为吧？”

“他不可能同意的。”马尔科出言打断道，“蒙塔内利反对一切军事委员会的设立，其余类似的事情他都会反对。只要里瓦雷士还被关在布里西盖拉，就不会出什么大事，那位红衣主教总是会为囚犯发声。我担心的是他们会把他带去拉文纳。一旦到了那里，他就完了。”

“那我们就不让他被带到拉文纳。”米歇尔说道，“我们可以在路上把他救下来，把他带出城堡就难说了。”

“我认为，”琴玛说，“我们不能干等着他被转移。没有时间可以浪费了，我们得在布里西盖拉把他救出来。西塞尔，我们最好一起研究一下城堡的地图，看看能不能想出什么办法。我有个想法，但还有个难点需要解决。”

“走吧，马尔科，”米歇尔站了起来，说道，“让他们专心研究计划吧。我下午得去福格纳一趟，你也跟我一起去吧。文森索还没有把弹药送来，本来昨天就该到的。”

他们二人离开后，马蒂尼走到琴玛面前，默默地伸出了手。琴玛把手放在了马蒂尼伸出的手上。

“你一直都是个尽职的好朋友，西塞尔。”琴玛开口道，“总是能在我遇到困难的时候出现。现在，让我们来讨论计划吧。”

第三章

“我再次恳切地向您保证，主教阁下，如果您坚持否决我的提议，本城的治安会受到严重威胁。”

面对教会高层，总督努力保持着恭敬的语气，但从声音里还是能听出他的烦躁。他的肝脏出了问题，妻子还欠了一屁股外债，在过去的三周里发生的每一件事都在考验着他的脾气。民众的不满情绪日益高涨，整个教区到处都是武装叛乱分子，守备军又庸碌无能，他们的忠诚度也值得怀疑，再加上那个红衣主教，跟副官聊天时他都管他叫“顽固的大猪头”，这一切都把他推向了绝望的边缘。而现在，他又摊上了牛虻这个负担，那人简直就是邪恶的化身。

这个“跛脚的西班牙恶魔”，一出手就打伤了他最喜欢的侄子和最得力的密探，结果被捕后还能继续扩大战果，不仅买通了守卫，还敢恐吓审讯官，更是“把整座监狱都变成了斗熊场”[1]。牛虻已经被关在城堡里三周了，现在，布里西盖拉的全体官员都

1　斗熊场（Bear Garden），又叫熊坑（Bear Pit），是16—17世纪流行的“动物运动”的设施，为了娱乐或赌博，让熊和另一种动物（通常是狗）互相折磨、攻击。

对他深恶痛绝。他们对牛虻进行了一场又一场审讯，为了让他招供，他们用尽了手段，威胁也好，劝说也罢，什么计谋都没有效果，牛虻就好像刚刚才被捕一样，什么都不说。他们渐渐意识到，其实一开始就该把牛虻送去拉文纳受审。但现在想送也来不及了，总督在向教皇特使呈递逮捕报告时，曾请求让他亲自督查此案的审理，现在那份申请已经获批，他要再把牛虻送走，无异于公开承认自己能力不足。

正如琴玛和米歇尔预料的那样，总督想要通过军事法庭来解决牛虻，而红衣主教蒙塔内利则坚决反对他的提议，他的烦恼像一杯盛满的水，而蒙塔内利的拒绝直接让那杯水溢了出来。

“我觉得，”总督说道，“如果主教阁下知道那个犯人是多么叫人难以忍受，您可能就会改变自己的看法了。您不想正规的司法程序被打乱，我完全尊重您的想法，但这是个特殊的案子，特殊的案子需要用特殊的措施来办。”

“就算再特殊，”蒙塔内利说道，“也不能肆意妄为，设立秘密的军事法庭去审判平民，这已经不是公不公正的问题了，而是违法的。”

“阁下，您还不了解案件的情况，那是个重犯，他干的事够判他好几次死刑的。萨维尼奥的那场暴乱，他也参与了，要不是他逃去了托斯卡纳，斯皮诺拉大人的军事委员会早就把他枪毙了，要么就是押去做苦役。逃走之后他也没有停止那些阴谋活动。那个四处作乱的秘密结社，据我们了解，他是其中的重要成员。而且我们有理由怀疑，就算没有策划，他也下令暗杀了至少三名秘警。他还往教省走私武器，我们可以说是当场擒获了他。

他开枪抵抗，重伤了两名正在履行职责的士兵，他对城市治安是个重大威胁。他这种情况，就应该让军事法庭来审理。”

“不管他做了什么，”蒙塔内利说道，“他都有权按照正规的程序接受法律的审判。”

“正规程序要花的时间太久了，主教阁下，他这个案子，我们得抓紧每一刻时间。而且，我担心拖久了他会找机会越狱。”

“如果你怕这个，那就加强对他的看管。”

“我尽力了，阁下，但我还是得靠监狱的守卫，那个人就像对他们下了咒似的，把那些看守全都迷住了。这三周我已经换过四次警卫了，我不停地惩罚那些士兵，都罚烦了，可一点用都没有，他们还是会来来回回地帮他送信。那些蠢货就像爱上女人一样，迷上他了。”

“这确实很奇怪。他一定有什么过人之处。”

“他的过人之处就是他是个恶魔——原谅我，主教阁下，但就算是圣人也不一定能受得了那个家伙。说来您可能都不信，那些审讯官都搞不定他，我得亲自上才行。”

“怎么会这样呢？”

“我一下子说不清楚。主教阁下，您得亲自见过才能明白。审讯的时候，要是有旁人进来，说不定会觉得审讯官都是犯人，而他才是法官呢。”

“他能做出什么事情来吗？当然了，他可以拒绝回答你们的提问，但除了沉默，他也没有别的手段了。”

“他有像剃刀一样锋利的舌头。我们都是凡人，阁下，我们都犯过错误，大多数人都一样，不想自己的过去被公开。这是人之常情，二十年前一时疏忽犯下的错突然被翻旧账，丢到眼前，任谁也受不了啊——”

“里瓦雷士是不是抖出了你们审讯官的小秘密？”

“呃，是这样的——那个可怜的家伙在还是骑兵的时候欠了些债，就从军团的资金里借了点钱——”

“也就是说，他挪用了交由他保管的公款，对吗？”

“当然了，这种行为是非常不对的，阁下，但他的朋友们马上就帮他把钱还上了，这件事就被遮了下来——他出身很好——从那以后就再没犯过什么错了。我都不知道里瓦雷士到底是怎么发现这事的，但审讯一开始他就把事情扔了出来——还是当着他下属的面！他还一脸无辜，好像自己不是在说丑闻，而是在做祷告一样。现在这事已经传遍整个教省了。如果阁下能出席一次审讯，我相信您也会明白的——您不用让他看见，就在隔壁听就行——”

蒙塔内利转过身看着总督，露出了少见的不悦。

“我是一名神职人员，”他说，“不是秘警也不是间谍，我的工作职责不包括偷听。”

“我——我无意冒犯——”

“我们这么讨论下去也没什么用。如果你能把犯人带来这边，我可以和他谈谈。”

“恕我冒昧，阁下，我建议您不要这么做。那个人根本就无可救药。就这一次，我们不应该再拘泥于法律的条文了，为了城镇的安全，在他再次犯罪之前把他处理掉，这才是明智之举啊。虽然阁下已经表明过自己的意见了，但我还是要再次重申我的观点，毕竟，我得对特使大人负责，维护好城镇的治安——”

“而我，”蒙塔内利出言打断道，“要对上帝和教皇负责，确保我的教区内不会有任何不当行为和暗箱操作。既然你向我施压，上校，那么我就以红衣主教的身份来表明我的立场。在和平时期，我不允许这个城市里出现秘密的军事法庭。明天上午十点，我会在这里单独接见犯人。”

“谨遵阁下吩咐。”总督尽力保持着敬意，闷闷不乐地回答道。转身离开时，他自言自语地抱怨着：“他俩可真是一对，都这么固执。”

在卸掉犯人的镣铐、把他押往主教宫殿前，总督都没有向任何人透露接下来的这场会面。他跟他那受伤的侄子说，那位主教犟得跟头驴似的，独断专行不说，还非得冒着里瓦雷士和士兵串通的危险，把他押过来，也不怕他借机逃走！

在重重看守下，牛虻被押进了宫殿。蒙塔内利正坐在桌前，伏案写作，他的桌子上铺满了公文。走进房间时，牛虻突然想起了多年前的一个傍晚，那是个炎热的夏日，他曾坐在一间和这里差不多的房间里，埋头翻找着布道稿。和这里一样，为了阻挡热气，百叶窗都半关着，那时候，外面还有水果贩子在呼喊：“草莓！草莓！”

他愤怒地甩开了遮在眼前的头发，用嘴角勾出一丝笑意。

蒙塔内利从文件中抬起了头。

“你们可以去大厅里等着。”他对卫兵说道。

“主教阁下，”一位中士开口道，他显然很紧张，把声音压得很低，“上校说这个犯人很危险，最好还是——”

一道光从蒙塔内利的眼中闪过。

“你们可以去大厅里等着。”他平静地重复道。中士仿佛被吓到了，他敬了个礼，结结巴巴地告了辞，便和手下们一同离开了房间。

“请坐。”门被关上后，蒙塔内利说道。牛虻沉默地服从了。

“里瓦雷士先生，”停顿了片刻，蒙塔内利才继续开口道，“我希望能问你几个问题，如果你能回答，我将不胜感激。”

牛虻笑了笑：“我现、现、在的主、主、主要工作就是被人提问。”

“只是被提问——不回答是吗？我也听说了，之前向你提问的都是审查案件的官员，他们的任务是把你的回答当作证据来收集。”

“那主教大人是为、为什么而问呢？”蒙塔内利立刻就听出了牛虻语气中的不屑，但他却连表情都没有变，还是一脸和蔼地看着对方。

“我的问题，”他开口道，“不管你是否回答，都不会再有第三个人知道。如果我的提问涉及你不想说的秘密，你不回答也没关系。至于其他的问题，虽然我们是第一次见面，但我希望你能如实告诉我，就当是帮我个忙。”

“非、非常乐意能为大人效劳。”牛虻说话时，还微微鞠了一躬，可他脸上骇人的神色，足以吓退任何敢向他寻求帮助的人。

“那我就问了，首先，据说你一直在向这个地区走私武器，这些武器是拿来干什么的？”

“杀、杀、杀老鼠。”

“真是个可怕的答案。只要是跟你想法不同的人，在你眼中就都是老鼠吗？”

“有、有、有些是。”

蒙塔内利靠在椅子上，默默地看着他。

“你手上的是什么？”过了一会儿，他突然问道。

牛虻瞥了一眼自己的左手：“一些旧伤、伤、伤疤，老鼠咬的。”

“抱歉，我说的是另一只手，那里的伤看起来很新。”

牛虻举起了右臂，原本纤细灵活的手被严重擦伤了，上面布满了割口，肿胀的手腕上还有一道深深的勒痕，已经发黑了。

“一点小伤，没什么大不了的。”他说道，“那天我被逮捕——多亏了主教阁下。”牛虻又微微地鞠了一躬，“一个士兵在上面踩了一脚。”

蒙塔内利拿起他的手腕，仔细地检查了起来。

“都三周了，怎么还是这么严重？”他问道，“全都肿起来了。”

“可能是因为铁链的压力不利于伤口恢复吧。”

蒙塔内利抬起头，眉头紧锁。

“他们就直接把镣铐压在你的伤口上吗？”

“当、当、当然了，主教大人，新伤就是用来干这个的。旧伤就不行了，给旧伤口压上镣铐只能引起普通的疼痛，新伤口不一样，镣铐会让新伤口灼烧起来。”

蒙塔内利仔细地端详着牛虻，然后起身打开了一个抽屉，里面装满了手术器具。

“把手给我。”他说道。

牛虻铁青着脸，把手伸了过去。蒙塔内利熟练地给伤口做了清洗，然后轻轻地缠上了绷带。很显然，他不是第一次干这种活了。

“我会跟他们说镣铐的事的。”蒙塔内利开口道，“我还有个问题想问你，接下来你打算怎么做？”

“这、这、这个问题很好回答，主教阁下。如果能逃，我就会逃，如果逃不了，我就去死。”

“为什么是去死？”

“因为，如果总督没法枪毙我，我就会被送去海上做苦役，对我来说那和死一样。我的身体撑不过去的。”

蒙塔内利把胳膊支在桌子上，默默地思忖着。牛虻并没有打扰他，他向后靠在椅背上，半闭着眼睛，慵懒地享受着从镣铐中解脱出来的美妙滋味。

“假设，”蒙塔内利再次开口道，“你成功逃走了，你会去干什么？”

“我已经告诉过您了，主教阁下，我会去杀、杀、杀老鼠。”

“杀老鼠。也就是说，如果我现在就让你从这里逃出去——假设我能做到这种事——你会利用你的自由去助长暴力和流血，而不是阻止它们？”

牛虻抬起头，看了眼墙上的十字架。“‘不是和平，而是刀兵’[1]——起码我会和自己的伙伴们在一起。不过，就我个人而言，我更喜欢用手枪。”

1 引自《圣经》中的《马太福音》，耶稣曾对信徒说：“不要以为我来了，是给地上带来和平。我来并不是带来和平，而是刀兵。”

“里瓦雷士先生，”蒙塔内利平静地说道，“我没有侮辱过你，没有看不起你的朋友，也没有轻视你的信仰。你就不能以同样的礼节对待我吗？还是说，你希望我认为，所有的无神论者都像你一样无礼？”

“啊，我差、差点忘了。基督教那么多的美德里，主教大人非常看重的是礼貌。我还记得您在佛罗伦萨布道，那时候我还跟您哪位不知名的辩护者展开了一场论战呢。”

“我也想跟你谈谈那场论战。你似乎对我有种特别的怨恨，能请你解释一下吗？如果只是随便选了我当靶子，那就另说。你的政治策略是你自己的事，我们现在不谈政治。但当时我总觉得，你似乎是对我个人怀着敌意的。如果真的是这样，请你告诉我，我是不是做过什么对不起你的事，才让你如此恨我？”

对不起他的事！牛虻把缠着绷带的手压在了自己的喉咙上。“主教大人，我得引用一下莎士比亚的话了。”他笑着说道，“就像有人受不了一只有益无害的猫一样[1]。我反感的是教士。光是看到你那身衣服，我就恨得牙、牙、牙痒痒。”

“哦，如果只是这样——”蒙塔内利做了个无所谓的手势，打断了牛虻的话。

“不过，”蒙塔内利继续说道，“攻击我是一回事，歪曲事实则是另外一回事了。你当时说，我知道那个匿名辩护者的身份，你说错了——我不是说你故意撒谎——只是你说的不是事实而已。我至今都不知道那位辩护者是谁。”

---

1 引自莎士比亚的《威尼斯商人》。

牛虻把头歪向了一边，看起来像只聪颖的知更鸟一样，他严肃地望着蒙塔内利，然后突然往后一靠，仰着头放声大笑了起来。

“真是个单纯的圣人！哦，你真是太可爱了，天真又幼稚——你居然一直没猜出来！你到现在都没、没有发现吗？”

蒙塔内利站了起来：“里瓦雷士先生，你的意思是，论战双方的文章都是你自己写的？”

“这不是什么光彩的事，我知道。”牛虻回答道，他抬起头，蓝色眼睛里写满了无辜，“可你居然照、照单全收了，像吞牡蛎一样一口吃下了我的谎言。这样做确实很不好，但是，天哪，实在是太、太、太好玩了！”

蒙塔内利咬着嘴唇，又坐了回去。他一开始就意识到，牛虻是想激怒他，便提前下了决心，自己无论如何都要保持冷静，但现在他开始明白为什么总督会那么气急败坏了。一个人，在过去的三周里，每天花上两个小时审问牛虻，这种情况下，偶尔说几句脏话也正常。

“我们换个话题吧。”蒙塔内利平静地说道，“我想见你主要是因为……你知道，我是这里的红衣主教，对你的处置，如果我想的话，是可以进行干预的。我希望他们不对你使用非必要的暴力——只要能阻止你去伤害别人就行。所以，我让他们把你带来，部分原因是想听听你有没有什么可抱怨的——镣铐的事情我会去跟他们谈，除此之外也许你还有别的想说的——另一部分原因是，我觉得在给出我的处理意见前，我需要亲眼看看，你到底是个什么样的人。”

"我没有什么可抱怨的，主教大人。'战争就是战争'[1]。我不是小学生了，我干的是走、走、走私武器的活，总不能指望政府发现后只是拍拍我的脑袋吧。我被揍成这样是应该的。至于我是什么样的人，您不是已经听过我的忏悔了吗？那次还挺浪漫的。还是说，您想、想、想让我再来一遍？"

"我不知道你在说什么。"蒙塔内利冷冷地说道。他拿起一支铅笔，在指尖把玩了起来。

"难道主教大人已经忘记老迭戈了吗？"牛虻突然改变了自己的声音，以迭戈的语气开口道，"我是个苦命的罪人——"

"啪"的一声，铅笔在蒙塔内利的手中折断了。"够了！"他说道。

牛虻把头往后一仰，轻轻地笑了一声。他坐在那里，看着蒙塔内利一言不发地在房间里来回踱步。

"里瓦雷士先生，"蒙塔内利走到牛虻面前，开口道，"你对我做了一件很残忍的事，只要是被母亲生下的人，就算是面对不共戴天的仇敌，都不该做出这等事。你窥探了我的悲伤，你把我的悲痛变成了用来嘲弄我的工具。我再次恳求你，请你告诉我，我做过什么对不起你的事情吗？如果没有，你为什么要对我做如此残忍的事情？"

靠在椅背上的牛虻抬起头，露出了神秘莫测的笑容，那神情让人不寒而栗。

"这太好、好、好玩了，主教阁下，你对这事这么在意，让

1 原文为法语。

我觉得自己像、像是在看杂耍。”

蒙塔内利连嘴唇都变成了白色，他转身离开，按响了门铃。

“你们可以把犯人带回去了。”他对走进来的守卫说道。

所有人都离开后，蒙塔内利又坐回了桌前，感觉自己从未如此愤怒过，他颤抖着拿起了一叠教区牧师送来的报告。

不一会儿他就把报告扔在了一边，靠在桌上，用双手捂住了脸。这里似乎还留着牛虻的影子，他的痕迹像可怖的幽灵一样，还在房间里徘徊着。蒙塔内利坐在那里，不住地颤抖，他不敢抬头，生怕自己看到那不存在的幻影。也许那影子并不是幻觉，而只是过度疲劳产生的错觉，但蒙塔内利却能感受到它的存在，他的心里充满了恐惧——那只受伤的手，那个笑容，那些残忍的话语，那双谜一样的眼睛，就像深蓝的海水一样——

蒙塔内利摇了摇头，摆脱了那个幻想，重新投入工作中去。整整一天，他一刻也没闲着，几乎都要忘记那件事了。但到了深夜，他走回卧室时，突然感到一阵恐惧，他在门口停了下来。如果他在梦中看到那个幻影怎么办？他立刻停止了妄想，跪在十字架前祷告了起来。

他整晚都没有睡着。

第四章

即使是在愤怒中，蒙塔内利也没有忘记自己的承诺。他对监狱对待牛虻的方式提出了严正的抗议，搞得总督无计可施，绝望中，总督只得冒着风险解开了牛虻身上所有的镣铐。“我可不想知道主教阁下接下来还会反对什么。”总督对他的副官抱怨道，“普通的手铐都让他觉得‘残忍’，那窗户上的铁栏也得反对，说不定还会让我们给里瓦雷士提供牡蛎和松露呢。在我年轻的时候，罪犯就应该被当成罪犯来对待，没有人会觉得反贼比小偷更厉害，现在可好，造反都快变成潮流了。主教根本就是在鼓励那些浑蛋作恶。”

“我不明白他为什么要干涉我们。”副官说道，“他又不是教皇的特使，不管是民事还是军务，他都无权过问。根据法律——”

“法律有什么用？自从教皇陛下亲自打开监狱，把那些自由派的浑蛋全都放出来之后，就没人尊重法律了！简直是昏了头了！还有蒙塔内利，前任教皇在位时他没啥声响，现在他是大人物了，当然要伸展伸展拳脚了。他一下子就得到了新教皇的青睐，可以为所欲为了。我怎么敢反对他呢？说不定他手上还有梵蒂冈的秘密授权。一切都乱套了，你根本搞不清楚接下来会发生什么。还是以前好，那时候每个人都知道自己该做什么，而现在——"

总督沮丧地摇了摇头。他搞不明白，为什么一个红衣主教会关心起监狱的纪律，还跟他谈什么政治犯的"权利"，这个世界真是越来越复杂了。

至于牛虻，他回到城堡的时候情绪非常激动，几乎算是歇斯底里。与蒙塔内利的会面几乎让他的忍耐力到达了极限，在绝望中，他才说出了那番残忍的话，只是为了早些终止会谈。要是再多聊五分钟，他一定会忍不住开始流泪。

当天下午，牛虻就被叫去接受审讯，他什么都不说，以痉挛的笑声回应每一个问题。终于连总督都失去了耐心，开始对他破口大骂，他却笑得更放肆了。可怜的总督被气坏了，面对这个顽固不化的囚犯，他暴跳如雷，威胁要对牛虻动用他想都想不到的酷刑。最后，他如很久之前的詹姆斯·伯顿一样，得出了一个结论，这个人已经丧失了理智，跟他发再多的火都没用，只是白费口舌罢了。

牛虻又一次被关回了牢房，他躺在木板上，心情沮丧，感觉自己沉入了黑色的绝望之中，每当激荡的心绪平复，他都会陷入这种情绪中。他一动不动地躺到了天黑，脑海中一点思绪也无。经历了上午的事情后，他变得像具行尸走肉一般，就连灵魂都已经麻木了，那些痛苦沉沉地压在上面，他却什么都感受不到。事实上，牛虻已经不关心这一切会怎么结束了，他想要的只是让那难以忍受的痛苦消失，至于如何消失，是外部条件改变，还是让自己再也没有能力去感受，他都不在乎。也许他能逃出去，也许他们会杀了他，但无论如何，他都不会再见到神父，一切只是精神上虚空的烦闷罢了。

一名看守送来了晚餐，牛虻抬起头来，眼神冷漠。

“现在几点了？”

“六点了。您的晚餐，先生。”

所谓的晚餐不过是一团发臭的东西，它甚至都不是热的，牛虻厌恶地看了一眼，然后转过了头。他身体不适，情绪也很沮丧，再看到那些食物，简直都要吐出来了。

“如果不吃饭的话你会生病的。”看守急切地说道，“不管怎样，起码吃点面包吧，它对你有好处。”

他说话的语气很奇怪，一边说，一边还从盘子里举起一块黏糊糊的面包，又把它放了下来。革命者应有的敏锐在牛虻身上重新苏醒了过来，他一下子就猜到，面包里肯定藏着什么东西。

“那你放着吧，我一点一点吃。”牛虻漫不经心地说道。牢门是开着的，他知道楼梯上站着的士兵可以听到他们的每一句对话。

门被锁上后，牛虻又查看了监视孔，确保没人观察后，才拿起那块面包，慢慢地在手里揉碎了。面包中藏着的正是他需要的东西——一把小锉刀。锉刀外面裹着一层写着字的纸，他小心翼翼地把纸抹平，凑近光亮处读了起来。那些字密密麻麻地堆在小小的字条上，辨认起来十分困难。

“铁门已打开，天上没有月亮。尽快锯好，在两点和三点之间到通道来。我们已做好准备，也许这是唯一的机会。”

他激动地把纸捏成了一团。看来，所有的准备工作都已就绪了，他身上已经没有了镣铐，只需要锯断窗上的铁栏就可以了，太走运了！窗上有几根铁栏？两根，四根，每根要锯断两处，也就是说一共要锯断八处。如果他抓紧时间的话，一晚上绝对是可以搞定的——琴玛和马蒂尼是怎么在这么短的时间内就筹备好一切的——新伪装，新护照，还有藏身处？为了救他，他们肯定一刻也没闲着——看来他们最终还是采取了琴玛的计划。牛虻哑然失笑，是不是琴玛的计划又有什么关系，只要是个好计划就行！但牛虻还是忍不住感到高兴，琴玛的主意是让他利用秘密通道逃走，而那些走私贩原本的计划则是让他攀着绳梯下去。琴玛的计划更复杂也更困难，但起码不用非得干掉东边墙外值守的士兵。因此，当两份计划摆在他面前时，牛虻毫不犹豫地选择了琴玛的计划。

根据计划，那别称为“蟋蟀”的守卫会找机会，在不被同伴察觉的情况下，打开庭院的铁门，再悄悄把钥匙挂回到警备室的钉子上，走过那扇门就可以到达城堡地下的秘密通道。牛虻在得到消息后，锯开牢房窗上的铁栏，然后把身上的衣服撕烂，拧成绳子，再顺着绳子爬下去，降落在庭院东边的宽墙上。趁哨兵看向别的地方的时候，他就沿着墙匍匐前进，若是哨兵转过头，就贴着墙头藏起来。在东南角有一座破旧的塔楼，多亏上面爬满了繁盛的常青藤，那座塔才没有完全塌掉，大块大块的石头已经倒了进去，就堆在墙边。他要抓着常青藤从这个塔楼爬下去，再踩着堆起来的石头走到庭院里，接着轻轻地推开没有上锁的铁门，进入地下通道。几个世纪以前，这条隧道本是条秘密走廊，连接着城堡和附近山丘上的一座塔楼，而现在，这个通道已经完全被废弃了，很多地方都被落石堵了起来。除了那些走私贩，没人知道山腰上还有一个隐蔽的山洞，他们顺着山洞往里挖，已经把通道和山洞连接了起来。海关的人一直忙着搜查山民的住所，但除了居民的不满和投来的愤怒目光，他们什么也没有找到。一连几周，完全没有人猜出，那些违禁品其实就藏在城堡的地下。牛虻要从这个洞里爬出去，在夜色的掩护下走到一个偏僻的地点，马蒂尼和另外一个走私贩会在那里等着他。这个计划中最困难的一点在于不是每次晚间巡逻后都有机会打开铁门，要是那晚恰好天气晴朗，他很容易就会被发现。但现在门已经打开，这么好的机会，他一定不能错过。

牛虻坐了下来，开始往嘴里塞面包。虽然不算美味，但最起码它不像其他食物那样让他感觉恶心，而且，为了保持体力，他也必须吃点东西才行。

他应该去躺会儿，最好能睡上一觉，在十点之前锯窗户容易被发现，而十点一过，他就有的忙了。

神父居然还想过放自己逃走！这确实是神父的作风。但牛虻绝不会同意他的提议，与其被神父放走，他还不如去死！就算要逃，他也要靠自己，靠自己的伙伴们，他绝不接受神父的施恩。

天气真热啊！肯定是要打雷了，空气闷得让人喘不过气来。牛虻在木板上翻来覆去，他把头枕在缠着绷带的右手上，不一会儿又把手抽了出来。这手怎么跟烧着了似的，疼起来了？渐渐地，全身隐隐作痛。是不是旧伤又要发作了？哦，不可能！一定是天气在作怪。他要去睡了，在锯窗户前先休息一会儿。

四根铁栏，每一根都那么粗硬！一共要锯断八处，现在还剩多少要锯？肯定不多了。他感觉自己已经连续锯了好几个小时了——无休无止地锯着——是的，所以他的胳膊才会这么疼——太疼了，连骨头里都疼！可只是锯铁栏而已，为什么自己的半个身体都在疼，瘸着的那条腿上也传来阵阵灼痛——这也是锯得太用力造成的吗？

牛虻站了起来。不，他刚才没有睡着，他一直在睁着眼睛做梦——梦见自己在锯铁窗，实际上他还什么都没有干。窗户上的铁栏完好无损，还像以前一样牢固。远处的钟楼上传来了阵阵钟声，十点了。他得开始干活了。

他透过监视孔看了看，确保没人在监视后，就从胸前掏出了一把锉刀。

不，他的身体没坏，一切正常！那些全是想象。侧身的疼痛是因为消化不良，或者是着凉了，或者是别的什么小毛病。在密不透风的监狱里待了三个星期，又吃了那么多恶心的食物，有点难受再正常不过了。至于那不时随着抽搐在全身涌起的刺痛，一定是因为太紧张了，还有就是缺乏锻炼。对的，就是这样，是因为缺乏锻炼。他之前居然没想到这点！

他准备先坐下来缓一缓，等疼痛过去再开始干活。这么点疼痛，缓个一两分钟一定就好了。

坐着不动让他感觉更糟了。一动不动的时候，他能感受到的便只有难忍的疼痛，内心升起的恐惧让他脸色发青。不行，他得站起来干活，把恐惧甩开。要感受什么和不感受什么，应该都由他自己的意志决定，他要选择不去感受，他要把痛感都压制住。

牛虻再次站了起来，一字一句地大声对自己说道：

“我没有病，我没有时间去生病。我要锯断那些铁栏，我不会发病的。”

然后，他开始锯了起来。

十点一刻……十点半……十一点一刻……他锯啊锯，锯每一根铁栏就像有人在锯他的身体、锯他的大脑一样。“也不知道哪个会先被锯断，”他笑着对自己说道，“是我的身体，还是铁栏？”他咬紧牙关，继续锯着。

十一点半了。他还在锯着，整只手都肿了起来，僵硬到快要握不住锉刀了。不，他不能停下来，一旦放下手中的工具，哪怕只有片刻，他都不会有勇气重新再开始了。

有看守在门外走动，他的枪托划过牢门，发出了声音。牛虻停下来，环顾四周，手里依然举着锉刀。自己被发现了吗？

什么东西从监视孔里被扔了进来，落在地上。他放下锉刀，弯腰捡起那东西。是一张被攥成团的纸。

下坠，下坠，越沉越远，黑色的波浪席卷着他——它咆哮着——

啊，对了！他只是弯腰去捡纸而已。他有点晕乎乎的，很多人弯腰的时候都会这样。他没什么问题——一切正常。

他捡起那团纸，凑到光亮处，徐徐展开了它。

“无论如何，今晚一定要出来，蟋蟀明天就会被调去别处。这是我们唯一的机会。”

他像之前一样销毁了纸条，再次拿起锉刀，调动起全部的毅力，在沉默中不顾一切地继续锯了起来。

一点钟。他已经锯了三个小时了，该锯断的八处他已经锯断了六处，还剩两处，然后就该爬——

他开始回忆自己上次发病时的情况。那是在新年的时候，光是想起那五个夜晚，他就不禁颤抖了起来。但那次他不是突然发病，这些疼痛从来没有突然来袭过。

他陷入了绝望，放下锉刀，茫然地伸出双手，祈祷了起来。自从变成无神论者以来，这还是他第一次祈祷，他愿意向任何东西祈祷——向虚空祈祷——向一切祈祷。

“今天晚上不行！哦，让我明天再发病吧！到了明天，让我忍受什么都可以——只要今晚不发病就行！”

他双手压着太阳穴，一动不动地站了一会儿，然后又拿起锉刀，再次锯了起来。

一点半。他锯到了最后一处。上衣袖子已经被咬成了烂布，他的嘴唇上沾着血迹，眼前也蒙上了一层血雾，汗水不断地从额头上涌出，他不停地锯啊锯啊锯啊锯啊——

日出后，蒙塔内利终于睡着了。一夜的无眠终于耗光了他的精神，他安静地沉入了梦乡。

起初，梦的内容很模糊，让人搞不清含义，碎片般的画面和幻象纷至沓来，又转瞬即逝，毫无条理，但在朦胧中传递出挣扎和痛苦，在他心里投下了难以言喻的恐怖阴影。随后，他的梦开始变得不安，那个熟悉的噩梦又浮现了出来。多年来，他一直惧怕着那可怖的幻象。即使是在梦中，他也能意识到，这不是他第一次经历这个噩梦了。

他在一片巨大的空地上徘徊，试图找到一处安静的地方，可以躺下睡觉。这里到处都是人，他们不停地走来走去，喧哗着、大笑着、喊叫着、祈祷着，人群中不时传出铃铛声和其他铁器的撞击声。他游荡着，走到稍微能避开喧闹的地方时便躺下，有时是在草地上，有时是在长椅上，有时是在石板上。他用手遮住光线，闭上双眼，对自己说："现在我可以睡觉了。"然后人群就会涌向他，他们高声呼喊着他的名字，向他祈求："醒来吧！快醒来吧，我们需要你！"

又一次，他走进了一座巨大的宫殿，到处都是华丽的房间，房间里有床、沙发，还有矮矮的柔软的躺椅。天已经黑了，他对自己说："这里够安静，我终于可以睡觉了。"但当他选好房间，在黑暗中躺下时，却有人举着灯走了进来，用那光无情地晃着他的眼睛，说道："起来吧，有人需要你。"

他站起身，踉踉跄跄地走着，就像一个受了致命伤的将死之人，外面传来阵阵钟声，告诉他夜晚已经过去一半——宝贵的夜晚是如此短暂。两点、三点、四点、五点——到了六点，整个城镇都会醒来，他将失去这难得的寂静。

他走进另一个房间，本想找张床继续躺下，但却有人从床上跳了起来，叫喊道："这张床是我的！"他只得转身离去，心中充满了绝望。

一个小时又一个小时，时间就这样溜走了，他却还在不停地徘徊着，他走啊走，走过一个房间又一个房间，走过一座房子又一座房子，走过一条走廊又一条走廊。天空开始泛白，可怕的黎明将近。五点的钟声敲响了，整个夜晚都溜走了，他却没有得到一刻休息。啊，太痛苦了！新的一天又来了——又是一天！

他在一条长长的地下走廊里，这条低矮的拱形通道一直延伸着，似乎没有尽头。头顶的吊灯和墙壁上的烛台照亮了整个地方，透过廊顶的格栅，传来了阵阵欢声笑语，有人在欢快的音乐中跳着舞。头顶上，那个活人的世界里，人们无疑正在欢庆某个节日。啊，他只想找个地方躲起来睡觉，随便哪儿都行，哪怕是在墓穴里也没关系！他刚开口，就被绊了一下，跌进了一座还没封上的坟墓，里面充满了死亡和腐烂的气息——啊，没关系，只要能睡觉，怎样都好！

“这是我的坟墓！”是格拉迪丝，她抬起头，眼神透过腐烂的裹尸布，死死地盯着他。蒙塔内利跪了下来，向她伸出双臂。

“格拉迪丝！格拉迪丝！可怜可怜我，虽然这里很窄，但求你让我躺进去吧，我只要睡一会儿就好。我不会向你求爱，不会碰你，也不会跟你说话，只要让我躺在你身边睡会儿就好！哦，亲爱的，我已经太久没睡了！我一天也撑不下去了。光亮刺穿了我的灵魂，噪声捶碎了我的头脑。格拉迪丝，就让我进去睡一会儿吧！”

蒙塔内利想扯一截裹尸布来蒙眼睛，但格拉迪丝尖叫着向后缩了回去：

“这是渎神，你可是个神父啊！”

他又继续走啊走，来到了海边，站在光秃秃的岩石上，炽烈的天光倾泻而下，大海也发出了低沉的、永恒的哀号。“啊！”

他说道，“大海会接纳我的，它也像我一样精疲力竭，无法入睡。”

然后，亚瑟从水中站了起来，大声喊道：

“这是我的海！”

“主教阁下！主教阁下！”

蒙塔内利猛然惊醒。仆人正在外面敲门。他木然地站起来，打开了门，脸上惊恐的神情吓到了来人。

“阁下——您生病了吗？”

蒙塔内利用双手揉着额头。

“没有，我正在睡觉，你吓了我一跳。”

“非常抱歉，早些的时候我听到您的声响，还以为——”

“现在不早了吧？”

“已经九点了，总督来拜访。他说有非常重要的事情，他知道您一向起得很早——”

“他在楼下吗？我马上就过去。”

蒙塔内利穿好衣服后，走下了楼。

“抱歉，突然来打扰您。”总督开口道。

“我希望没什么大事发生。”

“发生了很大的事。里瓦雷士差点越狱。”

“好吧，好在他没有成功逃走，你也没什么损失。具体是什么情况？”

“他是在庭院里被发现的，紧挨着一扇铁门。今天凌晨三点，巡逻队进去检查院子，有个卫兵被绊了一跤，他们举灯一看，发现里瓦雷士就横躺在路上，已经不省人事了。他们立即发出警报，把我叫了过去。我去检查他牢房的时候，发现窗户上所有的铁栏都被锯断了，其中一截上挂着一件用撕破的衣服拧成的绳子。他顺着绳子降了下去，沿着墙爬下来了。那个铁门，就是通往地下通道的那个，没有上锁。应该是他买通了守卫。”

“那他是怎么晕倒在路上的呢？是不是从城墙上掉下来摔伤了？”

“我起初也是这么想的，主教阁下。但监狱里的医生没在他身上找到任何摔伤的痕迹。昨天值班的士兵说，他去送晚餐的时候，里瓦雷士好像生了什么病，一口饭都没吃。但这应该也是胡说八道，一个病人不可能有力气把那些铁栏都锯断，更别说之后还能沿着墙头爬走了。这不可能。”

“他自己交代原因了吗？”

“他还没有醒来，主教阁下。”

“他还在昏迷吗？”

“只是会时不时地睁开眼，呻吟一声，然后又晕过去了。”

“这太奇怪了。医生是怎么说的？”

“医生也不知道是怎么回事。他也没找着什么心脏疾病的迹象。但不管是怎么回事，有一件事可以肯定，那就是他是突然晕倒的，就在他马上要成功逃走的时候。就我个人而言，我相信他是被仁慈的上帝亲自出手击倒的。”

蒙塔内利微微皱起了眉头。

“你打算怎么处理他？”他问道。

“这个问题我打算过几天再做决断。在此期间，我得好好吸取这次的教训。这就是取下犯人身上镣铐的后果——无意冒犯，主教阁下。”

“我希望，”蒙塔内利打断道，“你至少不要在他生病的时候给他戴上镣铐。根据你的描述，他很难有力气继续逃跑了。”

“我会确保他没法逃走的。”总督在离开时喃喃自语道，“尊敬的主教阁下和他的顾忌一起见鬼去吧，我才不在乎他怎么想。里瓦雷士现在被锁得结结实实，不管他有没有病，我都不会把镣铐解开的。”

“怎么会发生这种事呢？都到最后一刻了，一切都准备就绪，他却在门口晕倒了！这种玩笑可一点都不好笑。”

“我告诉你，”马蒂尼说道，“我唯一能想到的解释是，他旧伤发作，他一定拼命忍耐了很久，但走到庭院时还是用尽力气，昏了过去。”

马尔科恶狠狠地磕了磕烟斗。

“唉，事已至此，也只能这样了，我们现在也无能为力了，可怜的家伙。”

“可怜的家伙！”马蒂尼暗自附和道。他开始意识到，对自己来说，这个世界如果没有了牛虻，会变得多么阴沉和空虚。

“她是怎么想的？”马尔科问道，他把目光投向了房间的另一边。琴玛正一个人坐在那里，双手无力地搭在膝上，茫然地直视着眼前的虚无。

“我还没问她，听到消息后她一句话都没有说过。我们现在最好不要打扰她。”

琴玛似乎没有注意到他们的存在，但马蒂尼二人说话时还是压低了音量，望向琴玛的眼神也仿佛在看一具尸体。短暂的沉默后，马尔科收好烟斗，站了起来。

“我晚上会再来——”他说道。但马蒂尼用手势打断了他。

“先别走，我有话想跟你说。”他把声音压得更低了，几乎是在耳语，“你真的觉得没有希望了吗？”

“我不知道现在还能怎么办。之前的计划已经行不通了。即使他完全康复，能够完成他那份任务，我们这边也没办法了。哨兵们受到了怀疑，全被换掉了。蟋蟀也没法再帮我们开门了。”

“你有没有想过，”马蒂尼突然问道，“等他康复后，我们可以想办法引开哨兵？”

“引开哨兵？这是什么意思？”

“我有个主意，圣体圣血节[1]游行的时候，当队伍经过城堡时，我可以拦住总督，朝着他开枪，那时候所有的哨兵都会冲来抓我，你们就可以趁乱去救里瓦雷士。我还没有仔细计划过，只是有这个想法。”

“我不确定这样做能否行得通。”马尔科一脸严肃地说道，“如果真要实施的话，我们得先好好规划规划才行。但——”马尔科停顿了一下，望着马蒂尼，“如果这事行得通——你愿意去做吗？”

马蒂尼向来都是最谨慎的那个人，但现在不是平时。他直视着马尔科。

“你问我愿意去做吗？”他重复道，“你看看她！”

1　圣体圣血节，也叫“圣体宝血日”，是天主教和部分圣公宗以及信义宗会的节日。

这句话出口时，一切都不言自明了。马尔科转过身，看向房间的那头。

从他们开始谈话到现在，琴玛就没有动过。她的脸上没有怀疑、没有恐惧，甚至没有悲伤，只剩下死亡的阴影。看着她，马尔科的眼睛里噙满了泪水。

“快点，米歇尔！”马尔科推开走廊的门，冲外面喊道，“你们俩不是快搞完了吗？还有一堆事情等着我们去做呢！”

吉诺跟在米歇尔后面，一起走了进来。

“我已经准备好了。”米歇尔说道，“我只想问问夫人——”

米歇尔说着，向琴玛走去，马蒂尼却一把抓住了他的胳膊。

“别打扰她，让她一个人静静。”

“随她去吧！”马尔科补充道，“安慰的话都是多余的。上帝知道，我们所有人都很难过，但她比我们更难过，可怜的人！”

第五章

整整一个星期，牛虻的病情都不见丝毫好转。这次旧伤发作来势凶猛，而总督因为害怕牛虻再次出逃，变得愈加残忍，不仅给他的手脚都戴上了镣铐，还用皮带把他牢牢绑在了睡觉的木板上，皮带拉得很紧，紧到只要他稍有动作，皮带就会嵌进皮肉里。牛虻凭着坚忍的意志，艰难地忍受着这一切。直到第六天，极度的痛苦才终于瓦解了牛虻的自尊，他忍不住开了口，哀求狱医给他一剂鸦片。医生倒是很愿意提供，但总督知道了这个请求后，立刻就严令禁止了“这种愚蠢的行径”。

“你怎么能确定他拿到鸦片后会做什么？”他说道，“说不定他一直在装病，就是为了给看守下药，或者是想要别的什么把戏。里瓦雷士太狡猾了，什么事都做得出来。”

“就那么一剂鸦片可迷不倒守卫。”医生忍不住笑了起来，回道，“至于装病——这个你不用担心。他可能就快要死了。”

“无论如何，我都不会把药给他。他要想被细心看护，就该表现好点。他现在活该受苦，早该管教管教了，让他知道铁窗栏可不是那么好玩的。”

“可，动用酷刑是违法的。”医生鼓起勇气说道，“我们现在已经是在折磨他了。”

“法律可没规定一定要给犯人鸦片吧。”总督恶狠狠地说道。

“当然了，给不给鸦片最终还是要由您决定，上校。但我希望，无论如何，都要把他身上绑着的束带拿掉，那些东西只是在徒增他的痛苦。您不用担心他会逃跑，就算您现在放他走，他也不会走，因为他连站都站不起来。”

“我的好先生，看来就算是医生也会像其他人一样犯错。我现在把他捆紧了，他就得一直这样下去。”

“那最起码，把皮带绑松一点吧。把一个人拴得那么紧，这做法太野蛮了。”

“该怎么绑我比你清楚。谢谢你，医生，请不要再说我野蛮了。我做事情是有理由的。”

就这样，第七天也过去了，牛虻的痛苦没有得到任何缓解。整夜，他都痛苦地呻吟着，门外的看守听着他的哀号，颤抖着，不停地在自己胸前画着十字。牛虻的坚忍终于被耗空了。

早上六点，换岗前，看守的卫兵轻轻打开牢门，走了进去。他知道这么做是违反纪律的，但他实在不忍就这么离开，最起码，也要上前说句安慰的话。

牛虻闭着眼睛，微张着嘴，一动不动地躺在那里。卫兵沉默地站了一会儿，然后弯下腰，问道：

“先生，有什么我能为你做的吗？我只能待一分钟。”

牛虻睁开了眼睛。“让我一个人待着！”他呻吟道，“一个人——”

在卫兵回到岗位之前，他又昏睡了过去。

十天后，总督去主教宫殿拜访，却被告知蒙塔内利去乡下的教堂探望病人了，得下午才能回来。当天晚上，总督刚坐下，正准备吃饭时，仆人走了进来，说道：

“主教阁下来见您了。”

总督匆匆照了下镜子，确保自己穿着齐整，便摆出庄重的姿态，走进了会客厅。蒙塔内利正坐在那里，轻轻拍打着椅子的扶手，看着窗外，眉宇间流露着焦灼。

“听说你今天来找过我。”蒙塔内利打断了总督的客套话，他的语气中带了很少出现的威严，跟他与乡民交谈时的和蔼态度完全不同，“我正好也有事想找你，也许我们想说的是同一件事。”

“是关于里瓦雷士的事情，主教阁下。”

“我猜也是。我这几天一直在考虑这个事情。但我想先知道，你是否有什么新消息要告诉我？”

总督尴尬地捋了捋脸上的胡子。

“事实上，我上午去拜访，是想了解一下您的想法。如果您还像之前那样反对我的提议，我就准备请您帮我出出主意。因为说实话，我不知道该怎么办。”

“出现什么新问题了吗？”

“是的，下周四是六月三日，是圣体圣血节，我们必须在那之前解决掉里瓦雷士的事。”

“下周四的确是圣体圣血节，可为什么一定要在那之前解决呢？”

“我要先提前跟您道个歉，主教阁下，如果我违背了您的意思。但如果不在节日前除掉里瓦雷士，城镇可能会出现动乱。您知道，节日那天，所有人都会聚集在这里，包括那些粗野的山民，他们为了把里瓦雷士救走，很可能会试图冲击城堡的大门。当然了，就算他们出手也不会成功，我有足够的枪炮挡住他们。但问题是，他们很可能会在那天出手。罗马涅地区到处都是凶暴的刁民，一旦他们也跟着抽出刀——”

“我认为，只要小心防范，就算出事，也不至于会发展到兵刃相见的地步。我一直觉得，只要以礼相待，这个地区的人们都会很好相处。但如果你一开始就用强硬的手段威胁他们，他们当然不会服从你了。还有，你有什么理由怀疑他们会去劫狱吗？”

“今天早上，还有昨天，都有密探向我汇报，说整个地区现在谣言四起，显然是有人在密谋什么事情。但还探查不到具体的细节，否则我们就可以采取针对性的预防措施。我觉得，经过前几天那事，我们还是应该谨慎行事。对里瓦雷士这种狡猾的老狐狸，再怎么小心都不为过。”

“可我之前听说，他病得厉害，不仅下不了床，连话都不能说了。你的意思是他现在康复了？”

“他现在看起来好多了，主教阁下。他之前的情况确实很严重——如果他不是在装病的话。”

“你怀疑他装病的理由是什么？”

“呃，医生似乎觉得他是真的病了，但却一直找不到病因。不管怎么说，他正在康复，而且变得比以前更难搞了。”

“他又干了什么了？”

“还好，他现在能干的事情不多。”总督想到了那些绑在牛虻身上的束带，笑着回答道，“但他的举止还是一样让人不悦。昨天上午，我到牢房去问了他几个问题，他的状态还没好到可以离开牢房接受审讯——事实上，我觉得，还是不要让人看到他现在的样子为好。毕竟这种事总是会滋生出些荒谬的谣言。”

“所以你是在牢房里审问他的？”

“是的，主教阁下。我希望他现在能比以前更讲理一点。”

蒙塔内利用尖锐的目光打量着他，就像在审视一只奇怪的、讨人厌的野兽。所幸，总督正专心拨弄着自己的剑带，并没有注意到蒙塔内利的眼神。他若无其事地继续说道：

“我并没有动用什么酷刑，只不过对他稍微严格了一点——毕竟那是座军事监狱——我之前想，说不定稍微宽容一点，他会觉得感恩，所以就提出，如果他能配合审讯，我就放宽对他的管制。主教阁下，您猜他是怎么回答我的？他就躺在那里死死盯着我，就像只被困在笼子里的狼，然后轻轻地说：‘上校，我现在动不了，没法冲过去掐死你，但我的牙齿依旧锋利，把你的喉咙挪远点。’他太野蛮了，简直就像只野猫。”

“这确实像他的作风。”蒙塔内利平静地说道，“但我想问的是，你是否真的认为，里瓦雷士的存在，对这个地区的治安造成了严重的威胁？”

“当然了，主教阁下。”

“你认为，为了防止流血事件发生，必须在圣体圣血节前想办法处理掉他？”

“我只能再次跟您重申，我认为，如果星期四的时候他还在监狱里的话，这里免不了会有一场战斗，而且会是一场激烈的战斗。”

“那么，你认为，如果他不在这里了，战斗就不会发生？”

“如果他不在了，就什么事都不会有了。就算有，最多也就是会有人扔几块石头抗议抗议。如果主教阁下能想办法处理掉他，我会确保那天无事发生。否则，恐怕我们会有大麻烦。我相信，他们正在密谋新的劫狱计划，而周四就是他们动手的日子。可如果那些人发现他根本不在城堡里，劫狱的计划自然也就失败了，他们也失去了战斗的理由。不然，要是发生战斗，我们就得被迫击退他们，节日那天人们都聚集在一起，一旦开战，恐怕整个地方都会被烧毁。”

“那你为什么不干脆把他送到拉文纳去？”

“天知道，主教阁下，我要是能把他送走就好了！但我要怎么才能防止他们在路上把他劫走呢？我没有那么多士兵，抵挡不了他们的武装袭击。你知道，那些山民都有刀，还有燧石枪，还有其他乱七八糟的武器。”

“这么说，你还是想成立军事法庭，并希望我也同意你这么做。”

“请原谅我，主教阁下，我只求您这一件事——帮我阻止暴乱和流血。我承认，军事委员会，比如弗雷迪上校的那个，有时候是过于严厉了，它非但驯服不了民众，反而会激怒他们。但我认为，就这个案子来说，成立军事法庭才是明智之举。从长远看，我们这么做可以阻止一场暴乱，而如果出现暴乱——暴乱本身就已经够可怕了——可能会让已经被教皇陛下废除的军事委员会制度死灰复燃啊。”

带着庄重的神情，总督结束了他简短的演讲，静待着红衣主教的回答。蒙塔内利沉默良久，再开口时，说出的话却出乎了总督的意料。

“弗拉里上校，你相信上帝吗？”

“主教阁下！”上校倒吸了一口气，惊讶地喊道。

“你相信上帝吗？”蒙塔内利站起身来，用锐利的目光俯视着他，又重复了一遍问题。上校也站了起来。

“主教阁下，我是一个基督徒，忏悔时从来都是被赦罪的。”

蒙塔内利举起了胸前的十字架。

“在其之上救世主为你而死，请对着十字架发誓，你对我说的都是真话。”

上校愣住了，他茫然地望着十字架。不知道是主教疯了，还是自己疯了。

“你要我同意你去处死一个人，”蒙塔内利继续说道，“那就亲吻这个十字架。如果你敢的话，告诉我，你真的相信，除此之外，再没有别的方法可以阻止更大规模的流血事件了。记住，如果你撒了谎，你那不朽的灵魂就会受到损害。”

沉默片刻后，总督弯下腰，将十字架贴在了自己的嘴唇上。

“我相信。”他说道。

蒙塔内利缓缓地转过了身。

“明天，我会给你一个明确的答复。但首先，我得先见见里瓦雷士，我要和他单独谈谈。”

“主教阁下——您听我说——您不会想见他的。而且，他昨天就通过卫兵跟我传话，说他想见您，但我没有理会，因为——”

“没有理会！”蒙塔内利打断了他，“一个重病的人，向你传了口信，而你却没有理会？”

“如果这事惹您不悦，我很抱歉。我只是不想给您添麻烦而已。我现在已经很了解里瓦雷士了，我很确定，他这么做就是想找个机会再羞辱您一次。而且事实上，您别生气，您听我说，单独跟他会面并不是个好主意，他太危险了——危险到，我不得不稍微采取一些必要的措施，把他控制住——”

“你真的认为，靠近一个手无寸铁、被绑着的病人是件危险的事情吗？”蒙塔内利的语气依旧十分温和，但上校还是被他话语间暗藏的蔑视刺痛，气得涨红了脸。

“主教阁下，您想怎么做就怎么做吧。”他僵硬地回答道，“我只是不想让您再听到那家伙满口的污言秽语罢了，净是些亵渎神明的话。”

“你觉得，对一个基督徒来说，哪种情况更糟糕？是听到几句脏话，还是抛弃一个正处在困境中的同胞？”

总督挺直了身体，生硬地站着，脸色沉得像一块木头。蒙塔内利的态度深深地冒犯到了他，为了表达自己的不满，他反倒讲究起礼数来了。

“那主教阁下您希望什么时候跟犯人会面呢？”他问道。

“我现在就动身。”

“如阁下所愿。还请您再多等几分钟，我这就派人去给他做准备。”

总督立刻又恢复了以往的姿态。他不想让蒙塔内利看到那些绑在牛虻身上的皮带。

“谢谢你，我更想见到他现在的样子，不用再准备什么了。我现在直接去城堡，晚安，上校，我明天早上就会给你答复。”

第六章

听到牢门被打开的声音，牛虻懒懒地移开了视线，想着应该是总督来了，又要借着审讯的由头来折磨他。几个士兵登上了狭窄的楼梯，身上的卡宾枪撞在墙上，哐啷哐啷地响着。一个声音恭敬地说道："台阶很陡，请小心，主教阁下。"

牛虻吓得抖了一下，这一抖让束带嵌进了肉里，疼得他呼吸一窒。

蒙塔内利走了进来，身后跟着一位中士和三名卫兵。

"请主教阁下稍等片刻。"中士紧张地开口道，"有人去给您拿椅子了，马上就回来。还请您见谅——我们不知道您会来，不然一定会提前准备好的。"

"不用准备。请让我跟他单独待会儿，中士，能麻烦你带着部下去楼梯口等着吗？"

"是，主教阁下。椅子来了，放在您身边可以吗？"

即使闭着眼睛，牛虻也能感受到蒙塔内利落在自己身上的目光。

"他应该是睡着了，主教阁下。"中士刚开口，牛虻就睁开了眼睛。

“没有。”牛虻回应道。

士兵们正要离开牢房，身后却传来蒙塔内利的一声喝止，他们回过头，看到他正弯下腰，检视着牛虻身上的束带。

“这是谁干的？”他问道。中士紧张地摸着自己的帽子，答道：“是总督大人的命令，主教阁下。”

“里瓦雷士先生，这一切我毫不知情。”蒙塔内利痛苦地说道。

“我告诉过您，”牛虻勉强一笑，说道，“我没、没、没指望过他们只是拍拍我的脑袋，就放过我。”

“中士，他被绑成这样多久了？”

“越狱失败后他就被捆起来了，主教阁下。”

“也就是说，一个星期了？拿把刀来，马上给他割开。”

“主教阁下，请您原谅，医生也想取下这些束带，但弗拉里上校不同意。”

“立刻把刀拿来。”蒙塔内利并没有提高嗓门，但盛怒之下，他的脸色已经开始发白。中士见状，从口袋里拿出一把折刀，弯下腰对着束带开始割了起来。他不是很擅长用刀，笨拙的动作反而让皮带拉得更紧了，牛虻紧咬着嘴唇，努力保持自制，但还是疼得皱紧了眉头。蒙塔内利见状，走上前去。

“你这样割不对，把刀给我。”

“啊——”手上的束带脱落后，牛虻伸展双臂，长长地舒了一口气。紧接着，蒙塔内利割断了另一条捆在他脚踝上的束带。

“中士，把他身上的镣铐也解开。然后来这边一下，我想先跟你谈谈。”

蒙塔内利站在窗边，正望着外面。中士取下铁链后，走了过去。

“现在，”蒙塔内利开口道，“把最近发生的一切都告诉我。”

中士没有犹豫，从牛虻的病情到总督采取的“惩戒措施”，再到医生不成功的抗议，把他了解的情况全部讲了出来。

“主教阁下，我认为，”中士补充道，“上校把他捆成这样，只是想让他招供。”

“招供？”

“是的，主教阁下，前天我听到上校说，如果牛虻他——”中士看了一眼牛虻，“愿意回答一个问题，就给他把束带取下来。”

蒙塔内利紧紧攥着放在窗沿上的那只手，士兵们互相交换着眼色。蒙塔内利一直都是个温和的人，他们从未见过主教展现过怒意。而牛虻，早就忘记了他们的存在，正专心享受着解脱束缚的感觉。他被捆住太久了，如今终于可以自由地伸展，在欣喜中，他忘我地扭动着身体。

“你们现在可以离开了，中士。”蒙塔内利说道，“不要担心，你并没有违反纪律，我问你问题时，你是有义务回答我的。出去后守着门，不要让别人来打扰。聊完后我自己会出去。”

士兵走出去在外面关好了门，蒙塔内利靠着窗沿，盯着夕阳看了一会儿，好让牛虻有时间喘息。

“我听说了，”过了一会儿，蒙塔内利离开窗边，在木板旁边坐了下来，说道，“你想跟我单独谈谈。现在我来了，如果你已经康复到可以说话了，就请说吧。”

蒙塔内利说话的语气十分冷淡，他像是变了个人，生硬的态度中还带了些许傲慢。在解开束缚之前，牛虻对他来说还是一个受尽委屈和折磨的可怜人，但现在，他们上次谈话时的情景又浮现在了蒙塔内利的脑海中，牛虻让他受到了莫大的侮辱，让那场对话结束得很不愉快。牛虻懒洋洋地把头枕在一只胳膊上，抬眼看着蒙塔内利。他总是能表现得怡然自得，这是他的天赋，当他的脸隐在阴影中时，没人能猜出他刚刚经历了多大的磨难。但当他抬起眼时，夕阳的余晖清晰地映出他脸上的憔悴和苍白。这几天的折磨在他身上留下了明显的烙印，看着这些痕迹，蒙塔内利的怒气又平息了下去。

“能看得出，你之前病得很厉害。”他说道，“很抱歉，我对这一切毫不知情，否则我一定不会让他们这么对你的。”

牛虻耸了耸肩。“战争中一切都是公平的。”他冷冷地回道，“主教您站在基督神学的角度，理论上反对把人捆成这样，但上校不这么看也很正常。跟自己比起来，上校他肯定是更愿意捆别人——而我刚、刚、刚好就是那个别人。对他来说，折磨我不过是图自己方便罢了。毕竟，我现在是地位最低的——怎、怎、怎么说好呢？不管怎么说，您能来看我，我很感激，但说不定，您这么做也只是站在基督教的角度罢了。探视囚犯——啊，对！我想起来了。‘这些事你们既做在最卑微的人身上，就是做在我身上了。’[1]——不算是什么恭维，但我这个最卑微的人，在这里向您表达感谢。”

“里瓦雷士先生，”蒙塔内利打断了他的话，“我来不是为了

1 引自《圣经》中的《马太福音》。

我自己——我是为你而来的。考虑到上次你对我说的那些话，如果你现在不是正处于你口中的‘最卑微’的状态，我根本就不会再和你见面了。但你现在既是病人又是囚犯，这种情况下，你要见我，我无法拒绝。现在我来了，你有什么话想对我说吗？还是说，你特意把我找来，只是为了继续羞辱我这个老人，好给自己找点乐子？”

牛虻躺在那里，转过身，用一只手捂着眼睛，没有回答。

“打扰到你——我非常抱歉，”过了一会儿，牛虻才终于开口，他的声音非常沙哑，“能不能先给我喝点水？”

窗台上有一只水壶，蒙塔内利起身去拿了过来。他伸出胳膊，正准备扶牛虻起来时，牛虻却抢先一步抓住了他的手。他的手冰冷又潮湿，像钳子一样紧紧地扣在蒙塔内利的手腕上。

“把手给我——快——一会儿就行。”牛虻低语道，“哦，又不会损失你什么，只要一分钟就好！”

牛虻伏下了身，把脸埋在蒙塔内利的双臂中，从头到脚都在颤抖。

“喝点水吧。”过了一会儿，蒙塔内利才开口道。牛虻默默地照做了，然后又闭着眼睛躺回了木板上。他自己也说不清，在蒙塔内利的手触碰到他的脸颊时，自己的心里发生了什么，他只知道，至今他还从未遇到如此可怕之事。

蒙塔内利把椅子拉到木板前，坐了下来。牛虻铁青着脸，一动不动地躺着，看起来像一具尸体。沉默良久，他才终于睁开了幽灵般的双眼，向蒙塔内利投去了让人不安的目光。

“谢谢你。”牛虻开口道，“我——很抱歉。你刚才——是不是问了我什么问题？”

“你现在状态不好。我明天再来吧，如果你有什么想说的，可以到时候再告诉我。”

“请不要走，主教阁下——其实，我状态挺好的。我——我这几天是有点不舒服，不过有一半是装出来的——不信的话你可以去问上校，他会告诉你的。”

“这种事还是让我自己来判断吧。”蒙塔内利轻轻说道。

“上校也喜欢自己来判断。你知道吗，他有时候还挺机智的。别、别、别看他长着一张不聪明的脸，脑袋里偶、偶、偶尔还是能冒出些好、好点子的。比如说，上周五晚上的时候——那天应该是周五，我有点记不清了——总之，那晚我求他给我一、一剂鸦片——这事我记得很清楚，他走进来，说只要我告诉他是谁把铁门打开的，他就把鸦片给我。我还记得他的原话：‘如果你是真的病了，你就会答应我的条件；如果你拒绝，就说明你是在装病。’太滑稽了，我从、从、从没想、想、想过这事会这么好笑——”

牛虻突然爆发出一阵刺耳的大笑，笑声断断续续的，随后，他猛地转头，眼睛紧紧盯着沉默的蒙塔内利，结结巴巴地继续说了下去，他说得很急躁，让人很难听懂。

“你不、不、不觉得这事很好、好、好笑吗？也、也对，你们这些信、信教的人从、从、从来都没什么幽、幽默感——你们一、一向都很悲、悲、悲观。还、还记得那晚吗，在大教、教堂里——你可真是太肃穆了！顺便一提——我假、假扮的朝圣者，看起来一定很可、可怜！你、你这样的人，肯、肯定不觉得那、那晚的事情好、好笑。”

蒙塔内利站了起来。

“我来是想听听你有什么话说，但你现在太激动了，没法好好说话。最好叫医生给你一剂镇静剂，你先睡一觉，我们明天再谈。”

“睡、睡觉？哦，主教大人，等你同、同意了上校的计划，我一定会好好睡的——一盎司重的铅、铅弹是最好的镇、镇静剂。”

“我不明白你的意思。”蒙塔内利转头看着他，惊讶地说道。

牛虻再次爆发出大笑。

“主教大人，主教大人，诚、诚、诚实可是基督徒的美、美德之首！总督想设立军事法庭，你、你、你以为我不、不、不知道他正在努力争、争取你的同意吗？主教大人，我看你最、最好同、同意算了，要、要是换作别、别人在你的位置上，早就这、这么做了。这么做全是好、好处，没、没什么坏处！真的，没、没必要为了这种事搞得自己连觉都睡不好！”

“麻烦你先别笑了。”蒙塔内利出言打断道，“告诉我，你是怎么知道这些事的。是谁向你走漏的风声？”

“难道上校没、没、没跟你说过吗？我不是人，是个恶、恶魔。没有吗？反正他经常这么跟我、我说。好吧，其实就是这样，我是个恶魔，能知、知道别、别人心里在想什么。主、主教大人心里在想，我是个难解决的麻烦事，你希望能有别、别人来处理我的问题，免得刺激到你那敏、敏感的良心。主教大人，我猜得对吗？”

“听我说，”蒙塔内利又坐回到了牛虻身边，一脸严肃地说道，“不管你是怎么发现的，这件事都是真的。弗拉里上校怕你的那些朋友会来劫狱，他想抢在他们动手之前把你——就像你刚才说的那样。你看，我对你没什么隐瞒的。”

“主、主教大人一向是以坦诚闻、闻名的。”牛虻刻薄地插了一句。

“随你怎么说。”蒙塔内利继续说道，“从法律上讲，我无权管辖世俗事务，我只是个主教，不是教皇的特使。但我在这个地区有很大的影响力，我认为，在得到我的同意——最起码也得是默许——之前，上校是不敢贸然行事的。到目前为止，我一直都坚决地反对着他的计划，而他也一直在努力说服我。上校跟我说，周四，当人们都聚集起来游行的时候，会有人发动武装劫狱——最终会发展成流血事件。你知道我在说什么吗？”

牛虻心不在焉地望着窗外。他环顾四周，用疲惫的声音回答道：

“我听着呢。”

“也许你的状态真的不好，没法专注听我说话。我还是明天再来吧。这是件非常严肃的事情，我希望你能集中精神。”

“还是赶紧聊完吧。”牛虻用同样的语气说道，“你说的我都听到了。”

“如果上校说的是真的，”蒙塔内利说道，“把你继续关在这里，我们将面临暴乱和流血，那我反对上校也需要承担巨大的责任。我觉得，上校的话里，起码有一部分是事实。不过，我也觉得，他的判断受到了个人情绪的影响，因为对你个人的敌意，他夸大了你的危险性。在目睹了他这可耻的野蛮行径之后，我更加这么觉得了。”他瞥了一眼已经被扔在地上的镣铐和束带，然后继续说道，“如果我同意他的计划，那我即是杀了你。可如果我拒绝，就意味着要把无辜民众的性命置于险境。我拼命地思考了很久，只想找到一个办法，能让我脱离这两难的选择。现在，我终于做出了决定。”

“是选择杀了我，去拯、拯救那些无辜的人吧——你是个基督徒，肯定会这么做决定。‘若是右、右手叫你跌倒，就砍下来丢掉’[1]之类的。虽然我没、没那个荣幸变成你的右手，但我还是让你为难了。这是个显而易见的结、结、结论，你就非得在告诉我之前先长篇大论地说这么一堆吗？”

牛虻懒洋洋地说道，语气中带着冷漠和轻蔑，仿佛已经厌倦了这个话题。

“怎么样？”稍作停顿后，他继续开口道，“我说得对吗，主教大人？”

“不对。”

牛虻改变了姿势，两只手枕在脑后，半闭着眼睛看向蒙塔内利。蒙塔内利则低着头，沉浸在自己的思绪中，一只手轻轻地拍打着椅子的扶手。啊，这个熟悉的姿态，还和他记忆中的一样！

“我决定，”过了一会儿，蒙塔内利抬起头，说道，“要做一件从未有人做过的事情。当我听说你想见我时，我就决定了，我决定把这一切都告诉你——就像我刚刚所做的一样，然后把这

1　引自《圣经》中的《马太福音》。

件事交给你来决定。”

“我——来决定？”

“里瓦雷士先生，我今天来见你，并没有带着红衣主教的身份，我不是神父，也不是法官，而只是一个普通人，来看望另一个普通人。我不要求你告诉我是否有人计划劫狱。我明白，无论有没有，这都是你不会说出来的秘密。但我想求你站在我的立场上想想，我已经老了，活不了太长时间。我希望自己走进坟墓时，双手可以不沾鲜血。”

“主教大人，你是说，你的手上还没有沾过血吗？”

蒙塔内利的脸色苍白了起来，但他依然保持着平静的语调，继续说道：

“我这一生都在对抗暴政，抵制任何残忍的行为。我反对任何形式的死刑，前任教皇在位的时候，我一直在抗议军事委员会的设立，也因此遭到了排挤。即使是现在，我所拥有的影响力也好，权力也罢，我都把它们用来行善。请相信我，我刚才说的都是真话。而现在，我陷入了两难。如果我反对上校的提案，城市里可能会发生暴动，造成不可估计的影响，而这一切都只是为了救一个人，那个人不仅亵渎了我的信仰，也对我个人进行了侮辱和诽谤（这对我来说倒不是什么大事），而且我相信，如果我救了他，他一定会去继续作恶。但——这可是一个人的生命啊。”

蒙塔内利停顿了片刻，然后又继续开口道：

“里瓦雷士先生，就我所知，你的所作所为带来的只有毁灭，在很长的一段时间里，我都以为你是一个不择手段的人，行事暴力，不计后果。在某种程度上，我依然这么认为。但过去的两周内，你向我展示了你的勇敢，你也一直都忠于你的友人。就连那些士兵都开始钦佩你，不是所有人都能像你这样。我想，说不定是我看错了你，你的内心比你展现出来的样子要善良得多。现在，我向你善良的内心祈求，请你凭着良心，诚实地告诉我——如果你是我，你会怎么做？”

长久的沉默后，牛虻抬起了头。

“起码，我会自己做出决定，然后承担后果。我不会像你这个懦弱的基督徒一样，偷偷摸摸地来找别人，让他来解决我的问题！”

牛虻爆发得如此突兀，激烈的言辞和之前慵懒的态度形成了鲜明的对比，仿佛是突然扯掉了一副面具一般。

“我们这些无神论者都明白，”他继续说着，语气里充满了愤怒，“如果担子落在你身上，你就得担着，拼上命也得担着。如果你被压垮了——怎么办？那只能算自己倒霉。但你们不一样，你们基督徒会去找上帝抱怨，去找圣徒诉苦。如果他们帮不了你们，你们甚至还会去找你们的敌人——你们总能想办法把自己的担子扔给别人。难道你的《圣经》、你的弥撒书，以及其他伪善的神学书里有规定吗？规定你必须来找我，让我来告诉你该怎么做？我的天啊！难道我承受的还不够多吗？现在你要把你的责任也扔到我身上？回去找你的耶稣去吧，他不是最喜欢锱铢必较吗？你照做就是了。毕竟，你要杀的只是个无神论者而已——一个异教徒，你背不了多少债的！”

他停了下来，大口地喘着气，又继续咆哮道：

“而且，你有什么资格说别人残忍！就算再给那、那、那头蠢驴一年的时间，他也不可能想出你这种折磨人的办法，他可没那种头脑。他就只会把束带拉紧，紧到不能再紧的时候，他就无计可施了。这种办法白痴都能想出来！但你——‘在你自己的死刑判决上签字吧，求你了，我的心太软了，下不了这个手。’也就你这种基督徒能想出这招——温柔的、慈爱的基督徒，看到我身上的束带连脸都吓白了！你进来的时候我就该想到了，别看你像个慈悲的天使似的——还被上校的‘野蛮行径’气得发抖——其实你才是最残忍的那个！你那是什么眼神？别那么看着我！同意，我都同意，好了，你回家吃饭去吧，这么点小事有什么可大惊小怪的。告诉你的上校，他可以枪毙我了，吊死也行，怎么方便怎么来吧——活活烧死也行，只要他开心就好——赶紧让这事翻篇吧！”

牛虻像变了个人一样，他喘着粗气，被愤怒和绝望包裹着，浑身都在颤抖，眼睛里还闪着绿色的光，像只愤怒的猫。

蒙塔内利站了起来，静静地看着他。他不明白牛虻为何会突然变得这般愤怒，他不知道这极端的情绪从何而来，但他知道牛虻说出那些侮辱他的话，都是受到了这种情绪的驱使，因此，他并没有往心里去。

“嘘！”蒙塔内利说道，“我无意让你难过。我不是故意要把负担扔在你身上，你已经承受太多了。我从未有意对别人做这种事——”

“你骗人！”带着炽热的目光，牛虻大喊道，“你忘了你是怎么当上主教的吗？”

“当上——主教？”

“哈！你不记得了吗？毕竟是很久以前的事了！‘如果你想的话，亚瑟，我可以写信告诉他们我不能去。’你把你的人生都交给我来决定了——我那时才十九岁！如果后来没变成这样，这事还挺好笑的！”

“别说了！”蒙塔内利用双手捂住脑袋，绝望地喊道。过了一会儿，他缓缓地放下双手，在窗沿上坐了下来，胳膊靠着铁栏，把额头压在了上面。牛虻还躺在木板上，浑身颤抖地盯着他。

过了好一会儿，蒙塔内利才重新站起来，他嘴唇苍白，面如死灰。

“很抱歉，”他强打着精神，努力保持着姿态，开口道，“但我得回去了。我——感觉很不舒服。”

蒙塔内利像得了重病一样，不停地颤抖着。看到他这个样子，牛虻所有的愤怒全都消散了。

“神父，你难道看不出来——”

蒙塔内利往后退了一步，一动不动地愣在了原地。

“不该是这样！”过了良久，他低声说道，“上帝啊，怎样都好，只要不是这样！如果是我疯了——”

牛虻用一只胳膊支起身子，握住了那双颤抖的手。

“神父，你什么时候才能明白，其实我根本没有被淹死？”

那双手突然僵硬了起来，变得冰冷。有那么一会儿，一切都沉寂了下来，然后，蒙塔内利跪在地上，把脸埋进了牛虻的前胸。

当他再抬起头时，太阳已经落山，西边红色的晚霞也逐渐黯淡了下去。他们已经忘记了时间，忘记了自己在哪儿，忘记了生命，也忘记了死亡，甚至忘记了他们是彼此的敌人。

“亚瑟，”蒙塔内利低语道，“真的是你吗？你是从死亡中挣脱出来，又回到了我身边吗？”

“从死亡中——”牛虻浑身发抖地重复道。他的头枕在蒙塔内利的手臂上，就像一个生病的孩子躺在母亲的怀抱里一样。

“你回来了——你终于回来了！”

牛虻长叹了一口气。“是的，”他说道，“而且是以你敌人的身份，你得杀了我。”

“啊，别说了，我亲爱的孩子！现在，那些事对我都不重要了。我们就像两个迷失在黑暗中的孩子，误把对方当成了幽灵。现在，我们已经找到了彼此，走到了光明的地方。我可怜的孩子，你的变化太大了——简直像变了个人一样！你看起来像是尝遍了世上所有的苦难——你曾经充满着活力，那时候是多么快乐啊！亚瑟，真的是你吗？我经常梦到你，梦到你回到我身边，接着我就会醒来，屋里空荡荡的，只有我一个人，屋外是无尽的黑夜。我怕我再醒来，我怕这又是一场梦。告诉我这是真的——告诉我你是怎么活下来的。”

“其实很简单。我躲在一艘货船上，偷渡去了南美洲。”

“在那里发生了什么？”

“在那里，我——生活了一段时间——如果那种日子可以叫作生活的话，直到——啊，我以前一直在学校里跟你学习哲学，离开后我才见识到了神学院以外的世界！你说你梦到过我——对，我也梦到过你——”

话到嘴边，牛虻却颤抖了起来。

"有一次，"过了一会儿，他才又突然开口道，"那时候我在厄瓜多尔的一个矿场里工作——"

"不是做矿工吗？"

"不，是给矿工打下手——和苦力一起干些杂活。矿坑外有个工棚，我们就睡在那里。有一天晚上——那时候我正在发病，就像前几天一样，白天的时候还顶着太阳搬了一天的石头——我一定是神志不清了，产生了幻觉，我看到你从门口走了进来。手里举着一个十字架，跟墙上的这个很像。你一边祈祷，一边从我身边走过。我哭喊着求你帮我——求你给我毒药，求你给我把刀——求你给我点什么，让我了结这一切，再继续痛下去我就要疯掉了。而你——啊——"

牛虻用一只手捂住了眼睛，他的另一只手依然被蒙塔内利紧紧攥着。

"我能看得出来，你听到了我的叫喊，但你却连头也不转，只是继续做着你的祈祷。等祈祷完了，你吻了一下十字架，才回头瞥了我一眼，悄悄地说：'非常抱歉，亚瑟，但我不敢有动作，他会生气的。'然后我看向你说的那个他，发现十字架上的木雕正在笑。

"等我清醒过来，再次看到自己住的工棚，还有那些得了麻风病的苦力，我就明白了。跟把我从地狱中拯救出来相比，讨好你那个魔鬼般的上帝才是你更关心的事情。这件事我一直都没忘，直到你刚刚触碰我的时候，我才忘了一会儿，我——毕竟我病了，而且，说到底，我是爱过你的。但现在，我们之间只能有战斗，我们是敌人，只是敌人，除此之外什么都不是。你还握着我的手做什么？难道你还不明白吗？只要你还信仰你的耶稣，我们就只能是敌人。”

蒙塔内利低下头，亲吻了那只残缺的手。

“亚瑟，我怎么能不信仰他呢？失去你的每一天对我来说都是痛苦的，这么久的岁月，是信仰让我坚持了下来，现在，他把你还给我了，我怎么能不继续信仰他呢？要知道，我还以为是我杀死了你。”

“这正是你接下来要做的。”

“亚瑟！”蒙塔内利的呼喊中带着无尽的恐惧。但牛虻就像没听到一样，继续说了下去。

“我们还是面对现实吧，怎样都好，但别磨磨叽叽的。我们各自站在深渊的两边，隔着那鸿沟，我们是没法牵起手的。如果你不能，或者根本不想放弃那个东西，”牛虻看了一眼蒙塔内利手中的十字架，说：“你就得同意上校——”

“我怎么能同意！我的上帝啊——我怎么能同意——亚瑟，可我是爱你的啊！”

牛虻的五官惊恐地扭在了起来。

“你最爱哪个，是我还是那个东西？”

蒙塔内利慢慢地站了起来。似乎连灵魂都在恐惧中枯萎了，岁月的痕迹在一瞬间爬满了他的全身，像一片被霜打过的叶子，蒙塔内利的身形萎缩了下去，变得虚弱、苍老、憔悴。这个梦还是醒了，屋里空荡荡的，屋外是无尽的黑夜。

“亚瑟，你就可怜可怜我——”

“可怜？当你用谎言把我逼走，让我在蔗糖园做牛做马的时候，你可怜过我吗？你又在颤抖了——温良的圣徒啊！你们看看，这是个多么符合你们上帝心意的人啊——一个悔过自新、重新生活的人。除了他的儿子，他谁都没害死过。你说你爱我——你的爱可把我害惨了啊！你以为几句甜言蜜语就能抹去一切，让我重新变回亚瑟吗？我在最肮脏的妓院里刷过盘子，我给克里奥尔的农场主做过马夫，那些人比他们养的畜生还要野蛮！我曾戴着可笑的帽子，身上挂满滑稽的铃铛，在四处巡回的杂耍团里当过小丑！我在斗牛场里做过苦力，为那些斗牛士鞍前马后！任何人都能骑在我的脖子上！谁都能把我当奴隶使唤！我挨过饿，被人吐过口水，也被人踩在脚下过，那时候我连残羹剩饭都乞讨不来，因为他们要先把狗喂饱！哦，说这些又有什么用呢！你永远都不会明白你让我经历了什么！而现在——你却说你爱我！你有多爱我？爱到可以为我放弃你的上帝吗？那个不朽的耶稣，他为你做过什么吗——他为你遭受了什么磨难，让你爱他胜过爱我？就因为他的手被刺穿了吗？那你看看我！这里，这里，还有这里——”

牛虻撕开上衣，露出了身上那些可怕的伤疤。

“神父，你的上帝是个骗子，他的伤口是假的，他的痛苦都是装出来的！我才最有权得到你的心！神父，如果你知道我的生活是什么样子，你就会明白，因为你，我历尽折磨！但我却没有失去求生的意志！我忍受着一切，用耐心浸润着自己的灵魂，因为我要回来与你的上帝战斗。我把这个念头当作盾牌，守护住我的心，不让自己堕入疯狂。现在，我终于回来了，却发现他还占着我的位置——这个虚伪的受害者，在十字架上装模作样地被钉了六个小时，就死而复生了！神父，我在十字架上被钉了五年，而我，也像他一样，死而复生了。你准备拿我怎么办？你到底准备拿我怎么办？”

牛虻停住了。蒙塔内利则一动不动地坐着，静止得像尊石像，又僵硬得像具尸体。起初，在牛虻倾泻而出的绝望中，他不住地颤抖着，像遭到了鞭子的抽打一般，但现在，他又恢复了镇定。长久的沉默之后，蒙塔内利抬起头，眼中一丝生气也无，他张开嘴，缓缓地说道：

“亚瑟，你能说清楚点吗？你太激动了，都把我搞糊涂了，你对我有什么要求？”

牛虻转向他，一张脸宛若幽灵。

“我什么要求都没有。爱又怎么能被强迫呢？你可以自由地在我和他之间做选择。如果你更爱他，选他就行。”

“我不明白，”蒙塔内利的声音里充满了疲惫，“我要怎么选？这并不能让过去重来。”

“你必须在我和他之间做出选择。如果你爱我，就摘下你脖子上的十字架，和我一起离开。我的朋友们已经在筹备越狱的事情了，如果有你的帮助，很容易就能成功。之后，等我们安全越过边境，你就公开承认我的身份。但，如果你没那么爱我——如果对你来说，那块木头雕出来的东西比我更重要的话——你就去告诉上校你同意他的提议。马上就去，不要再让我看到你了。即便没有你，我的痛苦也够多了。”

蒙塔内利抬起头，虚弱地颤抖着。他逐渐明白了牛虻的意思。

“我会去跟你的朋友们联络。但——和你一起走——我做不到——我是个教士啊。”

“可我不接受教士的施恩。我不会再妥协了，神父，我已经妥协太多次了，也承担了太多的后果。你必须放弃你的神职，不然，你就必须放弃我。”

“我怎么能放弃你？亚瑟，我怎么能放弃你？”

“那就放弃他。你必须在我们之间做出选择。你只准备给我一部分你的爱吗——一半给我，一半给那个魔鬼般的上帝？我可不要他用剩下的东西。如果你是他的，你就不能是我的。”

“你想要我把心撕成两个吗？亚瑟！亚瑟！你是想把我逼疯吗？”

牛虻一拳打在墙壁上。

“我们两个，你只能选一个。”他重复道。

蒙塔内利掏出了自己胸前的挂坠，打开后，里面是一张皱巴巴的泛黄的字条。

“你看！”蒙塔内利说道。

我像信任上帝一样信任着你。可上帝是泥土塑成的，我可以用锤子砸碎泥土，却没法砸破你的谎言。

牛虻笑着把字条递了回去：“我十九岁的时候真是太天真了，以为举起锤子砸碎一切可简单了！而现在——我自己却站在了锤子下面。你就不一样了，还有很多人在等着继续被你骗呢——他们可不会像我一样识破你的谎言。”

“你说得对。”蒙塔内利说道，“天知道，如果换作是我经历了那些事情，我应该也会变得像你一样残忍。亚瑟，你要我做的事，我做不到，但我会尽我所能。我会帮你逃跑，等你安全了，就让我在山上出个意外，或者误服点安眠药——随你怎么选。这样能让你满意吗？我能做的只有这么多了。这是个大罪，但我想上帝会原谅我的。他更仁慈——”

牛虻甩开双手，尖锐地喊道：

“哦，这太过分了！太过分了！我做了什么，让你这样看待我？你有什么权利——好像我想向你复仇似的！你难道看不出来我是想救你吗？我爱你啊，你还不明白吗？”

他抓住蒙塔内利的手，流着泪，把嘴唇贴在了上面。

“神父，跟我一起走吧！教士和神像这个死气沉沉的世界，你还要继续和他们扯上关系吗？他们的身上落满了旧时代的尘埃，正在腐烂发臭，他们就是瘟疫！离开那个污秽的教堂——和我一起走到光明里去吧！神父，我们才是生命和青春，我们那里才有永恒的春天，未来是站在我们这边的！神父，黎明就要来了——你难道不想看看日出吗？醒来吧，让我们忘掉那些可怕的噩梦——醒来吧，我们一起重新开始生活！神父，我一直都爱着你——一直都是，就连你把我杀死的时候，我也爱着你——你还要再杀死我一次吗？”

蒙塔内利把手抽了出来。

“哦，上帝啊！可怜可怜我吧！”他喊道，“你的眼睛和你母亲的一样！”

一阵漫长的沉默突然降临。在灰暗的暮色中，他们互相看着对方，连心脏都在恐惧中停止了跳动。

“你还有别的话要说吗？”蒙塔内利低语道，“能——给我一点希望吗？”

“我要说的就这么多，与教会战斗就是我活着的意义。我不是一个人，我是一把刀。如果你选择让我活下去，就等于让刀出鞘。”

蒙塔内利转向了十字架：“上帝啊！你听——”

他的声音消失在空旷的寂静之中。上帝没有回应，牛虻体内的恶魔却醒了过来，出言嘲讽道：

“大、大、大声点叫，说不定他刚才是睡、睡、睡着了——”

蒙塔内利浑身一晃，仿佛被打了一下。他愣在原地，直勾勾地看着前方，过了一会儿，他才坐在木板边上，用双手捂住了满是泪水的脸。一阵战栗穿过了牛虻全身，让他遍体生寒。他知道蒙塔内利的眼泪意味着什么。

牛虻扯过毯子把头蒙了起来，不让自己听到他的哭声。他这么一个活生生的人，必须去死。够了！薄薄的毯子根本挡不住蒙塔内利的声音，那抽泣声依然在他耳边响起，敲打着他的大脑，冲击着他的脉搏。蒙塔内利不停地抽泣着，泪水从他的指尖滴滴滑落。

过了许久，他终于停止抽泣，用手帕擦干了眼睛，看起来就像一个刚哭过的孩子。他站起来的时候，手帕从他的膝上滑落，掉在了地上。

“说再多也没用了。”蒙塔内利开口道，“你明白吗？”

“我明白。”像认了命一般，牛虻木然地回答道，“我不怪你。

你的上帝饿了，你得献祭了。”

蒙塔内利转头看着牛虻。他要为亚瑟掘的坟里，也不会比此刻更寂静了。沉默中，他们凝视着彼此，就像一对被拆散的恋人，中间隔着一个不可逾越的鸿沟。

最后，是牛虻先垂下了眼睛。他蜷缩着身子，把脸埋了起来。蒙塔内利明白，这个动作的意思是“走”。他转过身，走出了牢房。过了片刻，牛虻跳了起来。

“哦，我没法再忍受了！神父，回来吧！回来！”

门已经被关上了。牛虻缓缓地环顾着四周，目光沉静，他明白，一切都结束了。耶稣赢了。

一整夜，楼下庭院里的青草都轻轻地摇晃着——它们很快就会枯萎，会被连根铲起。一整夜，牛虻都独自躺在黑暗中，不停地哭泣着。

第七章

军事法庭于星期二上午开庭。审判只是走个过场，用了不到二十分钟就草草结束了。整场审判都没什么特别费时间的环节，不存在辩护，而证人，除了那个受伤的密探，就全是士兵。连判决书都是事先拟定好的，蒙塔内利派人传达了口头同意，法官们（弗拉里上校，管理本区骑兵的少校，还有两名瑞士卫队的军官）也没多少事可做。军方大声宣读完公诉书，证人跟着提供了证据，相关人员在判决书上签完字后，便庄严地对犯人宣布了死刑。牛虻默默地听着，当按惯例被问到是否有话要说时，他只是不耐烦地挥了挥手，什么都没有说。他的胸前还塞着蒙塔内利离开时掉下来的手帕。昨天一整晚，牛虻都在捧着它，又是亲吻又是哭泣，仿佛那手帕是个活物一般。而现在，他已经耗尽了自己的精力，看起来疲惫不堪，脸上还留着泪痕，即使是“枪决”这个宣判也没对他产生什么影响。听到这两个字的时候，他的瞳孔放大了一下，但仅此而已。

“把他带回牢房吧。”当所有的流程都走完后，总督说道。中士看起来快要崩溃了，看到牛虻还一动不动地站在那里，他伸手戳了戳他的肩膀。牛虻吃了一惊，转过了头。

“啊，好的！”他说道，“我刚才走神了。”

总督的脸上浮现出一种近乎怜悯的神情。他并不是一个生性残忍的人，对自己近一个月来的所作所为，他甚至还有些羞愧。现在，既然目的已经达到了，他也愿意在自己的权利范围内做一些小小的让步。

“你不用再戴镣铐了。”他瞥了一眼牛虻青肿的手腕，说道。

“还有，让他回自己的牢房待着吧。死牢里又黑又暗的，环境太糟糕了。”总督转头，对自己的侄子补充道，“没事，不过就是少走个形式罢了。”

他咳嗽了一声，尴尬地动了动，换了个站姿，把正带着犯人离开的中士叫了回来。

“等等，中士，我有话要和他说。”

牛虻像什么都没听到一样，一动不动。

“你有没有什么话想跟你的朋友或者亲人传达的——你应该有亲人吧？”

牛虻没有回答。

“好吧，你可以考虑考虑再跟我说，或者跟神父说也行。这次我一定会帮你传达。一会儿就会有个神父过来，他今天会陪你过夜，你有什么话都可以跟他说。如果你还有别的愿望——”

牛虻抬起了眼睛。

“告诉那个神父，我更想一个人待着。我没有朋友，也没有话想说。”

“可你还得忏悔啊。”

“我是个无神论者。我什么都不需要，只想一个人安静地待着。”

牛虻木然地说道，他的声音平静，语气中已经全然没有了一贯的怒气和蔑视。他转过身，慢慢地走开了。走到门口时，他又停了下来。

“差点儿忘了，上校，我想请你帮个忙。明天能不能别把我绑起来，也别蒙我的眼睛。我会好好地站在那里的。”

周三早晨，日出的时候，他们把牛虻带到了庭院里。疼痛让他举步维艰，他重重地倚在中士的胳膊上，一瘸一拐的步态比平时更加明显，但他已经恢复了精神，之前那仿佛认命一般的神情也从他脸上消失了。那些在寂静的长夜中生出的恐惧，那些曾把他压倒的幻影和旧梦，在又一个寂静的长夜里消失无踪。太阳升起，他再次燃起了斗志，在敌人面前，他无所畏惧。

按照通知，六名执行死刑的枪兵靠着墙站成了一排，摇摇欲坠的墙上爬满了常青藤，越狱未遂的那晚，牛虻爬下的也是这堵墙。士兵们站在一起，手里举着枪，几乎都要哭出来了。他们心中充满了难以言喻的恐怖，谁都没想到，枪决牛虻的任务居然会落在自己身上。对他们来说，牛虻那尖锐的言辞，没完没了的笑声，还有那仿佛会传染一样、生命般鲜活的勇气，就像一束游离进他们暗淡生活中的阳光，照亮了他们枯燥的生命。而现在，他就要死了，而且要死在他们手里，对他们来说，无异于要熄灭一盏来自天堂的明灯。

庭院里巨大的无花果树下，牛虻的坟墓正等待着他。昨夜，人们不情愿地挖着坟，泪水一滴滴地落在铁锹上。经过自己的坟墓时，牛虻带着微笑，低头看了眼那个黑色的土坑和周围的枯草，他长长地吸了一口气，闻到了新鲜的泥土气息。

中士在离树不远的地方停下了脚步，牛虻环顾四周，脸上带着最灿烂的笑容。

“中士，我站在这儿对吗？”

那人默默地点了点头，喉咙哽咽着，他没什么发言权，救不了牛虻的命。总督、总督的侄子、负责指挥枪手的中尉、一名医生和一位牧师已经等在院子里了，他们一脸严肃地向前走来，但是，见到牛虻含着笑意的眼睛里闪耀出不屈的光芒，他们都不由得窘迫起来。

“早、早上好啊，先生们！啊，没想到连尊贵的神父也起得这么早！你好吗，队长？跟我们上次见面比起来，你现在的心情一定好多了吧？我看你胳膊还打着绷带，你能这么吊着胳膊都怪我枪法不好。但这些家伙一定会努力瞄准的——伙计们，我说得对吗？”

他瞥了一眼枪手们阴沉的脸。

“起码这次我是用不到绷带了。好了，好了，你们哭丧着脸干什么！站直了，好好展示一下你们的射击能力。之后你们还得杀很多人呢，多到杀不过来，提前练习一下总是好的。”

“我的孩子，”那个神父走上前去，打断了他的话，而其他人则纷纷退后，给他们留出了空间，“再过几分钟，你就要去面见我们的造物主了。留给你忏悔的时间不多了，你真的不准备利用起来吗？我恳请你，好好想想吧，在不被赦免的情况下死去，头上还依然顶着你所有的罪孽，是件多么可怕的事情。当你站在审判者面前时，想忏悔可就迟了。你难道要在上帝的圣座前继续说这种俏皮话吗？”

“尊敬的阁下，你说我这是俏皮话？在我看来，只有你们才会使用这种无聊的说教。等轮到我们时，我们可不会像你们一样端着这些破步枪，我们会带着大炮出场，到时候你就知道我的话有多俏皮了。”

“带着大炮！哦，可怜的人啊！你还没有意识到吗？你已经站到了深渊的边缘，就要万劫不复了！”

牛虻回头瞥了一眼敞开的墓穴。

“你以、以、以为，只要把我扔进坟墓，你就再也不会见到我了？是不是还想在上面压块石头，防、防、防止我‘三天后’[1]再复、复活？尊敬的阁下，你不用怕！我才不会重复耶稣那廉价的表演，我会像只老、老鼠一样，安静地躺在你们给我准备的墓穴里。但就算这样，大炮还是要用的。”

“哦，仁慈的上帝啊，”神父高声喊道，“原谅这个罪孽深重的人吧！”

“阿门！”枪兵中尉低语道，声音低沉，而上校和他的侄子则虔诚地在胸前画着十字。

见自己的坚持没有产生任何效果，神父也放弃了无谓的尝试，摇着头站到了一边，低声祈祷了起来。行刑前简短的准备工作很快就结束了，牛虻走到了指定的位置上，回头看了一眼正在

1 《圣经》中，耶稣在死后第三天复活。

升起的太阳和它绚丽的光芒，便站住不动了。他再次要求不要蒙住他的眼睛，看到他脸上那不屈的神情，上校勉强同意了。他们谁也没考虑到，这样会让行刑的士兵们更加痛苦。

牛虻面对士兵站着，脸上带着笑意。那些枪在士兵手里不住地颤抖着。

“我准备好了。”牛虻说道。

中尉向前一步，激动得有些颤抖。这是他第一次下达执行死刑的命令。

“预备 ——举枪 ——开火！”

牛虻稍稍踉跄了一下，随即又恢复了平衡。一颗打偏的子弹擦过了他的脸颊，让几滴血落在了他白色的领巾上。另一颗子弹打在了他的膝盖上方。当硝烟散去，士兵们看到牛虻还依然站在那里，微笑着，用残缺的手擦掉了脸颊上的血迹。

“打偏了，伙计们！”他的声音清晰又洪亮，叫醒了那些陷入恍惚的可怜士兵，“再来。”

那一排枪兵都颤抖着发出了呻吟声。原先他们每个人都瞄向了旁边，希望杀死牛虻的是别人，而不是自己。但牛虻依然微笑着站在他们面前，这已经不是行刑了，而是屠杀，现在，他们又要把那可怕的事再重复一遍。恐惧突然攥住了他们，士兵们放下了手中的枪，绝望地听着军官们愤怒的咒骂。在训斥声中，他们带着恐惧，茫然地盯着那个已经被他们杀死却依然还活着的人。

总督在他们的面前挥舞着拳头，恶狠狠地喊叫着，让他们各就各位，拿好武器，赶紧把事情办完。他和那些士兵一样，已经彻底丧失了斗志，不敢去看那个就是不肯倒下的身影，那个可怕的身影还在那里站着，一动不动地站着。当听到牛虻那充满嘲弄的声音时，他也止不住地颤抖了起来。

“上校，看来你今早带来的行刑队水平很差啊！让我来试试吧，看看能不能把他们指挥好。好了，伙计们把枪举高点。你，枪口往右。专心点，伙计，你手里拿的可是枪，不是煎锅！都站好了吗？好，听我口令！准备——举枪——”

“开火！”上校往前冲了一步，抢先开口道。他绝不能让这个人给自己的死刑下令。

又是一阵混乱无序的枪响，行刑的队伍已经散乱成一团，他们都颤抖着，瞪大眼睛盯着前方。其中一名士兵甚至都没有开火，他一把扔掉了手中的枪，蹲在地上，低声呢喃着：“我做不到——我做不到！”

烟雾慢慢上升，飘入了熹微的晨光之中。他们看到，牛虻终于倒下去了，但他还没有死。有那么一会儿，士兵和官员们像变成了石像一般，全都一动不动地站着，看着那个还在地面上扭动挣扎着的可怕的东西。接着医生和上校一起惊叫着冲了上去，他们看到牛虻用单膝撑起了身体，依然面对着士兵，脸上也依然挂着笑意。

“又失手了！再试——一次，伙计们——听着——如果你们不能——”

他突然摇晃起来，侧身倒在了草地上。

“他死了吗？”上校低声问道。

医生跪在地上，一只手搭在牛虻血淋淋的衬衫上，轻声回答道：“我想是的——上帝保佑！”

“上帝保佑！”上校也重复道，“总算结束了！”

他的侄子戳了戳他的胳膊。

“叔叔！红衣主教来了！他就在门口，想要进来。”

“什么？他不能进来——不能让他进来！卫兵们在干什么？主教阁下——”

大门打开后又关了起来，蒙塔内利已经站在了庭院里，骇人的眼睛直直地盯着前方。

“主教阁下！我必须请您——这个场面不适合您！处刑刚刚结束，尸体还没有——”

“我就是来看他的。”蒙塔内利说道。听到蒙塔内利的声音，即使是在这样的场合下，总督还是产生了一种感觉：这个人像是在梦游。

“哦，上帝啊！”一个士兵突然喊道。总督急忙回头，该不会——

草地上那个血迹斑斑的身躯又一次挣扎了起来，发出呻吟声。医生冲了过去，俯下身，把牛虻的头放到了自己的膝上。

“快点吧！”医生绝望地喊道，“你们这些野蛮人，快一点！看在上帝的分儿上，快结束这一切吧！这太残忍了！”

他的手上沾满了鲜血，怀中的人不住地抽搐着、颤抖着。在他发疯般地四处张望，希望能有人来帮忙时，神父弯下腰，把十字架放在了那垂死之人的唇上。

“以圣父和圣子的名义——”

牛虻撑着医生的膝盖抬起身子，瞪大眼睛直视着十字架。

在冰冷的死寂中，牛虻抬起被打坏的右手，缓缓地推开了面前的十字架，给耶稣的脸抹上了鲜血。

“神父——你的——上帝——满意了吗？”

他一头倒在了医生的手臂上。

“主教阁下！”

见红衣主教还在恍神，弗拉里上校提高嗓门，又喊了一遍：

“主教阁下！”

蒙塔内利抬起了头。

“他死了。”

“死透了，主教阁下。您不走吗？这个场景太可怕了。”

“他死了。”蒙塔内利低头看着那张脸，喃喃地重复道，“他碰了他，然后他死了。”

“不然呢？被那么多子弹射中，还能指望他继续活着吗？”中尉轻蔑地低声说道。医生也低声说道：“我觉得，可能是看到那么多血，让他感觉有些混乱吧。”

总督紧紧地抓住了蒙塔内利的胳膊。

“主教阁下——您还是别一直盯着他看了。要不，让神父送您回家吧？”

“好——我这就走。”

蒙塔内利的目光离开了那块满是血迹的地方，缓缓地转身离开了，神父和中士紧跟在他身后。走到门口时，他又停下来，转过头，仿佛依然没有看清眼前的状况一般，脸上还带着错愕的神情。

“他死了。”

几个小时后，马尔科走进了一间山坡上的小屋，准备告诉马蒂尼，他已经无须再去拼命了。

第二次营救行动的计划比上一次简单很多，准备工作已经全部都完成了。第二天早上，等圣体圣血节的游行队伍经过城堡时，马蒂尼会走出人群，从胸前掏出准备好的手枪，对着总督的脑袋开枪。然后，趁着混乱，在士兵还没反应过来的时候，会有二十个人拿着武器冲向城堡大门，闯入塔楼，逼看守打开牢门，把牛虻带走，制服或杀死一切试图阻止他们的人。他们会一边打，一边退到大门口，然后在那里掩护另一队骑着马、带着枪的走私贩，让他们带上牛虻，撤退到山中的藏身处。他们几个人中，只有琴玛还对这个计划一无所知，这是马蒂尼提出的要求。“之后她一定会心碎的，现在就先别折磨她了。”马蒂尼如此说道。

看到马尔科从花园的门口进来，马蒂尼推开玻璃门，在走廊上迎接了他。

“马尔科，有什么新消息吗？啊！”

马尔科往后推了推头上的草帽。

一看到马尔科帽檐下的脸，马蒂尼立刻就明白发生了什么。他们一起在走廊上坐了下来。谁都没有说话。

“什么时候的事？”沉默良久后，马蒂尼开口问道。在自己听来既呆板又让人厌倦，现在，这世上的一切事情都给他这种感觉。

“今天早上，日出的时候。是中士告诉我的。他也在场，目睹了一切。”

马蒂尼低头，从袖子上抽出了一根松散的线头。

虚空的虚空[1]，这件事也是虚空。马蒂尼已经准备好要在明天死去了，可现在，他一心向往的死亡之地，那个由晚霞般的美梦构成的仙境，消散在了降临的黑暗中。他又被赶回到了这满是日升日落的世界——这里有格拉西尼和加利，有加密的书信和写不完的宣传册，有同志之间的争执和奥地利密探的阴谋诡计——这些东西就像来回旋转的磨盘一样，让他心力交瘁。他逐渐意识到，牛虻的死在他的心底留下了一个无法填补的巨大空洞。

好像有人在问他问题，马蒂尼抬起头，好奇在这种情况下还有什么是值得讨论的。

“你刚才说什么？”

“我说，你应该去把这个消息告诉她。”

马蒂尼的思绪一下子被拉回了现实，接下来的生活，以及生活中蕴含的恐怖，全部向他袭来。

“我该怎么告诉她？”他喊道，“这和拿刀刺她有什么区别？哦，我该怎么和她说——我开不了口！”

马蒂尼用双手紧紧捂住了眼睛，即使没有看到，他还是感觉到身边的马尔科吓得跳了起来，于是他抬起了头。

琴玛正站在门口。

“西塞尔，你听说了吗？”琴玛开口道，“一切都结束了。他们已经把他杀了。”

---

1 引自《圣经》中的《传道书》，其中的一大主题就是人类行为的无意义性。

第八章

“我走到上帝的祭坛前。”在一群神父和侍祭中，蒙塔内利站在高高的祭坛前，用平稳的声音大声宣读着入祭文。大教堂被装饰得富丽堂皇，会聚在一起的人都穿着节日的盛装，殿堂里的柱子上也挂满了花环和火红的帷幔，整个教堂没有一处是暗淡的。门厅上挂着鲜红的门帘，正值六月，炽热的阳光透过门帘的褶皱，映得门帘像田地里红色的罂粟花瓣一般。教团的人们拿着火把和蜡烛，不同教区的信众们也举着十字架和旗帜，照亮了昏暗的小圣堂。丝制的游行旗帜立在过道的两边，镀金的旗杆和流苏在拱顶下闪闪发光。在彩色窗户下，唱诗班白色的罩袍闪着微光。阳光透过玻璃洒在教堂的地板上，映出橙色、紫色和绿色的光斑。祭坛后面挂着一层闪耀着银光的薄纱，烛光照亮了红衣主教，他身着拖曳在地的白色长袍，在环境的映衬下，看起来就像一尊有了生命的大理石雕像。

按照惯例，游行日蒙塔内利只负责主持弥撒，并不指挥庆典，于是，在大赦仪式结束后，他转身离开祭坛，缓缓地向主教宝座走去，辅祭和其他神父在他经过时都低下了头，鞠躬行礼。

“主教阁下是不是身体不太舒服。”一位神父对身旁的同伴低声说道，“他看起来有些奇怪。”

蒙塔内利弯下头，担任辅祭的神父给他戴上了镶着宝石的主教冠，神父看了他一眼，俯身向前，轻轻问道：

“主教阁下，您是不是生病了？”

蒙塔内利微微转身，用眼神否定了他的猜测。

“对不起，主教阁下！”神父低声说着，屈膝行了一礼，又站回到自己的位置上，怪自己不该打断红衣主教虔诚的祷告。

仪式照常进行。蒙塔内利直直地坐着，动也不动，他那华丽的主教冠和金色丝线织成的圣衣反射着阳光，看起来熠熠生辉。他身上那袭白色的长袍拖在红色的地毯上，胸前的蓝宝石中闪烁着上百根蜡烛的光芒，那些光照进他深邃静谧的双眸，但他的眼神依然黯淡。当听到“主教大人，请赐福吧”的声音时，他才俯下身来，为燃起的香火祝福。阳光在宝石中穿梭嬉戏，让他想到山中的冰雪精灵，美丽又骇人，它头戴彩虹，身披风雪，伸出双手，向人间撒下祝福和诅咒的雨点。

举行圣餐仪式时，蒙塔内利走下宝座，在祭坛前跪了下来。他的动作很奇怪，平静中透着呆板，当他起身回到自己的座位上时，坐在总督身后的骑兵少校对一旁负伤的上尉低声说道：“这个老主教看起来快撑不住了，你看他，动起来像个机器似的。”

“那太好了！”上尉小声地回道，“自从那场该死的大赦以来，他就一直在跟我们作对。”

“不过他最后还是妥协了，同意我们设立军事法庭。”

“是，到最后才妥协，做这个决定可是耗了不少宝贵的时间呢。天啊，怎么这么热！游行的时候我们都得中暑。真可惜我们不是红衣主教，一路上都有人给举着伞盖遮阳——嘘！我叔叔正盯着我们呢！”

弗拉里上校转过身，狠狠地瞥了一眼那两位年轻的军官。在经历了昨天早上的事件后，他更虔诚了，态度也比以前严肃了许多，见这二人在见证过“为国家安定不得不做出的痛苦牺牲”后，举止还是如此轻浮，他的目光里充满了斥责。

辅祭开始指挥人群，让参加游行的人们按次序排成队伍。弗拉里上校起身走到祭坛的栏杆前，向其他官员挥了挥手，示意他们也跟上来。弥撒结束后，太阳状的金龛装着圣餐，被放置在游行队伍后面，上面罩着水晶罩。辅祭和其他神父退到祭衣间里去更换法衣，教堂内响起了阵阵窃窃私语声。只有蒙塔内利还坐在座位上，一动不动地直视着前方。川流的人群变成喧嚣的海洋，在他四周涌动着，然后那喧嚣又变成拍打沙滩的海浪，在他的脚边平息了。有人把香炉端到了他面前，他机械地抬起手，把香插了进去，动作僵硬，目不斜视。

教士们已经换好了衣服，在祭坛处等着蒙塔内利下坐，可他却依然一动不动地坐着。辅祭走上前去，俯身为他取下了主教冠，犹豫了一下，然后在他耳边说道：

“主教阁下！”

蒙塔内利转过了头。

“你说什么？”

“您确定要去参加游行吗？今天的太阳很大。”

“太阳大又有什么关系？”

蒙塔内利冰冷的语调里充满了距离感，让辅祭以为自己再一次冒犯了主教。

“请您原谅，主教阁下。我还以为您身体不舒服。”

蒙塔内利没有说话，他起身站在宝座下的台阶上，用和之前一样的语气问道：

“那是什么？”

他的长袍盖过台阶，拖曳在祭坛的地板上，白色的缎子上有一块血渍一般红的光斑。

“只是阳光透过彩色玻璃照在上面了而已，主教阁下。”

“阳光？阳光有这么红吗？”

他走下台阶，跪在祭坛前，慢慢地来回摆动着香炉。当他把香炉递回去的时候，窗户把阳光分割成一个个方格，落在他裸露的头上，洒在他的眼睛里，也在一旁白色的薄纱上投下了猩红的光辉。

他从辅祭那里接过装着圣餐的金龛，站起来，管风琴的声音响起，唱诗班也跟着一起唱出了庆祝的旋律。

歌唱吧，喉咙，
歌唱奥秘无穷的光荣的圣体，
歌唱那高贵的圣子，
歌唱我们的王，歌唱他为了拯救世人，流出的宝贵的鲜血。[1]

---

1 选自《皇皇圣体》，是圣托马斯·阿奎那（1225—1274）为圣体圣血节写的拉丁文赞美诗。

仪仗队缓缓上前，将丝质的伞盖举过蒙塔内利的头顶，辅祭们都站到了他的左右，铺开了长长的地毯。侍祭们从地板上提起他的长袍。站在游行队伍最前面的世俗教友整齐地排成了两列，他们举起点亮的蜡烛，从教堂的中殿开始行进。

蒙塔内利高举着圣餐站在祭坛边，白色伞盖下的他一动不动地站着，就这样看着人群从台下经过。他们两人一排，端着蜡烛，举着火把，拉着横幅，带着十字架和神像，打着各自的旗帜，缓缓走下祭坛的台阶，在宽阔的中殿里，穿过挂满花环的柱子，掀起鲜红的门帘，走到了街道上炽热的阳光下。诵唱的声音逐渐消失，变成了嗡嗡的说话声，那嗡嗡声又淹没在后来者的声音中。长长的队伍行进着，仿佛没有尽头一般，脚步声不停地在中殿里回响着。

各教区的信众们穿着白袍、戴着面纱，后面跟着“悲信会”的会友，从头到脚都是黑色，他们的眼睛透过空洞的面罩，闪着暗淡的微光。接下来是修道士们庄严的队伍，托钵修会的人穿着暗色罩袍，光着脚，露出褐色脚板。道明会的成员则穿着白袍，一个个神情肃穆。再后面则跟着当地的官员，有骑兵、枪兵，还有几名警官，总督也穿着礼服，身边跟着他的同僚。一位辅祭紧随其后，举着一个巨大的十字架，身旁是两名端着蜡烛的侍祭。他们走过时，站在伞盖下的蒙塔内利透过被掀起的门帘瞥了一眼外面，阳光照耀，街道上铺着地毯，墙壁上悬挂着旗帜，穿着白袍的孩子们抛撒着玫瑰花。啊，玫瑰花，血一样鲜红的玫瑰花！

游行的队伍按部就班地行进着，一组接着一组，穿着各自不同颜色的服装。优雅又庄重的白色长法衣之后，跟着是绣着华丽刺绣的礼服，接着便是高大细长的镀金十字架，被高高地举起，下面是点燃的蜡烛，后面跟着大教堂的神父们，他们穿着没有光泽的白色长袍，神色庄重。一名教士拿着权杖走下祭坛，两名侍祭紧随其后，手中的香炉随着音乐的节奏摆动着。仪仗队高举伞盖，数着步子："一、二,一、二！"蒙塔内利踏上了拜苦路[1]。

他走下祭坛的台阶，走过中殿，走过管风琴鸣奏的长廊，走过掀起的红色门帘——穿过那可怕的红色，走到了阳光刺目的街道上，满地都是血红的玫瑰，它们被经过的队伍踩进红色的地毯里，早已枯萎。蒙塔内利在门口停顿了片刻，等官员们接替仪仗人员撑起伞盖，才跟着队伍再次前进。他紧紧捧着盛圣餐的金龛，唱诗班的歌声在他的周围起起落落，香炉有节奏地摆动着，就连队伍行进的脚步也合着节拍。

道成肉身，自然之粮，
因主话语化为肉身。
基督的鲜血变成了酒——

血，又是血！延伸的地毯像一条血河，散落的玫瑰像溅在石头上的血迹——哦，上帝啊！你的天地全都变红了吗？啊，这世界对你来说是什么，全能的神啊——你连唇上也涂满了鲜血！

1　拜苦路是天主教的一种宗教活动，旨在模仿和重现耶稣被钉上十字架的过程，也叫"苦路"。

我们虔诚地跪拜，
为神圣的主欢呼。

蒙塔内利望着水晶罩里的圣餐。从圣饼上渗出来的是什么——从金龛的边缘滴落到他白色长袍上的——是什么？顺着他的手一直在往下滴的——是什么？

庭院里的草被行人的鞋底染成了红色——全是红色——到处都是鲜血。热血顺着脸颊淌下，从被刺穿的右手淌下，从受创的躯干涌出。就连额前的头发都沾上了血——湿漉漉的头发贴在额前——啊，这是死亡的汗水，因痛苦而涌出。

唱诗班的声音高昂了起来，他们歌颂着：

献给永恒的圣父，
赞美高贵的圣子，
伴随着圣灵到来，
献给你祝福和荣耀。

哦，他已经没法再忍受了！上帝啊，你就这样坐在你天堂的宝座上，染血的嘴唇带着微笑，俯视着人间的痛苦和死亡，这还不够吗？嘲弄这些赞美和祝福还不够吗？为了拯救人类，为了给他们赎罪，基督已经粉身碎骨，流尽了鲜血，难道这还不够吗？

“大声点叫，说不定他刚才是睡着了！”

“亲爱的孩子，你是否也睡着了，再也不会醒来？我心里的光啊，那坟墓的嫉妒心就这么强吗？那树下的黑坑真的就不肯放你出来吗？哪怕一会儿都不行吗？”

那水晶罩里面的东西开口了，它滴着血，回答道：

“你已经做出了选择，现在又后悔了吗？你的愿望不是已经实现了吗？你看，那些行走在光明中的人，他们裹着丝绸，戴着金饰，就是为了他们，我躺进了黑色的墓穴。你看，那些抛撒着玫瑰花的孩童，他们的歌声多么甜美，就是为了他们，我的口中填满了尘土。那些玫瑰，沾上从我心脏里流出来的鲜血，被染成了红色。你看，人们跪在那里，饮着从你衣角上滴下的血，我流出这些鲜血，以解他们永无止境的饥渴。因为《圣经》上写了：‘人若为他人舍命，则是最伟大的爱。’”

“哦，亚瑟，亚瑟，还有比那更伟大的爱！如果有人舍弃了他挚爱的人的性命，那不是更伟大吗？”

那声音又说道：

“谁是你的挚爱？你自己清楚，不是我。”

蒙塔内利正想开口，却被唱诗班的声音给抑制住了，歌声传来，像一阵北风吹过冻结的池塘，一切陷入了沉默。

他把肉体分给了虚弱的人，
他把血装进瓶子，分给了悲伤的人，
他说：从我手里接过这杯，
喝吧，大家都来。

喝吧，你们这些基督徒！喝吧，大家都来！这不都是你们的吗？为了你们，鲜血染红了草地，为了你们，他的肉体被活生生地撕碎，连生命都失去了。吃吧，你们这些食人的蛮族！吃吧，所有人都吃吧！庆祝吧，这是你们的盛宴，是你们狂欢的日子！快来参加这个节日，加入游行的队伍，和我们一起前进吧！妇女和孩童，青年和老人——都来分享他的血肉吧！来倒一杯血酒，趁它还鲜红着，快喝下去吧！拿起他的肉，吃吧——

啊，上帝啊，前面就是那座城堡！粗犷又阴沉，带着摇摇欲坠的垛口和黑暗的塔楼，突兀地矗立在荒芜的山丘上，怒视着经过的游行队伍和尘土飞扬的街道。城门上的吊闸紧闭着，铁齿紧咬着地面。像一只卧在山坡上的野兽，紧紧地看守着自己的猎物。然而，就算那铁齿咬得再紧，也终将会被打破、撕碎，庭院中的坟墓也得交出里面的尸体。因为基督徒的队伍正在行进，势不可当地走向他们那血腥的盛宴，就像一支由饥肠辘辘的老鼠组成的大军，正朝着麦田进发。他们永不满足，高喊着："给我！给我！"却从不会说："有这些就够了。"

"你满意了吗？我为这些人献出了生命，你杀了我，好让他们活着。看，他们在耶稣的路上行进，各个都步行，不扰乱队伍。

"这是基督徒的军队，是你的神的追随者，他们是大民，是强者。在他们前面有吞灭的火，在他们后面有燃烧的烈焰。他们未到以前，大地像伊甸园，他们过去以后，大地成了荒凉的旷野，没有什么能逃过他们。"

"哦，回来吧，回到我身边吧，亲爱的孩子，我后悔了，我选错了！回来吧，我们一起悄悄地离开，躲进某个黑暗又寂静的坟墓里去。在那里，吞噬一切的军队不会发现我们，我们就在那里躺下，怀抱着彼此，沉眠、沉眠，一直沉眠。无情的日光照在我们上头，饥饿的基督徒会经过那里，他们号叫着要喝血，号叫着要吃肉，但他们的哭号传不进我们的耳朵，让他们继续走他们的路，而我们就在地下安息。”

那声音再一次开口：

“我该藏到哪里去呢？《圣经》上不是说‘他们要在城里来回跑，要在墙上跑，要爬上房屋，要像贼一样从窗户进去’吗？我把坟墓造在山顶，他们就不会去挖开吗？我把坟墓设在河床，他们就不会去拆毁吗？他们就像猎狗一样，敏锐地寻找着猎物，我的伤口正是在为他们流血，以解他们的渴。你难道听不到他们唱的是什么吗？”

他们唱着歌，穿过那鲜红的门帘，又走回了大教堂，游行已经结束，所有的玫瑰花都已经撒到了地上。

赞美耶稣圣体，
生于童贞玛利亚，
甘心受难，自作牺牲，
为了世人钉在十字架上。
他的肋膀被枪刺透，
流出了水和血，
使我们于死亡的审判中，
得享主的福气。

歌声停止时，蒙塔内利从门口走了进去，从一排排沉默的修士和神父身旁走过，他们跪在各自的位置上，手中高举着点燃的蜡烛。他们紧盯着蒙塔内利捧在手中的圣体，眼神里充满渴望。蒙塔内利经过时，两旁的人都低下了头，他知道这是为什么。因为深色的血顺着他白袍的褶皱流了下来，大教堂的地板上，凡是他踩过的地方，都留下了深红的血印。

于是他穿过中殿，走到了祭坛的栏杆前。仪仗队停了下来，蒙塔内利从伞盖下走了出来，登上祭坛。左右两侧的侍祭们拿着香炉，教士们举着火把，在蒙塔内利经过时都跪了下来，他们看着圣体，眼中闪着贪婪的光。

他站在祭坛前，用沾满鲜血的双手高举着他死去爱子那破碎的尸体。这时，来分享圣餐的宾客们又唱起了歌：

啊，神圣的主，
打开天国之门；
四处都是敌人，
你赐予我们力量，给予我们援助！

啊，现在他们都来领圣体了——去吧，我的爱子，走向你自己的毁灭，为这些贪得无厌的豺狼打开天国之门。而我，将走进地狱的最深处。

辅祭把装着圣体的圣器放在了祭坛上，蒙塔内利向下走了一步，跪在了台阶上。鲜血从白色的祭坛上流下，滴在了他的头上。人们继续歌唱着，声音在拱顶下回荡着，连教堂的拱顶都震动了：

我们世代称颂你的名字，

永恒的主，三位一体，

在我们真正的故土，

赐予我们永无止境的时日。

“永无止境——永无止境！”哦，幸福的耶稣，他可以在自己的十字架下沉眠。哦，幸福的耶稣，他可以说：“一切都结束了！”可苦难永远也不会终结，它就像在轨道上的恒星一样永恒。它就像不死的蠕虫和不灭的火。“永无止境，永无止境！”

虽然疲惫，但蒙塔内利还是耐心地扮演着自己在仪式中的角色，在习惯的指引下，机械地做着对他而言已不再具备任何意义的动作。在祝祷之后，他再次跪在祭坛前，用双手捂住了脸。祭司大声宣读着赦罪的名单，那声音变得越来越远，传到他耳里，已经变成了喃喃低语，仿佛是遥远的杂音，从一个遥远陌生的世界传来。

声音停下来后，他站了起来，伸出手示意大家安静。正准备离场的会众见状都转过了身，一阵私语声穿过了教堂：

“主教阁下有话要说。”

手下的神父们也吃了一惊，他们走到蒙塔内利身边，其中一人急匆匆地小声问道：“主教阁下，您现在想对大家讲话吗？”

蒙塔内利没有说话，只是挥了挥手，让他们站到一边。神父们都退了下来，小声交换着意见，这事很不寻常，甚至有些不合规范，但红衣主教的特权可以让他无视这个规则。很显然，他要宣布一件非常重要的事情，可能是罗马颁布了新的改革法案，也可能是教皇的特别声明。

蒙塔内利站在祭坛前，向下望去，只看到一张张仰起的人脸。台下的人都望着他，眼睛里充满了热切的期待。蒙塔内利一动不动地站在台上，脸色苍白得像个幽灵。

“嘘！安静！”游行队伍的领队轻声喊道，像一阵穿进丛林的风，一阵窸窣后消失在树梢间，嘈杂的人群也安静了下来。所有人都屏息凝视着祭坛前白色的身影。缓缓地，蒙塔内利一字一顿地说道：

“《约翰福音》上写着：‘上帝爱世人，甚至将他的独子赐给他们，叫世人因他得救。’

“这是圣体和圣血的节日，为了给你们救赎，圣子牺牲了自己。上帝的羔羊，带走了世间的罪孽，上帝的独子，为你们的过错而死。今天，你们聚集在这里，参加这庄严的仪式，吃下为你们牺牲的圣体，并感恩这慈悲的恩惠。我知道，今天早上，你们来参加宴会，吃下受难者的圣体时，内心一定充满了欢喜，因为你们记得上帝之子的苦难，他的死使你们得救。

“但，你们当中有谁想过另一个人的受难——圣父的受难？他献出自己的儿子，让他被钉在十字架上，当他从天上的宝座俯下身来，看着骷髅地[1]时，你们有谁能想到他的痛苦？

“今天，你们在庄严的队伍中依次前进时，我一直观察着你们，我看到了你们内心的喜悦，因为你们的罪得到了赦免，我听到了你们的欢呼，因为你们得到了救赎。但，我请求你们想想，

1　骷髅地，耶稣被钉上十字架的地方。

这救赎是用什么代价换来的。这宝贵的救赎，它的价格不是用宝石可以衡量的，这救赎的代价，是血。”

聆听的人群微微地颤抖了起来。祭坛旁，神父们躬身向前，窃窃私语着，见蒙塔内利并没有停下，他们又沉默了。

“因此，我今天要告诉你们：我就是我[1]。我看到你们的软弱，看到你们的忧伤，看到你们脚边的孩童，心中就生出了怜悯，不忍让你们就这样死去。然后我又看到我亲爱的儿子，我看着他的眼睛，知道赎罪的血就在那里。然后我离开了他，留他一人面对自己的死亡。

“你们的罪就是这样被赦免的。他为你们而死，黑暗已经吞噬了他。他死了，没有复活。他死了，我已无子。哦，我的孩子，我的孩子啊！”

红衣主教的声音逐渐变成了号啕大哭，像回应他的哭泣一般，听众们吓了一跳，纷纷惊呼起来。所有的教士都从位置上站了起来。辅祭们涌上前去，试图按住蒙塔内利的手臂。但他猛地挣脱了他们的手，转过身面对着他们，像一只愤怒的野兽。

“干什么？难道这些血还不够你们分吗？排队等着去，豺狼们，你们都会被喂饱的！”

那些人退到了一边，缩在一起瑟瑟发抖，他们大声喘着粗气，脸色白得像粉笔一样。蒙塔内利再次转向人群，台下的人都颤抖了起来，像是被飓风扫过的麦田。

“是你们害死了他！他为你们而死！我却要被这一切煎熬，

1 我就是我（I am that I am），出自《圣经·旧约·出埃及记》，摩西在山洞中看到火光，便问“你是谁”，上帝就是用这句话回答他的。

就因为我不忍让你们去死。而现在，你们围在我身边，带着那些虚假的赞美和不洁的祈祷。我后悔——后悔做出这样的选择！你们都应该在你们的罪恶中腐烂，堕入污秽的地狱底层，他才应该活下去。你们这些被瘟疫侵染的灵魂有什么价值，居然要我的孩子付出生命？但我现在后悔已经太晚了——太晚了！我大声呼喊，但他听不到我的声音。我拍打着坟墓的大门，可他再也不会醒来。我独自站在这荒芜的地方，染血的土地里埋葬着我至亲的血脉，留给我的天堂也已变成废墟，只剩下可怕的虚无。我献出了我的儿子。哦，你们这些歹毒的蛇蝎，为了你们，我牺牲了我的儿子！

“来拿你们的救赎吧，你们不就想要这个吗？我把它扔给你们，就像把骨头扔给一群咆哮的恶狗！这宴会的代价已经有人为你们付过了。那么，来吧，大快朵颐吧！你们这些吃人的蛮族，吸血鬼——食腐的野兽！你们看看这从祭坛上流下来的血，热腾腾的血，都是从我爱子的心脏里流出来的——那是为你们而流的血！来吧，喝啊，让这血把你们也染红！来啊，把这圣体也抢走，大口吃吧——不要再来烦我了！这是为你们牺牲的圣体——看看他的尸体，被撕得残缺不全，现在都还在流血，还在为受过的折磨战栗，还在因痛苦的死亡颤抖！来拿啊，你们这些基督徒，来吃啊！”

蒙塔内利抓起盛着圣餐的金龛，高高地举过头顶，然后狠狠地把它摔在了地上。金属与石头的撞击声响彻教堂，教士们纷纷冲上前去，十多双手紧紧地按住了那发狂的人。

这时，就在这时，歇斯底里的尖叫打破了寂静，沉默的人群也疯狂了起来，他们推倒椅子和长凳，互相践踏着冲向门口。骚动的人群扯下了门帘，撕碎了花环，他们哭喊着，洪流一般涌到了街上。

尾声

“琴玛，楼下有个男人想见你。”马蒂尼压着声音说道。这十天里，跟琴玛说话时他都会不自觉地使用这种语调。迟缓的语调和呆板的动作，是他们二人显露自己内心悲伤的方式。

琴玛赤着胳膊，连衣裙外系着围裙，站在桌子前，一包包地分装着子弹。她一大早就起来工作，一直忙到了下午，过度的劳累让她满脸憔悴。

“西塞尔，有人找我？他有什么事？”

“我不知道，亲爱的。他不肯告诉我，说要跟你单独谈。”

“好吧。”琴玛解下围裙，拉下了衣服的袖子，“那我就去见见他好了，那人说不定是个密探。”

“不管他是谁，等会儿我就在隔壁房间待着，随叫随到。等把他打发走了，你就去躺一会儿吧。你今天站得太久了。”

“哦，不了！我宁愿继续干活。”

她慢慢地走下楼梯，马蒂尼则默默地跟在后面。虽然才过了几天，琴玛看上去却像老了十岁一样，她头上的白发原本只有小小的一缕，现在已经变成了一大片。她总是低着头，偶尔抬起眼睛的时候，眼里深藏的恐惧总是会让马蒂尼忍不住颤抖。

狭小的客厅里站着一个看起来很是笨拙的人，他并拢着脚跟站在中间，当琴玛进来时，他像是吓了一跳，有些害怕地抬起了头。这样的姿态和动作，让琴玛认定，来人一定是一名瑞士卫兵。他穿着一件显然是借来的粗布外套，好像很怕被人发现似的，不停地四处张望。

“你会说德语吗？”带着浓重的苏黎世口音，那人问道。

“会一点儿。我听说你想见我。”

“你是博拉夫人吗？我这里有一封信要交给你。”

“一封——信？”琴玛颤抖了起来，为了稳住身体，她把一只手撑在了桌子上。

“我是那里的看守。”他指了指窗外的山坡，那里矗立着曾经关押过牛虻的城堡，“是——上周被枪决的那个人给你的。他在死前的那天夜里写了这封信。我答应过他，要亲手把信交给你。”

琴玛低下头。果然，他还有话要对自己说。

“所以我才花了这么多时间。”看守继续说着，“他说，除了你，我不能把这信交给任何人。我之前一直无法脱身——他们盯得很紧。我专门去借了身衣服，才终于溜出来了。”

他把手伸进上衣，在胸前摸索着，拿出了一张折起来的字条。天气很是闷热，那字条不仅又脏又皱，还被汗液浸得湿乎乎的。看守不安地挪动着双脚，他抬起手，挠了挠后脑勺。

“你不会把这事告诉别人吧。”他带着狐疑的目光看了琴玛一眼，怯生生地开口道，“我可是冒着生命危险才把信送来的。”

“当然不会了。等一下，你先别走——”

守卫转过身正要离开时，琴玛拦住了他，她伸手拿出了自己的钱包。守卫见状，往后退了一步，看起来很不高兴。

“我不想要你的钱。”他不客气地说道，“我是为了他才——因为他要我帮忙。这点事根本不算什么，他一直都对我很好——上帝啊！”

守卫的哽咽声让琴玛抬起了头。他正用那脏兮兮的袖子抹着眼睛。

“我们不得不开枪，”他压着嗓子，小声说道，“我和我的队友们，我们必须服从命令。第一次我们全打偏了，结果还得重新开火——他冲我们笑——说我们没有水准——他一直都对我很好——”

屋里只剩一片寂静。过了一会儿，守卫挺直身体，行了一个笨拙的军礼，然后便离开了。

琴玛手里握着信，静静地站着，过了好一会儿，她才在窗边坐了下来，对着打开的窗户展开了信件。信是用铅笔写的，上面的字密密麻麻，有几处的字迹还很难辨认。但开头的几个字是用英文写就的，非常清晰：

“亲爱的琴。”

泪水突然模糊了她的双眼，眼前的字迹变得缥缈起来。她又一次失去了他——又一次！看到那熟悉的称呼，失去亲人的痛苦再次涌上了她的心头，一阵绝望袭来，她用双手撑住身体，仿佛压在牛虻身上的泥土也全都压在了她的心上。

又过了好一会儿，她才重新拿起信件，继续读了下去：

“明天日出的时候我就会被枪决。我答应过，要把一切都告诉你，如果我要信守承诺的话，现在就是最后的机会了。但我知道，你我之间不需要太多的解释。从小时候开始就是这样，即使没有太多的语言，我们也总是能轻易就理解彼此。

“所以，你看，亲爱的，你是打过我，但那已经是旧事了，你没必要再为了它自责了。当然了，你下手还是挺重的，但我承受过很多比那更重的打击，我都挺过来了——甚至还回击过几次——我还在这里，像我们小时候读过的那本童书（书名我想不起来了）里的鲭鱼一样，‘活蹦乱跳的’。不过，现在是我的最后一跳了，明天早上，就要——‘Finitala Commedia’了！我们就把这句话理解成‘杂耍表演结束了’好了。感谢诸神对我们的怜悯，虽然不多，但总好过什么都没有。为我们受过的恩惠和这微小的慈悲，让我们献上由衷的谢意！

“关于明早那件事，我希望你和马蒂尼都能清楚地明白，我现在非常快乐，也很知足，这是命运能给我的最好的安排了。也帮我把这句话告诉马蒂尼，他是个好人，也是个好战友，他会明白的。是这样的，亲爱的，那些食古不化的老顽固其实是在帮我们的忙，他们这么快就重新启用了军事法庭，对我进行秘密审判和处决，这事对他们可不是只有好处。我相信，你，还有其他留下的同志，你们站在一起，齐心协力，一定能给他们造成打击，你们会成就伟大的事业的。至于我，我会带着轻松的心情走进刑场，就像个放假回家的孩子一样。我已经完成了自己的工作，而且完成得很出色，这个死刑就是最好的证明。他们杀我是因为他们害怕我，对我来说，这就够了。

“不过，我还有一个愿望。我马上就要去死了，我觉得我有权享受一些憧憬。我的愿望是希望你能明白，为什么我总是对你那么粗暴，就好像我永远都无法忘怀旧事似的。当然了，就算我不说，你也一定知道，我告诉你，只是因为我想写下这些话。我爱你，琴玛。当你还是一个丑丑的小女孩的时候我就爱上你了，那时候你总是穿着格子布做的连衣裙，系着乱七八糟的领巾，脑袋后面还梳着小辫子。即使是现在，我也依然爱着你。你还记得那天吗？那天我吻了你的手，然后你可怜巴巴地求我'不要再这样做'了。我知道，我做得很过分，但你得原谅我。现在，我又对着纸上写着你名字的地方亲了一口。也就是说，我已经吻过你两次了，而且两次都没有征得你的同意。

"就这样吧。再见了，亲爱的。"

信上没有署名，但末尾处写着一段他们小时候一起学过的诗句：

我就是
一只快乐的牛虻，
无论是活着
还是死去。

半小时后，马蒂尼走进房间，他半辈子都这么沉默，现在却突然惊醒，扔下手中的布告，冲过去一把抱住了琴玛。

"琴玛！看在上帝的分儿上，你这是怎么了？怎么哭成这个样子——你从来都不哭的！琴玛！琴玛，亲爱的！"

"没什么，西塞尔，我之后再告诉你——我——现在还不知道该怎么说。”

琴玛急忙把那封沾满了泪水的信塞进了口袋，站了起来，把脸伸出窗外，不让马蒂尼看到自己的表情。马蒂尼紧咬着胡须，沉默着忍住了要说的话。这么多年来，他一直隐藏着自己的感情，现在却像个小孩一样坦露了自己的爱意——而她甚至都没有注意到！

“大教堂的钟声响了。”过了一会儿，琴玛开口道，已经恢复了自制的她环顾四周，“一定是有人去世了。”

“我来就是要跟你说这个。”马蒂尼也恢复了往日的口吻，他捡起了地上的布告，递给了琴玛。那布告是匆忙印就的，黑色的边框里写着大大的字：

“我们敬爱的红衣主教，洛伦佐·蒙塔内利阁下，因心脏动脉瘤破裂，在拉文纳与世长辞。”

琴玛从布告中抬起头，把目光投向马蒂尼，马蒂尼则耸了耸肩，用这个动作回答了她没说出口的猜想。

“你还能怎么样呢，夫人？说他死于动脉瘤，也是蛮不错了。”

图书在版编目（CIP）数据

牛虻 /（爱尔兰）艾捷尔·丽莲·伏尼契著；明安译. —杭州：浙江人民出版社，2022.7（2023.5 重印）

ISBN 978-7-213-10589-0

Ⅰ.①牛… Ⅱ.①艾… ②明… Ⅲ.①长篇小说—爱尔兰—近代 Ⅳ.①I562.44

中国版本图书馆 CIP 数据核字（2022）第 074282 号

牛虻

NIU MENG

［爱尔兰］艾捷尔·丽莲·伏尼契 著 明安 译

出版发行	浙江人民出版社（杭州市体育场路 347 号 邮编 310006）
责任编辑	徐 婷
责任校对	姚建国
封面设计	艾 藤 王雪纯
电脑制版	冉 冉
印 刷	河北鹏润印刷有限公司
开 本	787 毫米 × 1092 毫米 1/32
印 张	12
字 数	260 千字
版 次	2022 年 7 月第 1 版
印 次	2023 年 5 月第 8 次印刷
书 号	ISBN 978-7-213-10589-0
定 价	45.00 元

如发现印装质量问题，影响阅读，请与市场部联系调换。

质量投诉电话：010-82069336